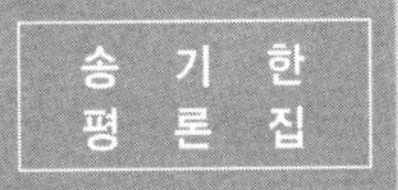

한국 현대시와 시정신의 행방

한국 현대시와 시정신의 행방

송 기 한

도서출판 역락

책머리에

'시란 무엇인가'라는 문학원론적인 질문을 던질 때, 가장 난감한 문제 가운데 하나는 그것이 담고 있는 내용에 관한 것이다. 어떤 내용들이 작품 속에 들어가야 훌륭한 시가 되고, 혹은 인생의 깊은 감동을 주는 시가 되는가 등이 그것이다. 그러나 여기서 그 내용이란 것이 딱히 정해져 있어서 어떤 것이 되어야 한다는 답이 존재하는 것은 아니다. 이러한 혼돈들에 대해서 명쾌한 해명을 하는 것은 애초부터 불가능한 일이기에 많은 철학적 고뇌들이 있어 왔음은 잘 알려진 일이다.

하나의 답에 이르는 길이 어렵다는 것은 다른 말로 하면 그것에 이르는 통로가 많기 때문이다. 가령, 여기에 하나의 사물이 있다고 하자. 그것을 정의하기에는 여러 가지의 설명이 필요할 것이다. 그 사물은 보는 시각에 따라 여러 가지 모양으로 달라 보일 것이고, 또 관찰자의 기분에 따라서도 상이하게 비춰질 것이다. 뿐만 아니라 세계관의 차이에 의해서도 그것의 내용들은 얼마든지 가변적 성향을 갖게 된다. 사물이 그러할진대 다양한 철학적 사유를 담고 있는 시의 경우는 더욱 복잡하지 않겠는가. 이러한 요인들 때문에 시 속에 담겨진 내용들의 정합성을 논하는 것은 매우 어려운 일이 아닐 수 없다.

시에 담겨진 내용을 통칭하여 시정신이라 부른다. 그런데 이 정신은 매우 복합적인 것이어서 하나의 단선적인 잣대로 들이밀 수 있다거나 쉽게 해석되는 것을 거부한다. 그럼에도 그것을 개괄적으로 분석하고 접근해 보면, 우리는 여기에서 두 개의 커다란 축이 있음을 발견할 수 있게 된다. 하나는 시대성이고, 다른 하나는 개성이다. 전자가 보다 큰 단위의 담론 체계에 속한 것이라면, 후자는 이보다 훨씬 작은 담론의 영역에 속한다.

어느 시기에 생산된 작품이건 시대성이 없는 작품을 상상하기란 쉽지 않다. 설혹 그것이 개인의 내밀한 감성을 담아낸 작품이라 해도 시대의 궤적을 이탈한 시란 존재하기 어려운 까닭이다. 문제는 그러한 시대성이 어떤 영역에 닿아 있는가 하는 점만 고려해 두면 그만일 것이다. 그리고 다른 하나는 개성에 관한 것이다. 개성하면 흔히 떠오는 것이 보편성과의 상관관계이다. 그렇기에 개성의 문제를 따지게 되면 자의식적인 부분만이 떠올려지게 된다. 그러나 개성을 이렇게 단순하게 설명하는 것 또한 곤란하다. 거기에는 이중의 의미망이 가로놓여 있기 때문이다. 하나가 보편과 차질되는 개성이라면, 다른 하나는 타인과 구별되는 개성이 존재한다. 그렇기에 개성은 개별성이 아니라 복합성의 영역에서 운위되어야 한다.

시를 이야기할 때, 개성의 중요성이랄까 그것의 의미화에 대해 더 이상 이야기 하는 것은 사족에 불과한 일인지도 모른다. 시하면 곧 개인적인 것이라는 도식이 너무 깊이 각인되어 있는 까닭이다.

시에 담겨진 내용을 시정신이라 할 경우, 시대성이라든가 개성의 문제들이 별개로 다루어질 성질의 것은 아니라고 본다. 특히 시가 시대의 부산물이라 할 경우에는 더더욱 그러하다. 개성과 시대성이 적절히 결합되어 나타날 때, 한 편의 훌륭한 시가 만들어진다. 당대의 올바른 시정신이란 개성에 편중된 시나, 시대에 편중된 시에서 발휘되는 것이 아니다. 진정성이 담보된 시는 개성과 시대성이 함께 공유될 때 생산된다. 개성이 없는 시도 의미가 없고 시대성이 없는 시도 의미가 없다. 둘은 동전의 양면처럼 존재해야 한다. 독자에게 감동을 주는 시란 그런 것이 아닐까. 비평은 그러한 시를 발굴하고 이를 문학사적으로 자리매김해야 한다. 그것이 비평의 임무이다.

새천년 들어 이 시대를 대표할 만한 시정신이 무엇인가를 끊임없이 탐색해왔다. 언제나 그래 왔던 것처럼 작금의 시단에 여러 갈래의 시 양태와 시정신이 있는 것만은 틀림없는 사실이지만, 뭔가 뚜렷한 흔적이 잘 드러나는 것 또한 사실이다. 그것은 이 세대가 그러하듯 아직도 혼돈의 늪 속에서 새 길을 찾지 못한 우리 시대의 시단에 그 원인이 있는 것은 아닐까. 그럼에도 시대성과 어우러진 개성, 개성과 어우러진 시대성을 전혀 발견할 수 없는 것은 아니다. 그것을 사회와 결부된 욕망의 이중주쯤으로 생각해 두면 어떨까 한다. 그 교향악을 찾아가고 또 이를 탐색해가는 것은 언제나 즐거운 일이다. 마치 봄 소풍을 가는 어린아이마냥 들뜨기조차 한다. 그것이 존재의 이유이다.

2009년 봄

송 기 한

차 례

책머리에 _5

1

한국시의 문제점과 가능성　013

일상과 관념 그리고 시　020

생명력 회복의 참다운 공간, 대지　026

현대시에 투영된 서울의 산들　044

기독교적 상상력과 시에서의 몇 가지 의미　063

서정에 이르는 자아의 세 가지 태도　077

해방공간의 서정시와 현대시의 근원　096

2

자기성찰이 빚어낸 순응의 경지　123
—임강빈의 『집 한 채』

언어에 의한 국토의 재발견　134
—오세영의 『임을 부르는 물소리 그 물소리』

'시극(詩劇)'으로서의 『기담(奇談)』의 언어전략　145
—김경주의 『기담(奇談)』

상처에서 빚어진 성장 에네르기의 힘　154
　　—박무웅의 『내 마음의 UFO』

일상에서 관찰되는 삶의 편린들　173
　　—송세헌의 『굿모닝 찰리 채플린』

역사 영웅을 통한 민족사의 새로운 각성　187
　　—김파의 『천추의 충혼 안중근』

자아를 찾아가는 말의 풍경들　198
—김완하의 『허공이 키우는 나무』, 정진규의 『껍질』, 정호승의 『포옹』

삶의 진정성을 찾기 위한 끝없는 여로　216
　　—문정희의 『나는 문이다』, 유자효의 『여행의 끝』,
　　이시영의 『우리의 죽은 자들을 위해』

'바람'이미지의 변증법적인 승화로서의 시　230
　　—이은봉론

생태적 담론으로서의 자연의 의미　240
　　—임영조론

경계 혹은 교차점이 주는 상상력의 힘　257

시를 만들어내는 기억의 기능들　273

현대시 속에 구현된 유토피아 의식　286

일상과 상상력의 생산적 회로　301

꾸준함, 풍성함, 그리고 새로움으로서의 한국 시단　310

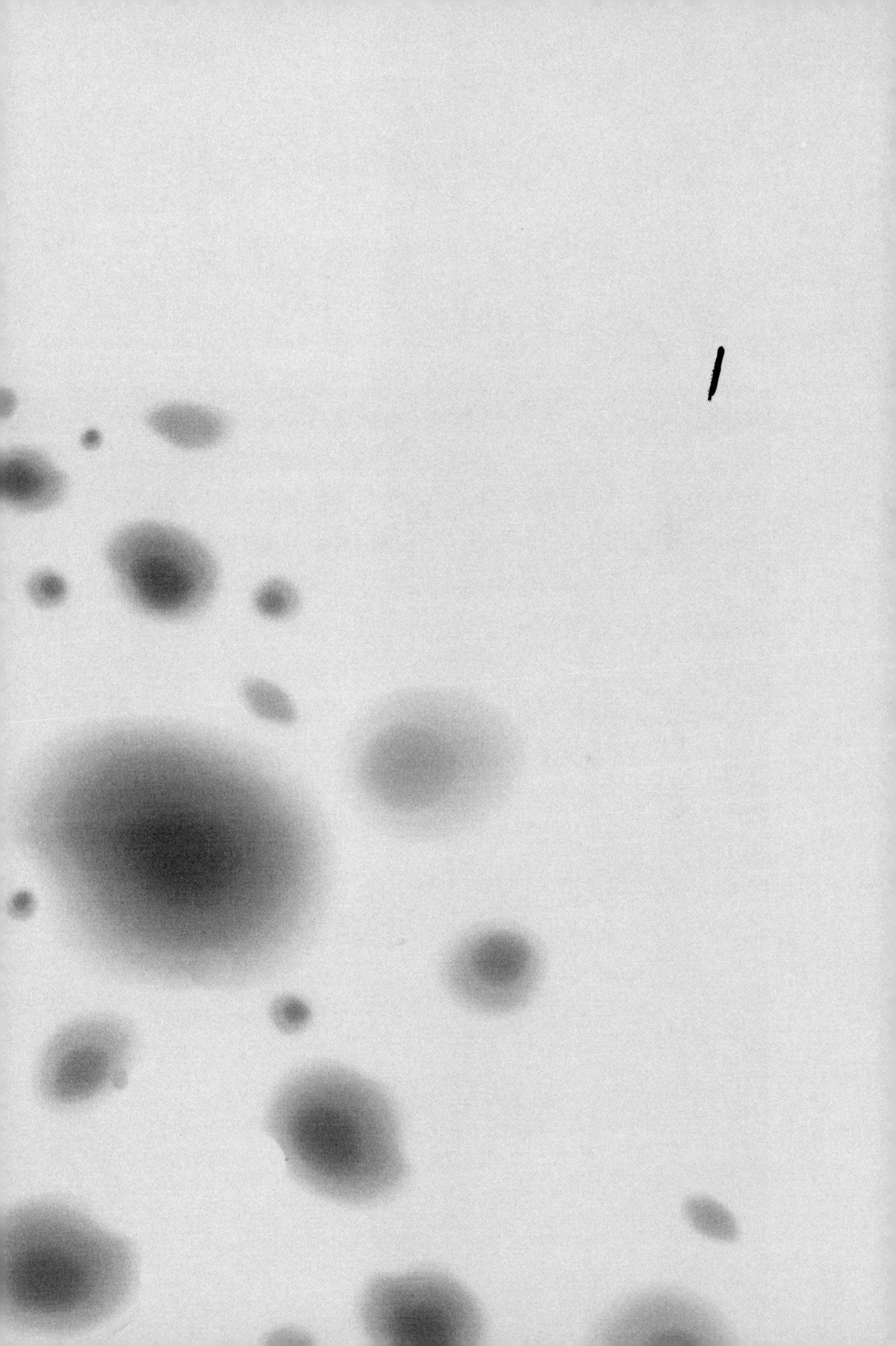

한국시의 문제점과 가능성

문자매체가 별로 필요치 않을 것이라던 디지털 시대에 문예잡지들은 오히려 넘쳐난다. 순간의 문화, 쾌락의 문화가 집요하게 인간의 정신을 헤집어 놓고, 일회성의 감각이 인간의 육체를 지배하고 있는 시점에서, 안정의 문화라든가 지속의 감수성이 필요한 활자의 놀이들이 오히려 범람하고 있는 것이다. 그런데 특이한 것은 그러한 언어 매체의 홍수가 장르를 초월하여 골고루 산재되어 나타나는 것이 아니라 어느 특정 장르에 국한되어 있다는 점이다. 지난 몇 년간 새로 창간된 잡지들의 목록을 보면, 거의 대부분이 시전문지이다. 계간, 월간 할 것 없이, 그 이름들을 정확히 기억하지 못할 만치 많은 시전문지들이 범람하고 있다. 가히 '시의 시대'라고 이름 붙여도 좋을 만큼, 시전문지의 양산 현상은 우리 문단의 주조(主潮)가 되어버렸다. 그리고 발표매체가 이렇게 많아지다 보니 그에 따른 자연스런 결과로 시집 또한 과거 그 어느 시기보다 풍성해지고 있는 실정이다. 시전문지가 많아지며 시집이 양산되는 현상은 시전공자로서 매우 반가운 현상이 아닐 수 없는데, 그것은 시의 아우트라인이 두꺼워질수록 그 질 또한 마찬가지로 정비례하여 나아가기 때문이리라.

그러나 시들이 이렇듯 양산되는 현상을 꼭 긍정적인 시선으로만 볼 수 없다는 문제의 단초가 있다. '시의 시대'나 '시의 양산'이 가져다주는 시대의 문제점 또한 간과할 수 없기 때문이다. 한국 현대시사를 일별할 때, 오늘날처럼 시가 양산되던 시대가 몇 차례 있었다. 하나가 1920년대 초라면, 다른 하나는 1980년대 초이다. 잘 알려진 것처럼, 1920년대는 '님이 상실된 시대'로 규정되면서 3·1운동의 실패에 따른 허무주의가 시를 양산케 했다. 즉 좌절의 심적 공백을 채우지 못하여 시인들은 허무의 늪에 빠졌고, 그 울적한 심혼이 시를 만들어내게 했다는 것이다. 그리고 1980년대는 광주민중항쟁의 실패에 따른 민주화에 대한 좌절이 역사에 대한 분노로 표출되던 시기이다. 그러한 감정적 격앙 상태가 순간의 격정을 담아내는 데에 유효한 양식인 서정시의 장르를 매개했다는 것이다.

물론 위의 시각은 다분히 발전론적 시각에 따른 것이다. 이 논리는 역사의 객관적 필연성이나 합법칙성 위에 있는 것이어서 비판의 여지가 전혀 없는 것은 아니다. 그럼에도 여기서 한 가지 중요한 공통적 사실을 뽑아낼 수 있고, 이를 통해서 요즈음 문단에서 유행하고 있는 시의 범람 현상 또한 이해할 수 있을지 않을까 한다.

우선 '시의 시대'로 일컬어지던 1920년대와 1980년대의 공통점은 모두 미래에 대한 인식 부재, 곧 전망(perspective)의 부재에서 찾을 수 있다. 여기서 전망을 굳이 진보주의적 이상이나 꿈으로만 해석하는 것은 우문에 불과하다. 전망은 역사의 합법칙에 의해서도 가능하지만, 인간의 자의식적 해방이나 소시민의 소박한 꿈에 의해서도 가능하기 때문이다. 전망이란 미래로 나아가는 연결 통로이다. 미래 없는 전망이란 불가능하고 전망 없는 미래 또한 불가능하다. 미래는 전망과 불가분의 관계에 놓여 있는 것이다. 전망이 없다면 미래에 대한 사유는 불가능하고, 소통의 구조 역시 잃어버리게 된다. 그런데 그러한 소통구조가 막히게 되면, 인간의 뇌리 속엔 우연성의 사유가 지배하게 되고 필연성의 논리는 사라지게 된다. 원인과 결과에 의한 플롯구조가 생성되지 못하는 것은 바로 이 때문인데, 소설이 쓰이지 못한다거나 감정이 횡행한다는 것도 여기에 그 원인이 있다.

3·1운동의 실패에 따른 허무주의가, 광주민중항쟁의 실패에 따른 민주화에 대한 좌절이, 전망의 부재와 필연성의 고리를 상실케 했다는 논리는 이런 측면에서 어느 정도 수긍이 간다. 그렇다면 시가 많아졌던 과거의 두 시기는 그렇다 치고, 풍성하다 못해 넘쳐나는 요즈음의 '시의 시대'는 어떻게 해석할 수 있는가. 나는 오늘날의 '시의 시대' 역시 전망의 부재에서 찾고자 한다. 물론 지금 여기서 말하는 전망의 부재는 과거 두 시기의 부재와는 완연히 다른 경우라 하겠다. 지금은 폭압이 지배하는 역사의 시련기도 아니고 민주화에 대한 가열찬 꿈이 지배하는 시기도 아닌 까닭이다. 오히려 사회가 지나치게 안정되어 있는 것이 걱정 아닌 걱정의 시기이다. 그렇다 보니 시단에는 어떠한 열정도 없고 꿈도 없다. 바꾸어 말하면, 전망이 없는 것이다. 미래에 대한 어떤 목표의식이 없기 때문에, 흔히 운위하는 주조(主潮)라는 것도 없다. 사회주의나 자본주의라는 거대 서사가 무너진 이후, 소위 보편 문법이 사라진 이후 작은 이야기들, 즉 소서사만이 유행하고 있다. 이를 두고 포스트모던적 현상이라 해석할 수 있지만, 이에 대한 방법적 탐색도 사라진지 벌써 오래되었다. 그 후, 한때 생태담론이 유행하는 듯 보였지만, 주도적 담론이나 이론적 틀을

굳건히 제시하지 못한 채 지리멸렬한 상태이다. 전망의 부재가 낳은 결과는 이렇듯 뼈아프고 참혹한 결과를 안겨 주었다. 시전문지가 넘쳐나고 시들은 많아졌지만, 어떤 주도적 흐름을 잡아내기가 쉽지 않다. 우리 시의 당면과제인 이러한 전망의 부재 속에서 시인들의 열정이 그만큼 희석된 까닭이다.

열정과 주조의 부재는 현 시단에 몇 가지 문제점을 남겨 놓고 있다. 우선 젊은 시인들이 지나치게 감각성만을 추구하고 있다는 사실이다. 물론 시인들의 감각성 추구문제는 어제와 오늘만의 문제는 아니다. 뭔가 빛나는 형식적 장치를 통해서 시단의 주목을 받아보려는 젊은 시인들의 패기에 찬 의욕들은 어느 시기에나 있어 왔기 때문이다. 가령 작가 이상(李箱)의 등장 이후, 언어유희나 기교 탐닉과 같은 문제가 그러하다. 시인들은 이러한 언어적 장치들을 시의 새로움이나 하나의 유행으로 받아들여 자신의 존재 부각의 기회로 삼아 왔다. 곧 형식의 새로움이야말로 새로운 감각을 보지한 참신한 시라든가 시단의 기린아가 되는 기제라는 미망에 사로잡혀 온 것이다. 그런데 이러한 시들은 깊이가 없고, 무엇보다도 경박하다는 데 문제의 심각성이 있다. 그리고 다른 하나는 매너리즘의 문제이다. 이 또한 어제 오늘의 문제는 아니지만, 매너리즘 시의 심각성은 똑같은 내용을 똑같은 감각으로 계속 생산해내는 데에 있다. 미지의 세계에 대한 가열찬 탐색 없이 안일한 일상을 그저 안일하게 읊어내고 있는 것이다. 이러한 시들 역시 감각의 참신성만을 추구한 시들만큼이나 정신의 깊이가 없는 시들이다. 소박한 세상 그대로가 아니라 어떤 미지의 세계에 대한 탐색 등을 통해서 얻어지는 영혼의 울림 같은 것들이 없다. 그러한 까닭에 이러한 유형의 시들에서는 어떤 힘이라든가 역동성이 느껴지지 않는다.

서정시의 역사는 대단히 오래 되었다. 아리스토텔레스 이후 여러 장르들이 부침을 거듭해오고 있는 동안 서정시는 살아남았다. 인간의 역사와 똑같이 서정시의 역사도 함께 해 온 것이다. 서정시를 정신의 외피, 곧 인간의 일부라는 그러한 유기체적 사유가 없었더라면 오늘날 서정시는 더 이상 존재하지 않았을 것이다. 다른 말로 하면 서정시는 인간 정신의 한 부분을 담당하면서 인간의 의미를 읽어내고, 대상을 인간화시켜 온 것이다. 서정시는 그렇게 생장해왔고 인간 정신의 한 부분을 담당해 왔기 때문에 현재까지 살아남을 수 있었던 것이다. 이때 인간의 존재론적 위치가 과거와 현재가 동일하다면, 과거에 비해 오늘날 달라진 것은 오직 대상뿐일 것이다. 실상 과거 몇 천 년 전의 대상과 현재의 대상이란 그 물적, 질적 가치가 천차만별로 상이한 것이 사실이다. 서정시는 지금껏 그러한 대상들과 대화하면서 자신의 존재 이유를 밝혀 왔다. 특히나 과거의 주조적 흐름들과 협력하거나 혹은 투쟁하면서 말이다.

여기에서 만일 오늘날 우리 시가 대면해야 하는 주 대상을 꼽으라면 나는 의당 문명을 들고 싶다. 인간에 의해 개발되고 인간에 의해 발전되어 온 것이 문명이다. 그런데도 문명은 끊임없이 인간을 위협하려 든다. 따라서 인간은 좋든 싫든 그것과 대화하고, 협력하면서도 경우에 따라서는 그들과 싸워나가야 한다. 그것을 담당해야 할 것이 바로 오늘날 서정시의 당면과제라 할 수 있을 것이다. 인간과 서정시는 좋든 싫든 간에 문명을 받아들여야 하고, 또 경우에 따라서는 거부도 해야 한다. 즉 서정시는 문명을 어떤 식으로도 해석해내야 하는 것이다. 그것이 오늘날 우리 시단의 주조가 되어야 하며 서정시가 걸머지고 나아가야 할 운명이라는 점이다.

그대들의 평형감감은 분명
우리와 다르다.
비스듬히 기운 채 팽이처럼 뱅뱅 돌고
팔로 걷고
두발로 하늘을 딛어
분란에 빠진 이 지구를 머리로 지려한다.
무슨 이유일까
혹자는 지구 온난화로 지축이 흔들려서 그렇다 하고
혹자는 농약 먹은 쥐들처럼
환경 호르몬이 축적된 몸 때문에 그렇다 하고
혹자는
무차별한 상업광고에 덜렁 혼이 빠져
그렇다 하더라만
그대와 나 비록 느끼는 평형은 같지 않다고 하나
어찌 생각인들 다르겠느냐.
너희들의 굿판이 다만
죽어가는 지구의 혼령을 다시 부르는
제식(祭式)이기를 바랄 뿐이다. [*비 보이즈(B—Boys) : 브레이크 댄서]

—오세영, 「비 보이즈」 전문

　　인용시는 소위 구세대가 읊은 신세대의 감각이다. 구세대가 신세대의 감각을 이해하는 일은 쉬운 일이 아니지만, 이 작품에서 시인은 그들을 이해하려 한 점이 특이하다. 문화의 차이를 극복하려 한 것이다. 그럼에도 이 시의 본령은 좀 더 다른 데에 있다. 시인이 인식하는 바에 의하면 지구는 지금 병들어 있다. '지구 온난화'라든가 환경오염과 같은 재앙으로 지구는 '분란에 빠져' 있을 뿐만 아니라 그 '혼' 역시 죽어가고 있는 매우 위험한 지경에 처해 있다. 시인은 그러한 위험성에 대한 경고를 신세대들의 '굿판'에서 끌어내어 "죽어가는 지구의 혼령을 다시 부르는/ 제식(祭式)”으로 환기시키고 있다. 이 지구가 심각히 병들어가고 황폐해져 있는 상황을 체감하고 있는 자가 얼마나 되는지 반문해 본다면, 시인의 이와 같은 예지력은 남달라 보인다 하지 않을 수 없다고 하겠다.

　오늘날 시의 소재나 주제뿐 아니라 전 인류의 화두는 문명에 집중되어 있다고 해도 과언이 아니다. 시인들은 그러한 문명들과 대화하고 그들을 끌어들이거나 배제시킨다. 작금의 서정시는 주조의 상실이라는 미로 속에서 헤맬 것이 아니라 새로운 주조를 인용시의 경우와 같이 탐색해 들어가야 할 것이다. 그 탐색의 끝은 문명이고 서정시의 전망은 여기서 비롯되어야 한다. 이것이 우리 시가 나아가야 할 근본 방향이고 우리 시가 맞서야 할 대상이라고 생각한다.

일상과 관념 그리고 시

시를 체험의 영역으로 볼 것인가 아니면 상상의 영역으로 볼 것인가 하는 문제는 쉽게 결론지어질 성질의 것이 아니다. 시를 경험의 영역으로 편입시키는 것도 또 관념의 영역으로 치환하는 것도 가능하지 않기 때문이다. 그럼에도 시인이나 비평가들의 경우, 모두 시를 상상의 결과로 인식하는 데에 대부분 동의하고 있다. 반면 시를 체험의 소산으로 정의하는 부류는 아주 극소수에 불과한 것이 현실이다.

시가 경험보다는 상상력에 의해 직조된다는 인식은 우선, 시 장르상의 특성에 그 일차적 원인을 찾을 수 있다. 시는 산문과 달라서 짧은 형식에 인생의 깊이라든가 철학적 사유를 담아내야 하기 때문에 언어의 연금술적 기교에 크게 좌우된다. 반면 산문은 형식에 구애받지 않고 인생의 단면들을 여러 각도에서 예각화할 수 있다. 그러한 까닭에 산문은 언어의 기교에 굳이 신경을 쓸 필요가 없게 된다. 시와 산문이 갖는 이러한 장르

상의 차이가 언어의 형식을 낳고, 내용의 질을 결정한다. 시가 체험보다
는 관념에, 산문이 관념보다는 체험에 역점을 두는 이유도 여기에 있다.

그리고 시를 정의하거나 비평하는 데 있어서 체험과 관념의 기울기는
작가의 세계관과 불가분의 관계에 놓이는 문제이기도 하다. 진보주의적
성향을 갖고 있는 작가들의 경우, 그렇지 않은 작가들보다 사회나 현실
에 보다 많은 관심을 갖는 것이 사실이다. 현실이란 상호 경쟁하는 힘들
이 관념의 영역보다 질기고 강하게 펼쳐지는 장이다. 갈등이 넘쳐나는
것은 물론이고 그 역동적 힘들이 팽팽한 긴장관계를 유지하고 있는 곳이
바로 현실인 것이다. 그리하여 이곳에 노출된 자아들은 기계론적 인과성
이나 그 중층적 흐름으로부터 자유로울 수가 없게 된다. 따라서 현실정
향적 시인들의 시세계에서 체험의 영역들이 쉽게 간취되는 것은 당연한
일이라 하겠다. 거대 담론이 사라진 작금의 현실에서 진보와 보수를 가
르는 이분법적 구도가 무슨 의미가 있겠는가마는 어떻든 보수적 성향의
시인들에게서 현실의 맥락을 추적해 들어가는 것은 쉬운 일이 아니다.
이들은 대사회적 의미망을 가급적 회피하면서 인생의 의미라든가 존재론
적 깊이 등에 보다 많은 관심을 갖는다. 현실에의 초월과 관념에의 침잠
이 이들이 보여준 공통의 점유지대인 것이다. 그러나 보수라든가 진보라
고 하는 그 세계관적 차이는 인정할 수 있다고 하더라도 시에서 현실과
관념의 엄격한 분리란 사실상 불가능하다는 것이 나의 판단이다. 실상
이 둘 사이의 관계란 동전의 앞뒷면과 같은 것이다. 관념 없는 현실이란
불가능하고 그 역도 참이기 때문이다. 가령 관념적 유희의 정점에서 직
조되는 초현실주의 계통의 시들은 자본주의적 현실 없이는 그 생산이 불
가능하다. 뿐만 아니라 인생이나 존재론적 의미 탐색의 시들 역시 사회
를 떠나서는 의미가 없고, 종국에는 사회를 떠난 생물학적 인간이란 애

초부터 존재할 수 없다는 결론에까지 이르게 된다. 다만 여기서 문제시되는 것은 그것이 작동하는 정도의 차이뿐일 것이다.

셋째는 시 형식과 문학성의 문제이다. 현실은 직관보다는 논리가 지배하는 곳이다. 대상을 올바르게 적시해내야만 하기에 여기서는 논리 위주의 사고체계가 필요하다. 반면 시의 영역은 감각을 필요로 하는 창조의 공간이다. 이들 사이의 인식론적 차이는 심각한 모순을 일으키는 것이어서 상호 공동의 장에서 어우러지는 것이 쉽지 않은 것이 사실이다. 시에 산문성이 개입해 들어오면 올수록 시 본연의 장르적 특성인 감각성은 현저하게 무뎌질 수밖에 없다. 그럼에도 시가 사회의 한 국면인 이상 시의 사회화를 우회하는 것은 어려워 보인다. 또한 시에 사회라든가 경험이 직조될 경우 산문적 요소의 틈입은 필연적인 것이라 할 수 있다. 묘사보다는 기술이, 대상의 감각적 인식보다는 서술적 요소가 보다 중요해짐으로써 시의 형식이 풀어지고 길어질 뿐만 아니라 사건이나 인물, 대화 등의 산문적 요소 역시 당연히 추가된다. 80년대에 유행했던 서술시(narrative poem), 담시, 이야기시라고 명명되었던 시들은 모두 그러한 경험적 요소가 반영된 결과였다.

시의 내부에 이러한 경험적 요소들의 등장은 시의 가장 중요한 장르적 특성 가운데 하나인 미학상의 미묘한 문제를 피해가기 어렵게 만들기도 한다. 이는 시를 시답게 만드는 요소, 곧 문학성의 요소가 무엇일까 하는 문학원론상의 차원과 관계되는 문제이다. 또한 그것은 시의 사회성이라는 소재 차원의 논의를 넘어서서 시인들의 세계관에 걸리는 문제이기도 하다. 시의 문학성을 강고히 주장하는 시인들은 시의 산문성을 완곡하게 반대한다. 시 속에 산문적 요소가 개입하면 할수록 시 본연의 맛이 떨어진다고 판단하기 때문이다. 그리하여 그들은 시 속에 그러한 요소들을 가급적 배제하고 시 본래의 미적 의장에 충실해야한다고 강조한다. 그래야만 시의 문학성이 담보된다는 것이다. 문학성이 무엇일까 하는 것에 대해서는 형식적 요건에서도 논의가 가능하고 내용적 요건에서도 논의 가능한 문제이지만 중요한 것은 인식주관의 세계관과 불가분의 관계에 있다는 것만 강조하도록 하자.

앞서의 언급처럼 시란 광범위한 측면에서 사회를 떠나서는 성립할 수 없다. 비록 그것이 시인 자신의 특수한 경험과 미적 자의식에 의한 것일지라도 사회를 넘어선 어떤 피안에서 시가 만들어질 수 없기 때문이다. 중요한 것은 어떤 방식으로 인생을 파악하고, 사회를 인식하며, 그것을 어떻게 표현하느냐가 그 관건으로 남아있을 뿐이다. 그 표현하는 방식에 있어서 사회를 좀 더 깊게, 그리고 구체적으로 드러내고자 한다면 우리는 경험의 요소를 중시하게 될 것이고, 그렇지 않으면 대상의 묘사적 국면에 주목할 것이다. 그러나 어느 형식을 취하든 그것은 인생의 한 단면으로, 혹은 사회의 한 단면으로 독자에게 다가올 것이다.

① 목련이 활짝 핀 봄날이었다. 인도네시아 출신의 불법 체류 노동자 누르 푸아드(30세)는 인천의 한 업체 기숙사 3층에서 모처럼 아내 리나와 함께 단란한 시간을 보내고 있었다. 목련이 활짝 핀 아침이었다. 우당탕거리는 구둣발 소리와 함께 갑자기 들이닥친 출입국관리사무소 직원들이 다짜고짜 그와 아내의 손목에 수갑을 채우기 시작했다. 겉옷을 갈아입겠다며 잠시 수갑을 풀어달라고 했다. 그리고 그 짧은 순간 푸아드는 창문을 통해 옆 건물 옥상으로 뛰어내리다 그만 발을 헛디뎌 바닥으로 떨어져 숨지고 말았다. 목련이 활짝 핀 눈부신 봄날 아침이었다.

— 이시영, 「봄날」 전문(시집 『우리의 죽은 자들을 위해』)

② 더 추워지기 전에 바다로 나와
　　내 날개 아래 출렁이는
　　바다 한가운데 낡은 배로 가자
　　갑판 가득 매달려 시시덕거리던 연인들
　　물속으로 퐁당
　　물고기들은 몰려들지, 조금만 먹어볼래?
　　들리지? 내 목소리. 이리 따라와 넘어와 봐
　　너와 나 오래 입 맞추게

—김이듬, 「세이렌의 노래」 전문(시집 『명랑하라 팜 파탈』)

인용시들은 최근의 시작들에서 뽑아본 작품들이다. 체험을 중요시한 작품과 관념을 우선시한 작품을 비교하기 위해서 그러한 것인데, 어떤 경우에서건 사회의 한 국면들을 드러내고 있다는 점에서 동일한 경우이다. 모든 시들은, 그것을 만들어낸 시인이 사회적 인간인 한 사회성과 무관할 수 없다고 할 수 있다. 그러한 까닭에 이러한 언표화 자체가 우습게 들릴지 모르겠다. 하지만 여기서 이야기하고자 하는 것은 그것의 사회성 여부가 아니다. 이들 작품 속에서 드러나는 사회적 제반 현상들이 어떻게 구현되는가 하는 미학상의 차이만을 언급하고자 할 따름이다. 그러하기에 이들 시의 문학성을 언급하려는 것도, 이들 시인들의 세계관의 농도나 그 깊이를 말하려고 하는 것은 더더욱 아니다.

이시영의 「봄날」은 소위 코리안 드림을 꿈꾸는 이주노동자의 비극적 삶을 다룬 작품이다. 체험에 바탕을 두고 쓰인 시로서 거의 산문에 가까운 장르적 특성을 보이고 있다. 이 작품에는 체험 시의 특성답게 인물이 있고, 사건이 있으며, 약간의 서사구조가 있다. 80년대에 유행하던 이야기시라고 해도 무방할 정도로 산문성과 이야기성이 있는 것이다. 이 작품에서 시적인 요소를 군이 찾으려든다면 불법 체류노동자의 비극적 삶을 보다 더 심화시키는, "목련이 활짝 핀 봄날이었다."가 주는 은유적 효과 정도일 것이다.

반면 김이듬의 「세이렌의 노래」는 신화적 상상력에 바탕을 두고 쓰인, 소위 관념 위주의 시이다. 일상의 체험이나 산문적 특성과는 무관한 시세계를 담고 있는 것이다. 신화적 의미에서 볼 때, 세이렌의 노래는 뱃사공을 꾀어낸 유혹의 음성이라는 뜻을 갖고 있다. 말하자면 경험 이전의 세계를 읊고 있는 것이다. 이 소리는 달콤하면서 동시에 위험한 음성이긴 하지만, 이 작품에서는 미혹의 순간이라는 단일화된 의미로 읽힌다. 어떻든 이 시는 경험의 영역을 초월해서 직조된 것이기에 소위 체험의 영역과는 무관하다. 단지 인간의 근원적 욕망을 세이렌의 신화를 통해서 환기시키고 있을 뿐이다.

경험이 논리의 영역에 속하는 반면 상상력은 직관의 영역에 속한다. 그러한 까닭에 삶의 진정성을 문제 삼을 경우 후자보다는 전자에 더 높은 점수를 주는 것이 당연한 것처럼 보인다. 또한 관념과 현실의 긴장관계를 문제 삼을 때에도 후자의 경우에 더 후한 점수를 주어온 것이 사실이다. 그러나 시에서 경험의 도입여부는 세계관이나 대상인식에 속하는 것일 뿐 어느 것이 진정성에 가까운가 하는 것은 별개의 문제이다. 또한 시의 문학성을 거론하면서 체험의 영역을 소홀히 하는 것 또한 바람직하지 않다고 할 수 있다. 체험적 요소이든 직관의 요소이든, 인생의 제반 국면들을 예각화해서 어떻게 효과적으로 잘 드러내는가가 중요하다. 경험성에 충실함으로써 리얼리즘의 본질에 근접해 들어가는 시도 바람직하지 않을 뿐만 아니라 현실을 초월해서 지나치게 감각화되는 시도 능사는 아니기 때문이다.

생명력 회복의 참다운 공간, 대지

1. 자연과 인간

서구 계몽주의가 엄습해 들어온 이후, 이에 근거를 둔 이성이라든가 합리주의와 같은 사유들이 인간의 의식에 광범위하게 침투해 들어오기 시작한지 오래되었다. 통상 근대의 깃발로 파생된, 사회의 저변에서 일어난 긍정과 부정의 양면성들은 이 사유가 배태한 결과였다. 근대 철학이 보여준 논쟁들도 실상은 그러한 양면성에 대해 어떤 가치평가를 내리기 위한 지난 자기노력의 과정이었다 해도 과언이 아니다. 그럼에도 그 부정성과 파행화된 모순만 극복하면 계몽의 기획과 비전은 여전히 유효하다는 측과 계몽의 여러 장밋빛 청사진들은 그 용도가 소진됐기 때문에 폐기해야 한다는 측의 주장이 팽팽히 맞서 있는 것이 현실이기도 하다.

여기서 나는 이 논쟁들에 대해 어떤 평가를 내릴 의도는 전혀 없다. 다만 이러한 논란의 끝에서 우리가 얻어야 할 것은 무엇이고 반성해야 할 것은 무엇인가를 되짚어보고자 할 따름이다. 지난 10여 년 동안 진행된 근대성 논쟁을 꼼꼼히 들여다보면, 그 핵심에는 "어떻게 살고, 또 살아나갈 것인가"의 문제가 자리 잡고 있음을 알 수가 있다. 물론 여기에는 인간의 내면적 고민과 외면적 환경의 문제가 모두 포함되어 있다. 근대의 불안과 좌절 그리고 그에 따른 의식의 해체 현상이 인간의 내면에 관련된 것이라면, 문명의 급속한 팽창에 따른 생태 환경의 훼손은 인간의 외면에 관련된 것이라 하겠다.

인간의 내면에 대한 고민이라든가 생태 환경의 파손에 관한 문제는 어떤 절대자가 그렇게 만든 것도 아니고, 또 어떤 다른 생명체가 그렇게 만든 것도 아니다. 오직 인간 스스로가 자초한 것이다. 인류가 지상에 출현한 이래 인류의 역사를 한 마디로 규정하자면, '인간 팽창의 역사'라 해도 무방할 정도로 인간은 끝없이 자기 자신만의 이익을 추구해왔다. 비록 성서 속에 나오는 이야기이긴 하지만 인류 최초의 사건이라 할 수 있는 아담과 이브의 낙원추방도 인간의 욕망이 저지른 대표적 사례라 할 수 있다. 이 사건은 인간이 우주라든가 공동체로부터 분리되는 하나의 상징적 사건에 불과하지만, 그것은 인간의 긴 역사에서 매우 중요한 의미를 담고 있다. 곧 인간이라는 존재는 근본적으로 욕망하는 존재라는 것, 그러하기 때문에 인간은 신과 같은 영원한 존재가 결코 되지 못한다는 것 등이다.

성서의 신화에서 볼 수 있는 것처럼, 인간이 처한 오늘날의 위기를 나는 '분리의 역사'에서 찾고자 한다. 인간이 '~으로부터의 분리'되는 현실이야말로 인간의, 인간에 의한, 인간이 만든 불행한 역사의 시초였던 것이다.

그 이후, 인간이 '~으로부터 분리'되는 또 하나의 계기는 르네상스 시대에 이루어진다. 르네상스의 기본 모토는 잘 알려진 대로 인간에 대한 새로운 발견이다. 흔히 인문주의로 표방되는 인간에 대한 새로운 인식은 '신으로부터 분리'가 그 핵심 과제였다. 신과 인간의 동일체 내지 동일형의 사유가 중세를 지배한 중심 패러다임이었다면, 인문주의는 인간을 신으로부터 분리시켜 하나의 자율적 존재로 만드는 계기가 되었다. 근대적 인간형을 스스로 조정해나가는 존재로 규정되는 근거도 여기서 찾아진다. 신에 의해서 보장받던 영원성이 인간으로부터 떨어져나갔다는 것인데, 인간이 선험적 고향을 상실했다거나, 하버마스의 언급처럼 스스로 조정해나가는 존재, 스스로 조정해나갈 수밖에 없는 존재가 되었다는 것도 이 영원성의 상실과 밀접한 상관관계를 갖는다.

그리고 인간이 '~으로부터 분리'되는 세 번째 계기는 근대 이후이다. 인간이 자연으로부터 분리되는 경우가 그러한데, 이는 자연에 대한 인간의 기술적 지배에 따른 것이다. 자연은 인간에게 남겨진 영원성이나 세칭 안식처에 대한 마지막 보루였다. 인간 없는 자연이 불가능한 것처럼 자연 없는 인간 또한 불가능하다. 성서 속의 아담신화나 르네상스의 인문주의가 어떤 초월적 사유나 관념적 토대 위에 기반을 둔 것이라면, 자연의 신화는 구체성에 뿌리를 두고 있는 것이다. 인간의 곁에서 인간과 호흡하고 인간과 더불어 존재해 온 것이 자연이기 때문이다. 생활 속에서 구현되던 자연과 인간의 조화가 이렇듯 계몽에 의해, 과학만능주의에 의해, 거침없는 인간의 욕망에 의해 금이 가기 시작한 것이다. "자연으로 돌아가자."라는 구호가 어쩌면 '자연으로 돌아갈 수 없는' 인간의 슬픈 운명을 증명하는 역설적 담론처럼 인식된다.

자연과 인간의 길항관계는 실상 이 시기만의 고유한 문제는 아니었다. 인간 욕망의 역사가 오래된 만큼이나 자연과 인간 사이에 벌어진 투쟁이나 조화의 역사 또한 유구하기 때문이다. 근대 이전에는 인간보다는 자연이 보다 우월한 지위에 있었다. 풍요로움은 풍요로움대로, 그렇지 않으면 그렇지 않은 대로 자연의 혜택을 받아들이면 그만일 뿐, 인간이 여기에 어떤 능동성을 발휘하는 것은 불가능한 일이었다. 특히 근대 이전에 자연이 부린 온갖 횡포들은 불가항력적인 것이었고, 인간이 그러한 자연의 폭압 앞에 할 수 있는 유일한 자기방어는 샤머니즘 등에 기대어 어떤 행운을 그저 감 떨어지듯 기다리는 일뿐이었다. 그러나 자연과 인간의 이러한 수직적 관계는 근대 이후에 이르면 완전히 뒤바뀌게 된다. 오히려 인간이 자연 위에 서서 자연을 지배하기 시작하는 바, 자연을 인간화시키는 행위가 바로 그러하다.

자연에 대해 능동적 위치에 선 인간의 칼날은 매우 무서웠다. 지난 세기 자연이 인간에게 내린 형벌과는 비교가 되지 않을 정도로 인간은 자연을 가혹하게 다루었다. 인간의 욕망이 팽창하면 할수록 자연이 치르는 대가는 정비례되어 늘어난 것이다. 여기에다가 인간에게는 한 가지 강력한 무기가 손에 쥐어졌다. 바로 과학이라는 돌도끼이다. 인간은 이 돌도끼를 들고 자연의 구석구석을 돌아다니며 원시인마냥 본능적으로 폭식을 거듭거듭 했다. 그리고 종국에는 너무 많이 먹은 나머지 영양의 과다 상태에 빠져버리기까지 했다. 인간이 근원적으로 욕망하는 존재라는 선험적 특성에다가 이를 배가시켜주는 무기까지 손에 쥐어졌으니, 그 욕망의 깊이가 어느 곳에까지 다다를 것인지는 짐작조차 할 수 없게 된 것이다. 그런데 자연에 대해 이렇게 승승장구할 것 같던, 장쾌한 파노라마가 결국은 인간에게 부메랑이 되어 올 줄을 누가 알았을까. 이 부메랑이 인간의 목을 휘감을 때에서야 인간들은 비로소 부랴부랴 그 경각심에 대해 호들갑을 떨기 시작했다. '인간의 욕망을 제어하자', '자연을 보호하자', '생태

환경을 살리자' 등의 구호들이 전 지구상에 넘쳐나기 시작한 것이다.

실상 오늘날의 생태환경에 대한 문제는 인간의, 자연에 대한 지배로부터 온 것이었다. 자본만능주의, 상품만능주의가 판치는 후기 자본주의 시대에 인간은 재화가 되는 곳이라면, 어디든 가서 그것을 물화시켰고 상품화했다. "자연이 없으면 인간도 없다."가 아니라 "상품이 없으면 인간도 없다."는 문구가 오히려 이 시대를 풍미했다. 자연은 인간의 물화된 욕심을 채우는 단순한 수단 또는 도구로 전락해버린 것이다.

앞에서 나는 인간이 처한 현재의 위기가 '~으로부터의 분리'에 그 원인이 있다고 했다. 그런데 그러한 '분리' 가운데에서도 자연으로부터 분리된 인간이 가장 위험한 것처럼 보인다. 자연은 우리가 호흡하고 생활하는 실천적이며 구체적인 공간이기에 자연으로부터의 분리는 곧 인간의 몰락과 똑같은 것을 의미했다. 어떤 형이상학적 사유를 제시하고 이차적인 관념의 틀을 제시하는 것들과는 그런 면에서 매우 다른 경우라 하겠다. 근대성을 문제 삼고, 포스트모던을 이야기하면서 자연을 그 핵심적 자리에 위치시키고 있는 이유도 여기에 있을 것이다. 따라서 근대 이후에 벌어진 자연과 인간의 분리야말로 인류역사상 가장 시급하고 심각한 것이라 할 수 있다.

인간이 처해 있는 이러한 위기를 극복하기 위해서는 '~으로부터의 분리'가 아니라 '~으로의 결합', 곧 원래대로의 원상회복이 이루어져야 한다. 이를 다른 말로 하면 공동체에 대한 회복이라 할 수 있는 바, 오늘날 우리 문학계의 주도적 담론 가운데 하나로 되어 있는 생태환경에 대한 문제도 이와 밀접한 상관관계를 맺고 있다고 하겠다. 전 지구상에 걸쳐 선언되고 있는 '하나뿐인 지구를 살리자.'나 우주공동체에 대한 가열찬 열망도 인간이 직면하고 있는 위기의 다른 표현일 뿐이다. 그만큼 인간의 생존환경은 심각히 위협받고 있다. 인간의 욕망이 더 이상 팽창되어서는 곤란하다. 그럴 경우 인류는 아예 지구상에 존재하는 것이 불가능할지도 모른다. 생태환경이 복원되고 생명력이 다시 충만되어야 하는 근본 이유가 바로 여기에 있는 것이다.

2. 현대시에 나타난 대지의 세 가지 의미

자연하면 가장 먼저 떠오르는 이미지가 푸른 숲과 강, 바다, 대지 등의 모습이다. 이들의 풍경을 통해서 우리는 어떤 건강한 생명력을 읽어내기도 하고, 유구 불변하는 어떤 영원성, 혹은 자연의 이법이나 섭리, 우주의 원리 등을 읽어내기도 한다. 그러나 그것이 물질적 의미로 다가오든 혹은 형이상학적 의미로 다가오든, 자연을 인간과 따로 분리시켜 생각하기 어렵다는 점이다. 이러한 자연 환경을 인간의 생활에 기본 배음으로 깔리지 않으면, 인간이란 더 이상 그 존재성을 유지하기가 매우 힘들어지기 때문이다.

현재의 위기에 대한 대항담론으로 시인들이 자연을 주목하는 이유도 여기에 있을 것이다. 이들은 인간을 우주로부터의 분리가 아니라 그 우주 속에서의 합일이나 우주의 일부분이라는 통합적 세계관을 제시한다. 이들의 주된 초점은 인위보다는 자연에, 문명적 사고보다는 야생적 사고에 있던 바, 이들은 그러한 유기체적 질서를 보증하는 요인들이 무엇인가에 대해 집요하게 천착해 들어가기 시작했다. 그 가운데에서 이들은 인간의 삶과 가장 밀접한 대지나 땅과 같은 모성적인 것들에 대해 많은 탐색을 시도했다. 이를 대지적 상상력이라 부를 수 있다면, 이것이야말로 현재의 위기를 극복하고 생명력을 회복시켜주는 가장 주요한 수단이 될 것이다.

현대시에서 대지의 의미는 흔히 양가적으로 다가온다. 하나가 생성이면, 다른 하나는 소멸이다. 모든 생명체들이 땅에 주린 입을 대고 자양분을 끌어올린다는 점에서 보면 생성이지만, 그것들이 죽어서 대지로 되돌아간다는 점에서 보면 소멸이다. 그러나 유기론적 관점에서 보면, 이러한 생성과 소멸은 결국 동일한 것이고, 우주론적인 질서에 불과한 것이어서 결국 단일한 의미로 제시된다고 할 수 있을 것이다. 사멸은 곧 또 다른 생성을 위한 예비적 단계에 불과하기 때문이다. 이렇게 볼 경우, 대지는 양가적이 아니라 비양가적인 것이고, 그것은 곧 생명력이라 할 수 있다.

생명력을 뜻하는 대지는 현대시에서 여러 층위로 제시되지만, 이를 거칠게 분류하자면 다음 세 가지 유형으로 나눌 수 있지 않을까 한다. 외면적 공간으로서의 대지와 내면적 공간으로서의 대지, 그리고 관념적 공간으로서의 대지가 바로 그것이다. 물론 대지의 의미가 이렇게 세 가지 층위로 나누어진다고 해서 "대지＝생명력"이라는 기본 틀이 혼동되는 것은 아니다.

1) 외면적 공간으로서의 대지

시에서 외면적 공간으로서의 대지는 막연한 예찬 혹은 찬양의 의미를 갖는다. 또한 자연과 인위라는 이분법적 대립에서 전자를 더 우위에 두기도 하고 경우에 따라서는 대지의 존재이유를 되묻는 원론적 접근을 하는 경향을 갖고 있기도 하다. 이런 유형의 시들은 예찬을 담은 전원시라든가 목가적 세계를 읊은 작품 등에서 흔히 발견된다. 그리고 조선시대 우리 선비들이 보였던 강호가도나 안빈낙도의 세계도 이와 비슷하다고 하겠다. 물론 여기서 제시하고자 하는, 외면적 공간으로서의 대지는 이와 매우 다른 경우이다. 단순한 찬양이 아니라 왜 대지여야 하는가에 대한 본질에 가까운 것들을 묻고 있기 때문이다.

> 풀잎을 밟으면
> 발에 향기가 묻어 난다.
> 짐승의 발 벌레의 발은 깨끗하다.
> 대지는 사람을 기다린다.
> 날카로운 쟁깃날로 흙을 파헤치고
> 뜨거운 그 심장을 힘껏 움켜쥐는
> 손을 기다린다.
> 경운기가 작은 심장을 통통거리며
> 자세를 바짝 낮추고
> 깊이깊이 그를 갈아갈 때
> 마음은 한없이 뛴다.
> 씨를 던지고 생명을 던져 주어
> 전체 몸을 키우는
> 큰 사랑의 목마름
> 노래 없는 대지는 죽은 자다.
> 논은 흰구름 두둥실 뜬 논물로
> 농부의 맨발을 씻어 주는 시간이
> 가장 즐겁다.

—이성선, 「대지의 노래」 전문

인용시는 조선시대의 선비처럼 평생을 강호가도의 삶과 비슷하게 살다 간, 자연의 시인 이성선의 작품이다. 평소 시인이 보여준 시세계처럼 이 작품도 무채색의 경향을 갖고 있다. 색깔이 없다보니 맑고 깨끗하다는 편이 옳을 듯하다. 저 심혼의 아득한 깊이에까지 흘러내리는 이러한 청정함이 이성선 시의 특색이 아니었던가.

작품의 제목처럼, 이 시는 '대지'를 노래한 작품이다. 여기에는 생산의 아지랑이가 모락모락 피어올라오는 대지, 그 속에서 자신의 실존 조건을 채워가며 안분지족하는 농부의 일상 등이 한편의 잘 그려진 풍경화처럼 어우러져 있다. 대지는 욕심을 부리지 않고, 오직 대지의 존재 이유라 할 수 있는 생산의 역할에 충실한 뿐이다. 이것이 대지의 참모습이고, 욕망으로 얼룩진 인간들과는 구별되는 점이라 하겠다. 이렇게 표상되는 대지의 모습과 순기능은 교훈적이고 계몽적인 것에 가깝다 할 수 있다. 그럼에도 여기서의 대지는 단순히 청정함의 의미를 넘어 대략 세 가지 의미로 변주된다.

우선 이 작품에서 대지는 왜곡이나 굴절을 하지 않는 무채색의 자연을 표방한다. 어떠한 인위나 허위가 개입되지 않는 자연 그대로의 모습을 제시한다. 그저 "풀잎을 밝으면/ 발에 향기가 묻어날" 뿐이다. 하나의 원인과 결과가 기계적으로 일치하는 것, 그것은 자연의 세계에서나 가능한 것이고, 소위 욕망이 개입되는 세계에서는 불가능하다. 그것이 순수하고 깨끗한 자연의 세계가 아닌가. 그리고 그러한 대지는 사랑을 베풀 줄도 안다. 이 작품에서 대지가 주는 인간에 대한 사랑은 무조건적이어서, 거의 종교적 수준에 이르는 아가페적인 것에 가깝다. 대지는 결실의 결과나 대가를 인간에게 요구하지 않는다. 단지 인간을 위해서 자신의 기능과 역할을 할 뿐이다. 그것이 대지가 보이는 인간에 대한 사랑이고, 그것의 존재이유이다. "씨를 던지고 생명을 던져주어/ 전체 몸을 키우는", "큰사랑에의 목마름"만이 오직 대지의 목적일 따름이다.

세 번째 의미는 통합의 세계에 대한 희구이다. 이 시가 지향하는 대지와 인간의 거리는 분리가 아니라 통합에 있다. 계몽주의 이후 대지로부터 떨어져 나간 인간들을 대지는 서두르지 않고 묵묵히 기다린다. "날카로운 쟁깃날로 흙을 파헤치고/ 뜨거운 그 심장을 힘껏 움켜쥐는/ 손을 기다리고”있는 것이다. 물론 여기서 이야기 하는 개발의 도구들, 곧 ‘날카로운 쟁깃날’이나 ‘뜨거운 심장을 움켜쥐는 손’은 욕망이 거세된 돌도끼이다. 돈이 되는 것이면 무엇이든 파헤치고 개발하는 소위 문명의 논리, 욕망의 논리, 상품화의 논리 등과는 거리가 먼 세계이다. 대지가 반기는 것은 자본으로 세뇌된 근대인이 아니라 ‘순박한 맨발’을 갖고 있는 원시인이다. “논은 흰구름 두둥실 뜬 논물로/ 농부의 맨발을 씻어 주는 시간이/ 가장 즐거울” 따름이다. 하늘과 땅과 인간이 하나의 유기체로 조화되는 건강한 세계, 이것이 「대지의 노래」가 함의하고 있는 주제일 것이다.

이 시는 이렇듯 대지의 의미가 세 개의 층위로 직조되어 있지만, 그것이 전하는 의미는 두 가지이다. 하나가 인위와 구별되는 자연의 완벽한 섭리에 대한 예찬이라면, 다른 하나는 인간과 자연이 조화되는 유기체적 공간에 대한 희구이다. 이는 대지의 존재론적 특성을 묻는, 대지의 본질에 관한 것이면서 계몽적인 것에 가깝다 하겠다.

2) 내면적 공간으로서의 대지

대지에 대한 외면적 묘사가 대지가 갖는 우주적 섭리에 대한 찬양이나 희구 혹은 대지의 존재론에 가까운 것이라면, 내면적 공간으로서의 대지는 주로 인간의 심리나 내면의식에 밀접히 결부되어 나타나는 실존적인 것에 가까운 경우이다. 이때의 대지는 주로 시적 주체의 의식에 투영되어 나타나거나 시인의 자의식 등과 불가분의 상관관계를 맺는다. 따라서 외면적 공간으로서의 대지보다는 보다 더 형이상학적인 국면을 갖는다고 할 수 있을 것이다.

원점은 흙이었다
흙냄새였다

짚자리에 떨어져
처음 맡은 흙냄새
그 매캐한
마른 황토 흙냄새에 질려
첫울음 터뜨린
어리디 어린
생명
흙냄새에 익숙해지면서
어린이는 탈없이 자라고
흙먼지 속에서 소년이 되고
흙바람에 쓸리며
어른이 되었다

흙냄새가 가시지 않는다
평생동안 양복을 입고 다녀도
아침마다 토스트에 버터를 발라먹어도
흙냄새가 가시지 않는다
현해탄 위에서
바다바람 물보라에
몇차렌가
씻기고 닦였는데도
동경에서 수없이
지상으로 지하로
전차를 타고 다녔는데도
흙냄새가 가시지 않는다

미라보 다리 위에서

세느강의 물결 위에
욕심 많은 그림자를 비추어 보았는데도
베르사이유 궁전 안
천정 거울 속에서
나그네의 모습으로
거꾸로 서 보았는데도
에딘버러에서
월터 스코트의 기념상 앞에
쭈그리고 앉아서
서양의 역사소설을 생각해보았는데도
토레도의 성곽 안
미로 같은 옛길을
미아처럼 헤매어 다녔는데도
플로렌스에서
미켈란젤로의 다비드상 앞에서
넋을 잃기도 했는데도
흙냄새가 가시지 않는다

석양이 환한
돌아온 원점에서 흙을 밟는다
피 속에 섞여 흐르는 황토 흙냄새를
다시 확인한다

—정한모, 「흙냄새」 전문

이 작품은 근대화의 정점에서 부유하고 있는 자아의 모습을 아주 잘
보여주고 있는 시이다. 우연한 감각에 의존한 '산책자'의 수준은 아니라
고 하더라도 시인은 자신의 근원이 될 만한 곳을 이리저리 찾아 나선다.
시인의 헤맴은 근원의 상실이나 뿌리 뽑힘, 그리고 근대의 좌절 등에서
비롯된 것이어서 반근대적인 것의 모색과 밀접히 결부되어 있다. 그리하

여 그는 '흙냄새'를 한가운데에 놓고, '양복'이라든가 '토스트', '버터', '동경', '미라보 다리', '세느강' 등을 맞세운다. 그런 다음 시인은 이 모색의 과정에서 고향의 '흙냄새'를 발견해내고 거기서 자신의 근원이나 뿌리를 확인한다. 따라서 시인의 흙에 대한 감각은 철저히 반근대적으로 나타난다.

「흙냄새」에서의 대지의 의미는 시인의 실존적 투영의 결과이다. 그것은 우주의 이법이나 질서 등을 예찬하거나 계몽적 계도의 차원을 뛰어넘는다. 그러한 까닭에 대지(흙)는 경험적이며 실존적인 성격을 갖는다. "원점은 흙이었다" 혹은 "흙냄새였다"는 진술에서 보듯, 시인이 걸어온 실존의 긴 미로의 끝에 흙이 있었던 것이다. 이는 귓속의 소리와 눈물 속에서 거둔 그리움의 결과가 흙으로 상징되는 고향이었다는 사실을 일깨워 준다. 따라서 흙은 실존의 결과이기도 하면서 귀소본능의 단위가 되기도 하는 바, 결국 '흙냄새' 속에서 작가는 자신의 뿌리를 확인하고 있는 것이다. 자신의 기억이나 육체에서 "흙냄새가 가시지 않는" 그러한 근원주의 내지 귀속주의에 대해 시인은 "비자연화, 비인간화의 추세가 가속화할수록 내 시의 지향은 더욱 더 원초적인 것에 대한 그리움과 갈망으로 치달을 수밖에 없고, 원초적 생명에 대한 그리움과 갈망은 이를 저해하는 요인에 대한 민감한 부정적 반응"으로 설명한 바 있다.

시인의 대지에 대한 인식, 곧 흙에 대한 감각과 원초적 그리움에 대한 갈망은 이렇듯 반문명적인 것에서 기인한다. 소위 문명이전의 모든 것만이 문명에 의해 말살된 인간성이나 생명성이 회복되는 전제 조건이 되기 때문이다. 물론 원시주의를 비롯한 신화적 상상력이 시인들에게서 흔히 발견되는 고향의식과 다른 것이라든지 혹은 전혀 다른 사유구조에서 기인하는 것이라고는 생각되지 않는다. 다만 그것이 공적 차원에 의한 것인가 아니면 사적 차원에 의한 것인가 하는 차이가 있을 뿐이다. 어떻든 오랜 고독과 그리움의 결과로 얻어진 정한모의 대지의 의미화는 원초적 그리움의 세계를 넘어 "흙냄새가 가시지 않는" 생리적 차원이 될 때 그 완성을 보게 된다.

대지에 대한 이러한 시적 형상화는 매우 경험론적인 것이다. 대지 속에서 우주의 법칙이나 이법을 읽어내는 것이 존재론적인 것이라면, 「흙냄새」의 경우처럼, 대지를 통해서 고향에 대한 감각을 읊어내는 것은 실존적인 것에 가깝다고 하겠다. 그만큼 시적 자아의 실존적인 자의식이 투영된 결과가 아닐 수 없다. 대지에 대한 이러한 시적 감각은 대지의 존재론적 특성이기도 하고 시인의 내면의식에 의해 새롭게 재구성된 결과이기도 하다. 대지가 고향이나 반근대적인 근원으로 해석되는 것은 이렇듯 경험적인 것이면서 동시에 본능적인 것이다.

3) 관념적 공간으로서의 대지

대지를 존재론적으로 해석하는 경우든 경험적으로 재구성하는 경우든, 이들 모두는 대지가 애초부터 보지하고 있는 생명이라는 의미를 근간으로 하고 있다. 즉 대지가 어떤 경우로 해석되더라도 대지는 생명이라는 명제를 벗어나서는 성립할 수도 의미화될 수도 없는 것이다. 그만큼 대지가 지니고 있는, 생명이라는 의미의 견고성은 쉽게 그 경계가 지워지지 않는다. 그럼에도 여기서 대지의 의미를 다양화하고자 하는 것은 시적 주체들의 경험과 직관 혹은 상상력에 의해서 차지되는 뜻을 간취하고자 하는 의도에서이다.

관념적 공간으로서의 대지의 의미도 앞의 두 경우와 마찬가지로 생명력이라는 틀 속에서 설명할 수 있을 것이다. 그러나 대지가 곧 생명력이라는 의미로 표명된다 해도 관념적 공간에서 의미화되는 대지의 의미는 앞의 경우와 매우 다르다. 우선 대지가 구체적인 어떤 모습으로 형상화되거나 경험적으로 재구성되기보다는 매우 관념화된 의미로 제시되거나, 경우에 따라서 상징화되기도 하고, 역사철학적인 의미를 갖기도 한다. 우선 다음의 시를 살펴보기로 하자.

> 산속으로 들어갈수록 더욱 숨이 찬 것은
> 딱딱하고 두꺼워지는 공기 때문만은 아니다
> 산속으로 들어갈수록 내가 읽어야 할
> 저 벅찬 운문의 깊이
> 나뭇가지 하나 하나가 회초리 되어
> 내 부패한 살(肉)이 아프다
> 잘 여문 상수리 한 알 떨어져
> 발밑으로 구르다가 멈춘다
> 저 한 알의 침묵이 태산처럼 무거워
> 나는 웃옷 벗어 어깨에 걸친다

— 이재무, 「부활을 꿈꾸며」 부분

인용시에서도 대지(산)의 의미는 생명으로 나타난다. "내 부패한 살"과 자연의 생명력이 대조적으로 대비되어 있기 때문이다. 그러나 그 생명의 의미는 앞의 경우와 동일하지가 않다. 여기서 우리는 자연의 대지의 존재론적 특성이라든가 시적 자아의 실존적 투영 등을 읽어낼 수 없기 때문이다. 뿐만 아니라 그러한 자연의 의미가 상징화 혹은 은유화되어 있고, 함축되어 있다. 가령, 자연의 이법이라든가 우주의 이법, 생명력 등이 "저 벅찬 운문의 깊이"로 은유화되어 있기 때문이다. 이러한 시적 의장과 방법은 상상력의 깊이를 말해주는 것이기도 하지만 관념화의 정도를 말해주는 것이기도 하다.

　자연에 대한 이러한 방법적 특색들은 역으로 시적 주체의 관념화와 어느 정도 상관관계를 갖는다. 가령 "내 부패한 살"의 경우에서 보듯, 시적 자아의 부패하거나 타락한 원인이 구체적으로 무엇에 근거한 것이지 알 수 없는 까닭이다. 다만 "저 벅찬 운문의 깊이"나 "나뭇가지 하나하나가 회초리"라고 하는 데서 유추되는 것처럼 근대 문명에 불구화된 자아정도로 해석할 수 있을 뿐이다.

　다음의 작품도 마찬가지의 경우인데, 그러나 앞의 경우와는 썩 다르다. 이 시에 나타난 대지의 의미는 역사철학적인 해석을 요하기 때문이다.

　　　사내는 거친 숨 토해놓고 바지춤 올리고
　　　헛기침 두어 번 뱉어 내놓고는 성큼,
　　　큰 걸음으로 저녁을 빠져나간다
　　　팥죽 같은 식은땀 쏟아내고는 풀어진
　　　치마말기 걷어올리며 까닭 없이
　　　천지신령께 죄스러워서 울먹거리는,
　　　불임의 여자. 퍼런 욕정의 사내는
　　　이른 새벽 다시 그녀를 찾을 것이다
　　　냉병과 관절염과 디스크와 유방암을
　　　앓고 있는 여자. 그을음 낀 그녀의 울음소리
　　　이내가 되어 낮고 무겁게 마을을 덮는다
　　　한때 그 누구보다 몸이 달고 뜨거웠던
　　　우리들 모두의 여자였던 여자.
　　　생산으로 분주했던 물기 촉촉한 날들은
　　　가고 메마른 몸 속에 온갖 질병이나 키우며
　　　서럽게 늙어 가는, 폐경기 여자.
　　　그녀는 이제 다 늦은 저녁이나 이른 새벽
　　　지치지도 않고 찾아와 몸을 탐하는

> 사내가 노엽고 무서워진다
> 그 여자가 내민 밥상에서는 싱싱한
> 비린내 대신 석유내가 진동을 한다
>
> —이재무, 「개펄」 전문

인용시에서 우리는 불구화되고 파편화된 근대인의 자화상을 쉽게 엿볼수 있다. 작품의 언급처럼 대지(개펄)는 생명력을 상실했다. 물화된 자본의 지배가 스쳐간 뒤 남은 것은 이렇듯 불임에 걸린 땅만이 남아있을 뿐이다. 이 시는 대지가 지닌 생산의 건강함을 남녀의 성교로, 그것의 비생산성을 여성의 폐경기로 은유화한 재미있는 작품이다. 이 작품은 그러한 의미들을 적절한 은유와 비유를 통하여 탁월하게 표현해내었다. 그러면서 이 시가 더욱 의미 있는 것은 앞의 사례들과 달리 불구화된 근대의 운명이나 그것의 슬픈 자화상을 구체적으로 읽어낼 수 있다는 점일 것이다. 그것을 담지해내는 말이 바로 마지막 행의 '석유내'이다. '석유내'는 불임의 원인이고 매개체일 뿐 아니라 불구화된 근대를 상징하는 말이기도 하다.

그런데 이 냄새의 저편에는 '비린내'가 자리하고 있다. '석유내'와 달리 '비린내'는 생산이고 건강함이며 생명력이다. '비린내'가 야생이면 '석유내'는 문명이다. 또한 온갖 질병을 앓는 불임의 여자가 문명이라면, 퍼런 욕정의 사내는 야생에 해당된다. 이 둘은 물과 기름이어서 서로 결합한다는 것은 불가능하다. 이들은 영원한 타자일 뿐이다. 이렇듯 이 작품에서의 대지는 불구화된 근대의 문명을 상징하고 있다.

현대시에 나타난 대지의 의미는 생명이나 생산 등의 의미와 불가분의 관계에 놓여 있다. 현대시에서 대지가 주요한 시의 소재가 된 것은 인간의 생존조건이 열악해지고 심지어는 실존적 삶에까지 그러한 위기가 파

고들어왔기 때문일 것이다. 따라서 인간이 처한 위기와 그 대안 모색에서 생명성을 상징하는 대지가 시인들의 관심을 끌게 된 것은 당연한 것처럼 보인다. 따라서 대지에서 생명력이나 근대의 역사철학적 의미를 읽어내는 것은 이런 면에서 매우 적절한 것처럼 보인다.

현대시에 투영된 서울의 산들

1. 생활로서의 산과 시로서의 산

한반도는 전 국토의 70%가 산으로 둘러싸여 있을 만큼 산이 많은 지역이다. 어딜 둘러봐도 산이고 설혹 평야 지대라고 하더라도 시야를 좀 더 멀리 두게 되면 영락없이 산이 보인다. 어찌 보면 산이 곧 한반도이고 한반도가 산이라고 해도 틀린 말이 아닐 정도로 산과 우리 민족은 상호 불가분의 관계에 놓여 있다. 이런 관계망 속에서 우리 민족은 육신의 단련을 위해서도 산을 찾았고, 정신의 수양을 위해서도 산을 찾았다. 그렇기에 산은 우리 민족이 서로 공유할 수 있는 최대 공약수 가운데 하나였다.

산이 우리의 삶의 터전이었고 생활의 무대였다는 것은 그것이 단순히 무정물로만 머물 수 없는 또 다른 함의를 내포하게 한다. 생활의 터전으로서의 산이 물질의 영역이라면, 이를 뛰어넘는 정신의 영역이 여기에 내재되어 있다는 말과도 같다. 이는 어떤 보편성의 문제가 아니라 우리 민족의 역사철학적 의미와 관련되는 문제일 것이다. 이를 두고 산의 역사철학적 의미라고 한다면 이에는 다음 뜻이 담겨 있다. 하나는 물신주의적인 것에 관계되고, 다른 하나는 근대적인 맥락에 관계 된다.

우리 국토의 대부분이 산으로 구성되어 있다는 사실은 그것이 한반도의 제유적 국면으로 의미화 되어도 전혀 어색할 것이 없음을 말해준다. 산이 한민족 구성원들에게 국토의 또 다른 이름으로 기능해도 자연스럽다는 뜻이다. 실제로 산에 대한 애정들은 국토 사랑이나 나라 사랑과 등가의 것으로 비춰졌다. 가령, 1920년대 최남선의 『백두산근참기』는 그의 조국애의 열정을 떠나서는 설명할 수 없을 것이다. 일제 강점기의 열악한 현실을 우회하면서 조국에 대한 열정을 드러내는 데 산에 대한 가열찬 탐색만큼 좋은 대상도 없었다고 할 수 있다. 산이란 국토의 또 다른 제유였기 때문이다. 최남선의 국토에 대한 사랑은 물신화된 것이고 거의 애니미즘에 가까운 것이어서 국토에 대한 그 어떠한 신비화 작업보다도 앞선 것이었다. 산에 대한 그러한 애니미즘적 열정과 사랑은 비단 최남선 개인이나 그 당대의 문제에서 그치는 문제는 아니었다. 근대화 이후 산에 대한 탐색과 열정은 국토사랑의 또 다른 이름으로 거듭거듭 그 맥을 이어 왔기 때문이다.

그리고 산이 주는 또 다른 의미는 근대적인 맥락에서이다. 산은 통상적인 의미에서 우주의 이법이나 순리로 인식되어 왔다. 그러한 이법이 표 나게 강조된다는 사실은 그 이면에 어떤 분열성이나 파괴성을 전제한다. '자연으로 돌아가자'나 '자연을 배우자'라는 구호는 역설적이게도 그렇지 못한 상태의 반증이라 할 수 있다. 여기서 근대적인 맥락으로서의 산의 또 다른 가치가 부각되는데, 바로 근대적인 사유 속에 편입되는 산의 의미화이다. 산으로 표방되는 자연이 인간을 지배할 때, 그것으로부터 어떤 의미를 끌어내는 것은 그리 중요한 일이 아니었다. 문제는 인간이 자연을 지배하기 시작한 근대 이후의 일이다. 계몽의 과잉과 인간 욕망의 무한한 팽창은 자연을 인간화시켜왔고 수단화시켜 온 것이 현실이다. 근대인들은 자연과 일체화되는 삶이 아니라 자연과 분리되는 삶을 추구해 온 것이다. 근대적 사유 속에 편입되는 자연의 새로운 의미화가 새삼 주목을 받게 된 것은 여기에 그 원인이 있다.

한국 현대시에서 근대적 사유로 작동되는 산의 의미를 본격적으로 표방한 대표적인 사례는 정지용에게서 찾을 수 있다. 그는 근대 문명이 주는 불구화된 삶을 자연이 보지하는 인식적 완결을 통해 극복하려 했다. 이를 대표하는 시가 「백록담」이다. 그는 이 작품을 통해서 자연과 점점 동화되는 서정적 자아를 발견해냈다. 점점 축소되는 서정적 자아가 자신의 경계를 잃고 자연과 하나가 되는 과정을 '백록담'으로의 산행과정을 통해서 읊어냈다. 정지용에게 산은 불구화된 인식을 완결해내는 좋은 매개였다.

이를 계기로 한국 모더니즘 시에서는 그 인식적 완결에 대한 하나의 가정이 준비될 수 있던 것은 아닐까. 가령, 인식의 완결을 향한 궁극적 방향이 산으로 표상되는 자연에 있는 것은 아닐까하는 조심스런 결론이 바로 그것이다. 서구의 경우는 그 인식의 방향들이 주로 종교라든가 역사에서 구해졌다는 사실은 잘 알려진 일이다. 이러한 차이는 문화의 상위에서 오는 당연한 귀결이라 할 수 있다. 다시 말해 인식의 질과 양에서 오는 차이라고는 생각되지 않는다는 점이다.

2. 현대시에 나타난 서울의 산의 의미들

1) 정념과 애니미즘적 대상으로서의 산

산은 물질 자체로서가 아니라 어떤 정념적 요소를 지닌다는 점에서 시적으로 의미가 있는 것이다. 그것은 인간의 정신활동과 밀접히 결부되어 있고, 근대적 의미의 맥락으로부터도 자유롭지 못한 까닭이다. 그러나 근대화의 다양한 계기 속에서 의미화된 것이 산이기에 그것마다에서 어떤 고유한 의미를 찾아내는 것은 사실상 불가능하다. 가령, 서울의 산이라든가 지방의 어느 산을 명명하고 환기했을 때, 그 마다의 고유한 의미가 따로 있는 것은 아니기 때문이다. 지금 주어진 과제인 현대시에 나타난 서울 지역의 산의 의미들을 추출해내는 것 또한 마찬가지이다. 서울의 산이 지니고 있는 고유한 의미나 지명적 특색을 다른 지역의 그것과 차별화시켜 말할 수 있는 근거는 매우 희박하다고 할 수 있다. 그럼에도 서울 지역의 산들은 그 지정학적 위치 때문에 한반도의 다른 산과 구별 지을 수 있는 의미론적 특장들을 읽어내는 것 또한 가능하다. 서울 지역이 갖는 상징성을 바탕으로 산을 조국애나 민족애로 인식하는 애니미즘적 태도로서의 접근이 바로 그러하다.

북악산,
북한산,
인왕산,
푸른 자락 펼쳐
東天이 열리고,

목멱산 정수리에
붉은 太陽 휘날리는

찬란한 五月의 아침!

千千年의 古都
말갛게 씻은
아리따운 얼굴로
오늘도 위대한
서울의 새아침을 여는가!
(중략)
아아!
겨레여,
민족이여,
조국이여,
(중략)
웅장한 서울 都城
한강 철교
임진각 훌쩍 넘어

개성으로
평양으로
우리의 古土
中原의 대륙으로
휘달려 가리라
휘달려 가리라.
꿈빛 도는 五月.
그 어느 날에
그 어느 날에

—김철호, 「五月의 새 아침에」 부분

인용시는 서울의 산이 중심 모티브로 직조된 시는 아니다. 산뿐만 아니라 강, 나루, 행주산성 등이 모두 이 작품의 소재로 나오기 때문이다. 그럼에도 이 작품이 우리의 주목을 끄는 것은 조국에 대한 사랑과 민족의 꿈을 희구하는 데 있어서, 서울의 대표산인 북한산 등을 차용하고 있다는 점에서이다. 이 작품에서 북한산은 매우 신성하게 그려져 있고 우리 민족의 어떤 꿈과 연결되어 있다. 그 꿈이란 민족의 비원인 통일이다. 실상 통일에 대한 이런 감상주의적 접근은 매우 일차원적인 것이고 시대에 뒤떨어진 것이다. 통일에 대한 감상적 접근이야말로 가장 비과학적이고 전근대적인 것이기에 그러한데, 서정시가 아무리 정서적 황홀에 의해 지배된다고 해도 이런 감상적 발상은 이 장르가 감당하기에는 시기적으로 무리가 있어 보인다.

이런 한계에도 불구하고 '서울의 산'이 갖는 의미역을 추출할 경우, 이 시는 다음 두 가지 측면에서 의의가 있다. 하나는 서울이라는 지명적 특장을 다른 어느 작품보다도 효과적으로 구현해내고 있는 의미론적 국면에서이고, 다른 하나는 애국주의 국면에서이다. 서울은 한반도의 중심이자 대한민국의 수도이다. 서울이 갖는 이런 상징적 의미는 단순히 지역의 가운데라는 물리적 차원을 넘어서서 우리 민족의 중심이라는 정신적 차원으로 승화시키는 계기를 만들어준다. 시인이 일차적으로 의도하고 있는 것도 이 부분에서이다. 그는 북한산에서 한반도의 기원을 읊고(푸른 자락 펼쳐/ 동천이 열리고), 서울에서 민족의 새로운 역사를 읽어낸다(千千年의 古都/ 말갛게 씻은/ 아리따운 얼굴로/ 오늘도 위대한/ 서울의 새아침을 여는가!). 이런 의미역 때문에 북한산은 보편화된 감수성을 뛰어넘게 된다. 즉 북한산은 한국의 어떤 산으로 보편화되는 것이 아니라 서울이라는 지명적 특장을 살려내는 기능적 장치가 되는 것이다.

그리고 다른 하나는 애국주의이다. 시인은 북한산 등으로부터 우리 민족만이 포지하는 고유의 정서를 이끌어내고자 했다. 이러한 관점은 산과 국가를 등가의 관계로 보려는 정념적 발상에서 온 것이다. 산에 대한 사랑이야말로 조국에 대한 사랑이라는 그 은유적, 애니미즘적 인식이 바로 그것이다. 그러나 이 시는 최남선의 그것처럼 산 자체에 대한 사랑을 전일적으로 쏟아 부은 시는 아니다. 시인은 북한산 등에 대한 한없는 애정과 정서적 동화를 통해서 인식하고 있지 않기 때문이다. 산은 다만 서울이라는 도시를 미화시키고, 그것이 갖는 기능적 의미를 보족하는 장치에 머물고 있을 뿐이다. 이러한 부분이 최남선이 읊은 산의 의미론적 측면과 다른 차원이다. 서울의 또 다른 산인 남산을 읊고 있는 다음 작품의 경우도 그 연장선에서 논의가 가능한 시이다.

어느 드높은 얼로
우러러 솟은 이 땅

휘감긴 하늘자락
발기발기 찢기운 채

찬바람 후미진 골짝
홀로 우뚝 섰나니.

부러진 대공마저
그날을 앓아 누워

앙상한 가지마다
그리움만 영글던가

실바람 간질임에도

자지러진 이 날에.

모든 것 다 떨치고
그의 뜻 그의 이름

아늑한 품속으로
뿌리 내린 곡절들아

억겁을 다스린 마음
솔빛 푸른 둘레로

— 황몽산, 「남산」 전문

남산을 소재로 한 몇 편 안되는 시 가운데 하나이다. 시조임에도 불구하고 쓰인 기법은 이미지즘에 가깝다. 그만큼 남산을 형상화하는 데 있어서 이미지 효과에 크게 의존하고 있다는 뜻이다. 앞의 작품과 달리 이 작품에서 나라에 대한 사랑과 같은 거대 주제를 읽어내는 것은 쉽지 않다. 어떤 '그리움에 젖어 앙상한 가지만 남았다'는 표현에서 조국애 정도를 유추해 볼 수는 있다. 그러나 이보다는 님에 대한 그리움 정도로 해석하는 것이 더 옳을 듯하다. 그것이 이성적인 것이든 혹은 조국애 같은 거대 담론이든 간에, 이 작품에서는 그러한 정서가 짙게 묻어나오기 때문이다.

따라서 이 작품에서는 '남산'만이 갖는 어떤 고유한 의미를 읽어내기가 쉽지 않다. 마찬가지로 최남선 류의 조국애라든가 민족애가 표 나게 드러나 있지도 않다. 요컨대 이 작품은 서울의 남산을 의미화하고 있다는 것, 그 의미가 보편적인 것이어서 그것만이 함유하는 고유의 특장이 드러나 있지 않다는 것 등으로 요약된다. 다만 중요한 것은 그리움이라는 보편화된 정서를 동일화나 동화의 정념을 통해서 이루어내고 있다는 사실이다.

2) 우주의 이법으로서의 서울의 산

산이 우주의 이법이라는 관념의 표백으로 덧씌워진 것은 근대 이후의 일이다. 물론 죽림칠현으로 표상되는 무위자연의 사상이 동양사상의 하나로 자리 잡은 것은 오래 전의 일이긴 하다. 그러나 이때는 자연이 인간을 지배하던 시기이기에 별반 주목을 받지 못했다. 그저 현실 정치에 패배한 사람들의 넋두리 정도로 인식되거나 가난한 자들의 푸념 정도로 인식되어 왔기 때문이다. 그러나 근대 이후로 자연에 대한 관념들은 새삼 주목을 받아 왔는데, 그것은 주로 인간의 욕망과의 관계망에서 그러했다. 특히 인간과 자연을 이분법적 구도로 놓고 볼 때, 자연이란 있는 그대로 모습으로 비춰지는 데 반하여 인간은 그러한 자연을 파괴하는 침략자로 인식되었다. 인간이란 욕망하는 주체로서 자연을 기술적으로 지배하는 자로 규정지어진 것이다.

자연과 인간이 이렇게 대립하는 두 주체가 될 때, 가장 문제시되는 것은 사실 인간의 욕망에 관한 것이었다. 근대 과학물질문명의 횡포도 궁극에 있어서는 인간의 욕망으로부터 촉발되는 것이고, 그러한 횡포를 딛고 인간이 다시 자연으로 회귀하고자 하는 것도 여기서 비롯된다. 특히 후자의 경우는 인간의 존재론적 완성과 관련된 사항이라 주목을 요하는 부분이다.

저기압의 음모가
산의 정수리까지
가득 차오르고 있었다.

이따금
허공에 금빛살 그으며
호통치는 천둥 번개가 두려웠지만
그대로 선하게 살았다.
괜찮다, 괜찮다 마음 다잡으며,

골고다 언덕을 오르던 예수처럼
한 발짝 한 발짝
비통을 밟고 올라섰다.

꼼짝없이
바람에 잠긴 산이
사납게 흔들릴쯤
나도 날고 싶었다.

비우고비워낸 몸
정상의 바위에 우뚝 세워도
도무지 날 수가 없던 까닭은,

아직
내 안에 욕망이
무겁게 남은 터였다.

― 홍이선, 「북한산을 오르며」 전문

홍이선의 인용시는 북한산을 배경으로 쓰인 시이다. 그러나 이 작품에서 북한산만의 고유한 특성이나 의미가 읽혀지지는 않는다. 우주의 이법이나 자연의 섭리를 주제로 씌어진, 산에 관한 시들이 그러하듯 여기에도 익명화된 산의 모습만이 드러나 있을 뿐이다. 시인은 북한산만의 고유한 질과 형식에 의해서 시상을 전개시켜 나아가는 것이 아니라 보편화된 자연의 일부로서만 북한산을 인유하고 있는 것이다.

이 시의 기본 발상은 이렇게 전개된다. 시인은 자신 속에 굳건히 남아 있는 인간적인 흔적 — 그것은 욕망인데 — 을 제거하기 위하여 북한산에 오른다. 하늘의 벌로 상징되는 번개를 두려워하지 않을 정도로 선하게 살아온 자신이고 또 그의 삶이었기에, 그 삶의 완성을 위해 또다시 산에 오른다. 즉 그의 산행의 최종 목적은 자신의 몸속에 남아 온 온갖 무거운 짐을 덜고 하늘로 오르는 데 있다. 그러나 그는 산 정상에까지 이르긴 했어도 그 산으로부터 완전히 벗어나지는 못한다. "비우고 비워내서" 가벼운 줄 알았던 몸이 아직도 너무 무거운 까닭이다. 다시 말해 내 안에는 아직도 너무도 무겁게 욕망이 남아있었던 것이다.

이렇듯 이 작품은 존재론적 완성을 위한 자기성찰의 시이다. 그 매개는 무위자연으로 표상되는 산이다. 따라서 북한산의 의미는 우주의 이법을 구상화내는 매개일 뿐, 그것이 한국의 다른 산과 차질되는 별도의 의미는 없다고 하겠다. 이런 맥락에서 북한산은 익명적인 산, 보편적인 산으로 표상되었다고 할 수 있다.

일반적으로 산의 이미지에서 우주의 이법과 같은 보편적인 원리를 이해하게 될 때, 어느 특정 산만이 가지고 있는 고유한 의미역에 이르는 것은 매우 어려운 일이다. 그것은 산이 갖는 항구적인 이미지들이 모두 그러한 영역으로부터 자유롭지 않기 때문이다. 북한산을 소재로 하여 인간의 욕망 문제를 다룬 다음의 시도 마찬가지의 경우이다.

그대는 알게 되지

북한산 세이천 곁에서
표주박으로 물 한 모금 떠 마시고

봄바람이 수군대는 숲을 바라보면

슬쩍 지나가는 공기의 손가락이
내 귓대기를 거쳐

세 치 혀와 허파와 심장을 헹궈낸다는 것을
온 몸을 돌며
잠든 피를 모두 다 흔들어 깨우고
숨어있는 영혼의 옷자락까지 시퍼렇게
펄럭여 준다는 것을

들여다보게 되지
머리 속 스쳐가는 한순간의 눈부신
섬광처럼

이윽고
골짜기를 돌아 세상의 나라로 내려오면
내 오랜 영혼의 찌꺼기들이
발길에 툭툭 채이는 소리를 듣게 되지
내 안에서
푸른 바다 한 자락
출렁이는 소리가 울리지

— 정래수, 「북한산 세이천에서」 전문

북한산을 소재로 쓰인 인용시는 앞의 작품보다 존재론적 완성을 향한 열정의 정도가 더욱 앞선 경우이다. 서정적 자아는 북한산으로 표상되는 자연의 이법 속에 완전히 노출된 상태이고, 그리하여 그는 여기서 자연의 섭리를 자연스럽게 체득하게 된다. 시적 주체와 자연은 합일된 존재이기에 자연은 시적 주체에게 더 이상 낯선 타자로 다가오지 않기 때문이다. 낯선 타자는 시적 화자가 몸담고 있는 세상의 나라이다. "내 오랜 영혼의 찌꺼기들이/ 발길에 툭툭 채이는 소리를 듣게 된다"는 것은 우주의 섭리를 이해하지 못하고서는 알 수 없는 일이다. 자연이 소중한 것은 시적 주체에게 욕망을 다스릴 수 있는 지혜를 주었기에 가능하다. 그러한 능력은 자연만이 가지고 있는 영원한 진리가 아닐까.

인간에게 자연이 이원적 사유의 대상이 된 것은 근대 이후의 일이다. 자연이 인간의 욕망을 실현하기 위한 수단이 되었을 때, 자연은 과거의 그것이 갖고 있었던 의미론적 국면을 상당부분 상실하게 된다. 자연이란 인간 욕망을 실험하는 장이 아니라 하나의 모범이 될 때 그것의 궁극적 존재 의미가 있기 때문이다. 인용시는 그러한 자연의 존재론적 의미를 성찰의 과정을 통해 잘 보여준 작품이라 할 수 있다.

3) 근대성의 맥락에서 사유되는 자연의 의미

자연을 절대의 섭리로 받아들이는 태도가 근대성의 사유구조와 불가분의 관계에 놓여 있는 것임은 앞에서 보아온 터이다. 근대란 문명을 떠나서는 설명할 수 없고, 이를 지탱하는 논리가 자연에 대한 무한한 지배이다. 그렇기에 자연의 이법을 받아들이자고 하는 것도 따지고 보면 자연에 대한 개발을 더 이상 하지 말자는 말과도 같다. 그만큼 개발과 보존은 불가불 역비례의 관계에 놓여있는 것이다. 모더니즘의 궁극적 귀결 가운데 하나가 원시주의임은 잘 알려진 일인 바, 이 원시주의는 원상태인 시원의 모습으로 되돌아가자는 데 그 최종 목적이 있다. 그 기원의 상태란 다름 아닌 자연 그 자체임은 잘 알려진 일이거니와 이에 대한 회귀야말로 인류가 나아가야할 궁극이라는 것이다.

근대를 문명과 관련지을 때, 가장 먼저 떠오르는 것이 도시화이다. 도

시야말로 어쩌면 전근대와 근대를 구분 짓는 가장 중요한 잣대 가운데
하나일 것이다. 현대시에 반영된 서울의 산이 주목이 대상이 되는 이유
도 여기에 있지 않은가 한다. 서울이란 한국의 수도라는 지역적 특성을
넘어서서 가장 도시화된, 따라서 가장 근대화된 도시이다. 그만큼 다른
어느 지역보다 근대적 속성이 잘 드러나 있다고 할 수 있으며, 이로부터
인식되는 근대적 사유구조 또한 잘 이해할 수 있는 장소로 인식된다. 다
음의 작품은 서울의 그러한 모습을 아주 잘 담아낸 시이다.

    남산은 서울의 폐
    몸 밖으로 나와서
    저혼자 심호흡을 하고 있다

    멀리 내려다보이는 서울이
    까만 숯불을 이글거리며
    들어오너라, 들어오너라
    어머니처럼 부르고 있다

    자동차의 불주둥이가 너무 길어서
    동으로 서로 한 줄을 그으며
    불이 흐르는 곳에 나란히
    물의 한강이 흐른다

    서울은 천천히 흐르는 물의 허리띠
    서울은 빠르게 흐르는 불의 허리띠

    나란히 두르고
    낮동안의 소란을 물로 잠재우고
    낮동안의 소란을 불로 지져서

태어난 물밑의 불기둥을
대교 난간에 매달린 나트륨 등이
굽어 탐조하고 있다

한강대교, 동작대교, 반포대교, 동호대교―
큰 허리띠에는 큰 장식이
물의 허리띠에는 불의 장식이
주렴으로 매달려 있다

멀리 내려다보이는 서울이
까만 숯불을 이글거린다

―김규화, 「밤의 서울」 전문

인용시는 남산과 서울의 관계를 상호 역동적 모습을 통해서 제시해 주고 있는 작품이다. 우선, 시적 화자는 남산의 정상에서 서울 시내를 응시한다. 그는 서울을 '까만 숯불이 이글거리는 곳'으로 보는가 하면, '자동차들이 긴 불주둥이를 만드는 곳'으로 보기도 한다. 뿐만 아니라 나트륨 등이나 한강 여러 다리의 모습에서 근대화된, 아니 그러한 근대화로 인하여 진행된 도시의 모습을 매우 역동적이고 활력 있는 모습으로 그리기도 한다. 그런데 중요한 것은 시인이 그러한 서울의 모습을 카메라의 눈처럼 응시하고 있을 뿐 여기에 대해 어떤 가치 평가도 하고 있지 않다는 점이다. 그는 다만 바라볼 뿐이고, 그것에 대해 어떤 판단이나 인식론적, 철학적 사유구조를 보여주고 있지 않다. 다만 시의 모두에 남산을 '서울의 폐'로 인식하면서 서울을 불구화된 도시의 한 모습으로 은유하고 있을 뿐이다.

물론 이러한 응시 자체만으로도 우리의 삶의 질과 가치를 실현하는 하

나의 장으로 해석해도 큰 무리는 없다. 왜냐하면 그것을 인식하는 것만
으로도 이면에 숨겨진 대타적 상황이 은유적으로 암시되어 우리를 각성
시켜 주기 때문이다. 어떻든 시인은 근대화된 서울의 모습을 남산이라는
자연을 통해서 응시하고 있다는 점에서 서울의 산이 가지고 있는 특징적
단면을 아주 잘 형상화하고 있다. 이 부분이 이 시가 함의하고 있는 궁극
의 가치인데, 그것은 남산만의 고유한 특징을 다른 어떤 사례보다 잘 드
러내고 있기 때문이다. 다음의 작품도 그 연장선에 놓여 있는 시이다

> 63빌딩 유리창에 감귤빛 내릴 때
> 잎 붉은 담쟁이 늘어진 성벽 따라 남산 길 오른다
> 여름내 철망 구멍으로 힘겹게 줄기 뻗은 들국화
> 이젠 하얀 꽃 피어 목을 숙이고 있다
> 내딛는 걸음 더 할수록 등줄기엔 땀 고이고
> 옹골진 다리 근육은 실타래가 된다
> 내 삶 닮은 산길은 돌고 돌아가는 길
> 여럿 가도 정다운 길이지만 혼자선 호젓해서 더 좋다
> 문득 내려다본 시가지 저 큰 동공의 도시에 나 혼자라는 것
> 아득함이다
> 떨어진 상수리 잎들 부는 바람에 바스락 소리내며 훌훌 어디론가 몸
> 들을 날린다
> 두 발 모아 얼굴 훔치던 다람쥐 바위 틈에서 달캉달캉 건너고 뛰더니
> 쪼르르 잣나무 꼭대기에 앉아 나를 힐끔힐끔 바라다본다
> 땀절은 내의 세탁하고 온 몸 비누칠하던 게 어제 같은데
> 예고도 없이 왔다 가는 날들은 사정없이 지나 갔나보다
> 약수터 찾아 오르다 길 잘못 드는 바람에 정상까지 와 버렸다
> 하나씩 둘씩 불 밝히는 도시
> 퇴계로 용산 홍제동 바라보며 냉커피 한 잔 하는 사이
> 스치는 바람에 목이 서늘하다

> 정상 오르려고 뜀박질, 칼부림, 쌈질도 하는 저 허상의 도시
> 내려다보면 잡히는 건 빈손인데 왜 난리들인지
>
> ——이우정, 「혼자 오르내리는 남산」 부분

　이우정의 인용시는 다음 두 가지 측면에서 근대성의 맥락을 이해할 수 있다. 하나는 보들레르적인 의미에서의 근대성이다. 일찍이 보들레르가 근대의 제반 특성 가운데 하나로 짚어낸 것이 도시의 우울 또는 소외감이다. 공동체의 맥락이 사라진 직후 인간들은 오히려 더욱 집단화되어 살아가고 있지만 인간은 그러면 그럴수록 더욱 고립되는 것이 근대의 모순된 징후라는 것이다. 그러한 인식론적 사유를 인용시에서는 "문득 내려다본 시가지 저 큰 동공의 도시에 나 혼자라는 것"으로 표현한다. 물론 이 한마디 구절로 보들레르가 말한 근대성의 제반 사유들을 모두 인식했다고 단정하는 것은 어불성설이다. 단지 여기서 말하고자 하는 것은 그러한 사유의 한 단초가 보인다는 사실만을 지적해 두기로 하자.

　그리고 다른 하나는 서울이 갖는 궁극적 의미이다. 시인은 도시의 긍정성보다는 부정성에 초점을 맞추고 있다. 서정적 자아는 앞의 여러 시들에서 보여주었던 것처럼 절대적 경지에서 도시를 응시하고 있다. 그 경지란 우주의 이법으로 표백된 자아의 순일한 상태이다. 이런 경지에서 바라본 서울은 "정상에 오르려고만 하는" 무한 경쟁의 도시이고, 또 그렇게 하기 위해서 "뜀박질, 칼부림, 쌈질"만하는 곳으로만 비춰진다. 말하자면 서울이란 '허상의 도시'라는 것이다.

　이 작품은 남산을 통해서 서울의 풍경을 들여다 본 시이다. 그렇기에 일반의 시들에서 감각되는 공통의 보편적 감수성이 묻어나오지 않고, 남산만의 구체성이 잘 드러난 시라고 할 수 있다. 그러나 남산을 매개로 근

대인이 겪는 자기우울과 도시의 병리적 현상을 읊어내고 있다는 측면에서 보면, 이 작품 역시 그리 새로울 것은 없어 보인다. 그럼에도 그것이 남산을 통하여 서울을 응시하고 있다는 점, 그리하여 이 지역 특유의 의미를 잘 구현해내고 있다는 점에서 그 의의가 있는 작품이라고 하겠다.

3. 현대시에 나타난 서울의 산의 의미

현대시에 투영된 서울 지역의 산이 갖고 있는 의미는 다른 지역의 그것과 비교해 볼 때, 별반 다를 것이 없어 보인다. 서울의 산이라고 할 때, 그것만이 가지고 있는 고유의 질과 형식을 변별할 수 있는 근거란 매우 희박하기 때문이다. 그럼에도 서울 지역의 산들이 현대시에서 어떤 의미를 갖고 있는 것일까를 탐색하는 것이 이 글의 목적이었던 바, 나는 그것을 근대성의 맥락에서 찾을 수 있었다. 물론 근대성이란 것 자체 역시 보편성을 갖는 것이어서 북한산이나 남산, 혹은 관악산을 형상화한 시들에서 그 고유한 의미를 찾는 것은 어려운 일이다. 오히려 그러한 맥락에서 보면 이 지역의 산들에서 평균화된 이상의 의미를 찾아내는 일이 불가능하다는 것이 옳을 것이다. 가령 근대 모더니스트들이 지향했던 백록담이나 장수산, 혹은 설악산에서 보여주었던 인식론적 사유들보다 더 진전된 국면들을 이들 지역의 산으로부터 이끌어내는 것은 어렵기 때문이다.

그러나 서울이라는 도시가 갖는 상징적 아우라로 들어가게 되면 서울 지역 산의 의미들은 다른 지역의 그것들에 비해서 그 고유한 자장을 펼쳐보이게 된다. 서울은 한국의 수도이면서 가장 근대화된 도시이다. 근대성의 제반 특징 가운데 하나가 도시화에 있다면, 서울은 그러한 근대적 특성을 드러내는 데 있어서 다른 어느 지역보다 우위에 있다고 할 수 있기 때문이다. 이러한 특성을 매개로 시에서 주로 형상화된 산이 남산이다. 남산은 서울의 중앙에 있기도 하지만 서울의 제반 특성을 가장 잘 담지해내고 있는 산이라 할 수 있다. 근대화의 상징인 남산타워가 이를 증명할 뿐만 아니라 70년대 이후 진행된 한국의 근대화가 남산 주변을 시작으로 이루어졌기 때문이다. 그러나 근대화의 상징으로 남산이 주목받은 이유가 비단 이런 물리적인 변화에만 있는 것은 아니다. 남산은 서울의 중앙에 있는 것이어서 이곳으로부터의 조망 자체가 서울의 근대화를 상징한다고 할 수 있다. 그것이 바로 남산의 존재 가치를 말해주는 것이 아닐까. 이런 뜻에서 남산은 산의 보편적 의의를 뛰어넘어 서울만의 산으로 우뚝 서게 된다. 남산을 시로 형상화한 작품들의 시사적 의미는 바로 이런 데서 찾아야 할 것으로 판단된다.

기독교적 상상력과 시에서의 몇 가지 의미

1. 현대시와 종교

한국 현대사에서 기독교의 역사는 여타의 종교에 비하여 비교적 짧은 편이다. 특히 삼국시대부터 뿌리내리기 시작한 불교와 대비하면 비교조차 불가능할 정도로 그 역사가 일천하다. 그러나 기독교의 그 짧은 역사에도 불구하고 그것이 이 땅에 미친 영향은 실로 광범위하다. 약간의 과장들이 포함되어 있긴 하나 한국의 종교 분포도에서 기독교가 차지하는 비중이 거의 절반에 육박하고 있는 사실을 감안하면, 기독교가 우리 실생활에 끼쳐온 영향들이 어떠한가를 능히 짐작할 수 있기 때문이다.

기독교가 왜 이렇게 빨리 그리고 쉽게 한국 사회에 뿌리를 내리게 되었는가 하는 것은 문학의 범위를 넘어서는 문제이다. 여기에는 우리의 문화적 토양과 민족성, 국제적인 함수관계 등 광범위한 역사철학적인 요인들이 내포되어 있기 때문이다. 그럼에도 기독교가 우리의 감수성을 자극하고 빠르게 흡수된 데에는 그 나름의 이유가 있을 터이다. 나는 그것을 이 종교에 함의되어 있는 보편성에서 찾고자 한다. 물론 보편성이 없는 종교는 없다. 지구상에 현존하는 모든 종교들은 그들 나름의 고유한 보편성과 사회적 지배력을 바탕으로 지탱해 왔고, 또 종교적 영역들을 확대시켜 왔기 때문이다. 그러한 보편성과 더불어 기독교는 서구라는 거대 담론을 그 튼튼한 배경으로 깔고 있다. 따라서 기독교는 다른 어떤 종교보다도 사상적, 지역적 외연을 확대시키기 위한 좋은 토양을 갖고 있었다고 할 수 있다.

그러나 기독교의 외연적 확대를 물적 토대에서만 찾는 것은 어불성설이다. 이 종교가 세계성을 갖는 데에는 그 나름의 이유가 있다. 우선 그 대표적인 것 가운데 하나가 인간의 존재론적 고독이나 불안에 관한 것이 아닌가 한다. 기독교만큼 인간의 불완전한 국면들을 훌륭하게 설명해주는 경우도 드물다는 것이 필자의 판단이다. 기독교는 인간의 그러한 불완전성에 원죄의 굴레까지 뒤집어씌운다. 그런데 인간이라고 하는 존재론적 한계는 개인의 수행이나 도덕적 완결성에 의해서는 벗어날 수 없다는 것이 기독교의 논리이다.

기독교의 교리를 단지 몇 개의 개념으로 단선화시키는 것은 불가능하다. 그것은 사상적 방대함에서도 그러하지만, 오랜 역사적 깊이에 의해서도 그러하다. 시기마다 혹은 상황마다 기독교의 종교적 교리나 해석은 달리 해왔기 때문이다. 그럼에도 기독교가 인간에게 주는 의미 가운데 요지부동의 것들이 있는 바, 원죄의식과 메시아사상 등이 바로 그것이다. 그러나 이 두 관념은 그 뿌리가 동일하다. 죄의식의 근원은 '낙원에서의 추방'에서 비롯하며, 동시에 그 '낙원으로의 회복운동'이 메시아사상이기 때문이다. 흔히 서구의 영원한 3대 서사구조라 할 수 있는 유토피아 의

식, 추방과 타락, 회복운동 등도 원죄의식이나 메시아사상과 밀접한 상호
연관관계를 갖고 있다. 사물을 사상하는 기독교의 모든 관점은 실상 이
러한 사유들에서 파생된 것이라 해도 과언이 아니다. 기독교의 세계성을
담보해준 인간의 존재론적 불안도 여기서 예외가 아니다.

이를 바탕으로 이 글에서는 기독교의 그러한 종교적 특성들이 어떻게
한국시에서 직조되었는가를 대략적으로 살펴 볼 계획이다. 기독교가 모
두 문학사에 들어오는 것도 불가능하지만 문학 전체가 종교화되는 것도
불가능하다. 다만 여기서는 기독교의 어떤 요인들이 문학적 상상력으로
편입되었는가 하는 편린들만을 살펴볼 것이다.

2. 기독교적 상상력의 몇 가지 양태

1) 속죄양의식

기독교가 우리 문학에 본격적으로 등장한 것은 개화기 전후의 찬송가
부터가 아닌가 한다. 물론 그 직간접적인 영향과 시작은 동학가사에서
시작된다. 그러나 보다 광범위한 등장과 보급은 개화기 전후의 찬송가를
통해서 이루어진다. 비록 노래체의 형식을 차용한 것이긴 하지만 찬송가
가 우리 근대 시문학사에 끼친 영향은 실로 다대한 것이었다. 특히 근대
시로의 이행기에 있어서 자유시의 태동과 발전에 찬송가가 준 영향은 아
무리 강조해도 지나치지 않을 만큼 중요한 역할을 담당했다. 그러나 찬
송가의 경우, 그것이 노래체였던 까닭에 우리 문학에 끼친 영향은 매우
제한적일 수밖에 없었다. 찬송가는 개인의 영성을 고양시키는 집단의 노
래여서 서정시 본래의 고유 영역인 내밀한 자의식과 어느 정도 거리를
둘 수밖에 없었다.

　찬송가 이후, 개인의 서정과 기독교의 화학적 결합들은 정지용, 윤동주에 이르러 비로소 완성된다. 그런데 호교성과 문학성의 관계를 문제 삼는다면, 윤동주가 거의 맨 앞자리에 놓인다. 이에 앞서 종교시를 썼던 정지용의 작품들은 너무 호교성이 짙어서 문학성 여부를 운위하기에는 적절치 않아 보이기 때문이다.

　기독교적 상상력에 바탕을 두고 쓰인 윤동주의 시들은 그리 많지 않다. 그럼에도 그의 시들은 기독교의 내밀한 본질을 자신의 미적 감수성으로 훌륭하게 직조해내었기에 많은 주목을 받아온 것이 사실이다. 그 단적인 예가 되는 작품이 그의 대표작 가운데 하나인 「십자가」이다.

쫓아오던 햇빛인데
지금 교회당 꼭대기
십자가에 걸리었습니다.

첨탑이 저렇게도 높은데
어떻게 올라갈 수 있을까요.

종소리도 들려오지 않는데
휘파람이나 불며 서성거리다가.

괴로웠던 사나이,
행복한 예수 그리스도에게
처럼
십자가가 허락된다면

모가지를 드리우고
꽃처럼 피어나는 피를
어두워가는 하늘 밑에

조용히 흘리겠습니다.

— 윤동주, 「십자가」 전문

  이 시의 기본 주제는 속죄양 의식이다. 그러한 의식을 상징하는 매개물이 십자가이다. 이 작품에서 십자가는 두 번 나온다. 1연의 십자가와 4연의 십자가가 바로 그러하다. 그러나 그것이 지시하는 의미는 매우 다르다. 1연의 십자가는 지시적 의미를 넘지 못한다. 과학적 언어의 국면을 벗어나지 못하고 있기 때문이다. 그러나 4연의 십자가의 의미는 1연의 그것과 전혀 다른 차원에 놓인다. 그리고 그것은 다음 두 가지 뜻을 함의하고 있다. 하나는 예수적 입장에서의 십자가의 의미이고 다른 하나는 윤동주적인 의미에서의 그것이다. 잘 알려진 것처럼 예수는 인류의 죄를 대신해서 십자가에서 생을 마감했다. 그러한 까닭에 십자가는 희생을 표상하기도 하고 사랑으로 의미화되기도 한다.

  윤동주의 십자가의 의미는 예수의 그것과 상당히 다르다. 윤동주에게도 그것은 예수처럼 희생이나 속죄양의식을 갖는다는 점에서는 동일하다. 그러나 그 내용에 있어서는 매우 다르다. 이 둘을 차별시키는 단어가 '처럼'이다. 이 단어의 기본 뜻이 '비슷한'이란 뜻을 갖고 있지만 이 작품에서의 의미는 전혀 다른 방향으로 나타나고 있다. 예수의 경우, 인류의 원죄를 속죄하고 이를 대신하여 죽으면 그뿐이다. 여기에는 어떠한 대가나 기대 등이 있을 수 없는, 희생 그 자체만이 남는다. 그러나 윤동주의 경우는 예수의 경우와 상황이 다르다. 십자가에서의 시인의 희생은 일회성에서 그치는 것이 아니기에 그러하다. 그에게는 독립의 과제가 남아 있었다. 그렇기에 그는 자신의 삶을 단순한 희생으로 마감할 수 없었다. 즉 저항의 끈을 지울 수가 없었던 것이다. 이 저항은 자기 한 사람의 희생으로 끝날 일도 아니고 항상적인 그 무엇으로 남아서 계속 시인을 괴롭힐 것이다. 그렇기에 시인은 '괴로웠던' 것이고, 그러한 짐이 없었던 예수는 '행복했다'고 보는 것이다. 십자가에서 편안한 속죄양이 될 수 없음은 이 시의 전편을 가로지르고 있는 분위기 속에서도 쉽게 읽어낼 수 있다. 시인은 지금 무엇에 쫓기고 있고("쫓아오던 햇빛인데"), 어디에도 정주하지 못하고 헤매고 있기("휘파람이나 불며 서성거리다가") 때문이다.

윤동주의 속죄양 의식은 기독교의 보편적 원리 가운데 하나인 십자가의 의미에서 온 것이다. 그러나 시인은 기독교의 그러한 교조적 의미를 기계적으로 받아들이지 않고 자신의 실존적 삶과 유비시켜 새롭게 의미화했다. 이러한 미적 수용이야말로 기독교를 즉자적대자로 인유한 좋은 본보기라 할 수 있을 것이다.

2) 원죄의식

원죄는 기독교의 관점에서 거의 숙명적인 것이다. 이는 누구에게나 적용되는 것이어서 원죄의 덫으로부터 자유로운 인간은 아무도 없다. 원죄가 있기에 기독교는 더욱 세계성을 띠는 종교가 되었다고 할 수 있다. 원죄란 기계적 메커니즘의 성격을 갖는 것이기에 어느 한 개인의 수양에 의해서 초월할 수 있는 것도 또 도덕적 완결성에 의해 무화되는 것도 아니다. 원죄로부터의 초월은 오직 신에 의해서만, 신과의 합일에 의해서만 가능할 뿐이다.

그러한 까닭에 원죄는 불완전한 인간들의 자기 확인의 수단이 된다. 그것은 악의 근원이고 욕망의 뿌리에 해당된다. 인간은 그러한 신화적 부정성이 주는 실존적 무게로부터 자유롭지 못하다. 문학 속의 그 의미도 성서적 의미와 크게 다르지 않다. 가령 다음의 시를 살펴보자.

　나요. 오장환이요. 나의 곁을 스치는 것은, 그대가 아니요. 검은 먹구
렁이요. 당신이요.
　외양조차 날 닮았다면 얼마나 기쁘고 또한 신용하리요.
　이야기를 돌리오. 이야길 돌리오.
　비명조차 숨기는 이는 그대요. 그대의 동족뿐이요.
　그대의 피는 거멓다지요. 붉지를 않고 거멓다지요.
　음부 마리아모양, 집시의 계집애모양,

　당신이요. 충충한 아구리에 까만 열매를 물고 이브의 뒤를 따른 것은
그대 사탄이요.
　차디찬 몸으로 친친이 날 감아주시오. 나요. 카인의 末裔요. 병든 시
인이요. 罰이요. 아버지도 어머니도 능금을 따먹고 날 낳았소.

—오장환, 「不吉한 노래」 부분

　인용시는 오장환의 대표작 「불길한 노래」이다. 작품에 나타나 있는 것
처럼 아담과 이브의 성서적 신화를 기본 모티브로 깔고 있는 시이다. 그
러한 까닭에 이 작품에서 원죄의 의미를 읽어내는 것은 그리 어려운 일이
아니다. 게다가 그것의 의미 역시 성서의 그것과 크게 다르지 않다. 유토
피아를 상실케 한 뱀과 '능금'으로 표상되는 소비충동, 죄의 시초라 할 수
있는 카인의 살해사건 등이 모두 시화되어 나타나고 있기 때문이다.
　그러나 인류 최초의 사건이라 할 수 있는 아담과 이브의 성서 신화를
직시하는 오장환의 태도는 매우 부정적이다. 물론 여기서 말하는 부정성
이란 성서 그 자체에 대한 부정이라기보다는 원죄적 상황에 대한 싸늘한
시선이라고 하는 편이 옳을지도 모른다. 오장환의 이러한 태도는 원죄적
상황을 하나의 활력으로 자기화한 서정주의 그것과 좋은 비교가 된다.
잘 알려진 것처럼 서정주는 아담과 이브의 신화를 인간의 욕망과 관능으
로 연결시켰다. 신화에서 길어 올려진 시인의 욕망은 뱀으로부터의 거친

숨결을 느끼거나 석유먹은 듯 가쁜 숨결을 토해내면서 순네의 가슴으로 스며들어갔기 때문이다. 말하자면 서정주는 인간의 욕망과 그러한 욕망의 발산을 관능이라는 활력으로 정당하게 이끌어냈던 것이다. 반면 오장환의 경우는 이와 정반대의 사유구조를 보여준다. 이 작품에서 서정주의 그것처럼 어떤 활력을 맛보는 것은 거의 불가능하다. 여기에는 우울한 자기고백만이 산산이 흩어져 있기 때문이다. 원죄가 시인의 문제, 인정의 문제에 속하는 것이긴 하지만, 오장환의 성서체험은 자기인식의 폐쇄된 틀에서 헤어 나오지 못하고 있는 경우이다. 그러한 사례에 해당하는 시어들이 '검은 먹구렁이', '검은 피', '사탄', '카인의 말예' 등이다. 뿐만 아니라 "아버지도 어머니도 능금을 따먹고 날 낳았소"라는 원죄에 대한 솔직한 자기인정도 마찬가지이다. 오장환이 인유하는 성서적 신화들은 서정주적 욕망 등의 사유와 거리가 멀다. 원죄에 대한 담담한 인정과 수긍으로 일관되어 있기 때문이다. 신화에 대한 오장환의 이러한 태도는 그의 초기 시부터 지속되어 온 전통부정과 이에 따른 방랑의 모습들과 분리시켜 논의하기 어렵다. 철저한 자기고립과 그로 인한 존재론적 한계에 대한 자기 인식이 원죄의 확인으로 나타나게 된 것이다. 따라서 오장환에게 신화적 원죄의 의미는 존재론적 불안이나 고독에 대한 자기인식의 수단이었다고 할 수 있다.

3) 신과의 합일 혹은 승화의지

인간이 완벽하지 않다는 사실은 항상 신의 존재를 환기시켜왔고, 경우에 따라서는 이에 이끌려가도록 만들었다. 실존적 고독이나 존재론적 불안이 심화될 때, 종교적 구원의 문제가 중요한 화두가 된 이유도 여기서 찾을 수 있다. 인간이 영원성을 상실한 것도 결국은 신으로부터 분리되었기 때문이다. 중세의 종교적 인간이야말로 존재론적 국면에서는 가장 완벽한 인간이었을 것이다. 그러나 근대에 들어 인간은 신으로부터 분리된 채, 인간 스스로 자기 조정해 나가야 하는 현실을 맞이하게 되었다. 그만큼 존재의 불안이나 고독의 문제가 시급한 현대의 과제가 된다. 그러한 불안에 대한 극복은 오직 신과의 합일에 의해서만 가능하다는 것이다.

> 온 세계는
> 황금으로 굳고 무쇠로 녹슨 땅.
> 봄비가 내려도 스며들지 않고
> 새소리도 날아왔다
> 씨앗을 뿌릴 곳 없어/ 날아가버린다.
>
> 온 세계는 엉겅퀴로 마른 땅,
> 땀을 뿌려도 받지 않고
> 꽃봉오리도
> 머리를 들다
> 머리를 들다
> 타는 혀끝으로 잠기고 만다!
>
> 우리의 흙 한 줌
> 어디 가서 구할까,
> 누구의 가슴에서 파낼까?
>
> 우리의 이슬 한 방울
> 어디 가서 구할까
> 누구의 눈빛
> 누구의 혀끝에서 구할까?
>
> 우리들의 꽃 한 송이

> 어디 가서 구할까
> 누구의 얼굴
> 누구의 입가에서 구할까?
>
> ―김현승, 「흙 한 줌 이슬 한 방울」 전문

앞서 언급대로 존재론적 불안이나 고독의 문제 역시 원죄의식과 분리하여 논의하기 어렵다. 인간이 근원적으로 완벽하지 않다는 원죄의식이야말로 신과 인간을 구분시키는 가장 효과적인 매개이기 때문이다. 적어도 신과 같이 완벽한 존재가 될 수 없지만, 존재의 완성을 이루기 위해서는 원죄의 굴레를 벗어나야 하고 그러기 위해서는 신의 품으로 회귀해야 한다. 오직 신만이 그러한 불완전성으로부터 인간을 구제해 줄 수 있기 때문이다.

인용시는 기독교의 그러한 세계관을 잘 구현한 시인으로 알려진 김현승의 작품이다. 시인이 기독교의 세계에 깊이 침잠했던 후기의 작품군에 속하기 때문에 기독교적 상상력을 읽어낼 수 있는 적절한 예가 된다고 하겠다. 김현승의 시들은 소위 성(聖)과 속(俗)의 경계와 그 팽팽한 줄다리기 속에서 직조된다. 그의 시가 세속에 머물면 존재의 고독은 승하고, 종교적 세계에 침잠하게 되면 존재의 고독은 거의 감각되지 않는다. 그리하여 전자가 절대 고독의 세계를 다루었다면, 후자는 신과의 합일된 세계를 다루었다. 「흙 한 줌 이슬 한 방울」은 종교적 인간의 관점에서 직조된 성(聖)의 세계를 읊었다. 이 작품에서 신이 떠난 지상은 매우 척박한 것으로 그려진다. "온 세계는/ 황금으로 굳고 무쇠로 녹슨 땅"이고 "온 세계는 엉겅퀴로 마른 땅"으로 묘사되기 때문이다. 이러한 척박한 환경에서는 "봄비가 내려도 스며들지 않고", "땀을 뿌려도 받지 않는다", 그러하기에 "꽃봉오리도/ 머리를 들다/ 머리를 들다/ 타는 혀끝으로 잠기고 마는” 불활성의 땅, 생명의 공간이 소실된 땅으로 전락한다. 왜 이렇게 척박한 땅이 되었는가. 그것은 곧 신이 떠났기 때문이다. 생명의 공간이 부활되는 땅은 오직 신의 가슴, 신의 눈빛, 신의 혀끝, 신의 얼굴과 입가에서만 구해질 수 있다. 신과의 완전한 합일에 의해서만이 가능하다는 논리이다.

이 작품이 주는 궁극적 함의는 모든 인식 주체와 대상들이 신의 일부라는 사실에 있다. 여기에는 신과 분리되어서는 어떠한 주체나 대상도 그 본연의 기능을 할 수 없다는 뜻이 담겨 있다. 따라서 초기부터 시인을 극심하게 괴롭혀 왔던 절대고독으로부터 벗어나는 계기가 기독교적 상상력이었음은 물론, 그 시사하는 바가 매우 크다고 할 수 있다. 존재의 고독이나 불안은 신을 매개할 경우에야 비로소 영원으로 승화될 수 있다는 사실이 바로 그러하다.

4) 메시아적 복음주의

인간이 원죄의 덫에 갇힌 존재이고 지금 여기가 악의 근원이라고 한다면, 그 대타적 모형도 반드시 존재할 것이다. 현재의 고난과 원죄를 대신할 유토피아가 존재하지 않는다면, 종교의 존립근거는 유명무실해진다. 종교가 과정으로서 존재하는 것은 순전히 이러한 이유 때문이다. 역동성은 종교의 생명과 같은 것이고 그것의 구경적 종점은 유토피아에 있는 것이다.

낙원의 공간과 그로부터의 추방, 그리고 그곳으로의 회복운동이라는 서구의 영원한 3대 서사구조는 기독교에 그 뿌리를 두고 있는 것이다. 인류의 궁극적 목표도 여기에 있고, 기독교의 종점도 여기에 있다. 인간이 유토피아를 상실한 것은 인간의 욕망에서 비롯된 것이긴 하나 다시 그곳으로의 회귀는 인간의 자의적 노력에 의해서는 불가능하다는 것이 기독교의 기본 섭리이다. 그곳에 가기 위해서는 오직 예수 그리스도의 보호 아래 하나님의 품에서만 가능하다는 것이다. 그러한 낙원에의 대망이 메시아적 복음주의이다.

> 내게로 오너라. 어서 너는 내게로 오너라. ─불이 났다. 그리운 집들이 타고, 푸른 동산, 난만한 꽃밭이 타고, 이웃들은, 이웃들은, 다 쫓기어 울며울며 흩어졌다. 아무도 없다.
>
> 이리들이 으르댄다. 양떼가 무찔린다. 이리들이 으르대며, 이리가 이리로 더불어 싸운다. 살점들을 물어 뗀다. 피가 흐른다. 서로 죽이며 작고 서로 죽는다. 이리는 이리로 더불어 싸우다가, 이리는 이리로 더불어 멸하리라.
>
> 처참한 밤이다. 그러나 하늘엔 별─별들이 남아 있다. 날마다 아직은 해도 돋는다. 어서 오너라. ─황폐한 땅을 새로 파 이루고, 너는 나와 씨앗을 뿌리자. 다시 푸른 산을 이루자, 붉은 꽃밭을 이루자.
>
> ─박두진, 「푸른 하늘 아래」 부분

인용시는 박두진의 초기 시로 일제 강점기의 암울한 상황을 묘사한 작품으로 알려져 있다. 서로 먹고 먹히는 약육강식의 논리가 우화적으로 그려져 있고, 그 우화만큼이나 일제 치하의 처절한 현실이 적나라하게 드러나 있다. 이 작품은 그러한 침략의 상황을 '불'로 표현하고 있다. 그런데 이 '불'은 삶의 터전인 그리운 집들을 파괴했고, 이웃들을 쫓겨 가게 했으며 흩어지게 했다. 인간의 생활공간, 식민지 조선의 생활공간은 이렇듯 처절하게 파괴된 것이다. 남아 있는 것은 오직 으르렁대는 이리뿐이다. 철저한 약육강식의 논리가 적용되고 있는 것이다.

식민지의 열악한 상황을 읊고 있는 이 시에서 기독교적 함의를 읽어내는 것은 그리 어려운 일이 아니다. 우선 '내게로 오라'라는 권위적 담론이 그러하다. 이러한 담론은 절대자의 위치가 아니고는 발화가 불가능할 터인데, 그 절대자는 바로 하나님이다. 둘째는 창세기에 나오는 성경의 참뜻에서 찾을 수 있다. 창세기에 의하면 초기의 동물들은 약육강식의 논리가 없었다고 한다. 모두 풀을 뜯으며 먹고 사는 초식동물이었다는 것이다. 이에 비하면 인용시에서 보이는 동물들의 약육강식의 처절한 싸움들은 그러한 기독교의 내포들과는 거리가 먼 것이다.

마지막으로 자연에 대한 성경의 내포이다. 성경에 의하면, 척박한 자연들은 그대로 머무는 것이 아니라 그 죄와 악으로부터 회복되는 때를 기다린다고 한다. 완벽한 자연은 존재하지 않고 구세주의 복음에 의해서만 순일한 자연이 가능해진다는 것이다. 인용시에서 그러한 메시아적 복음을 담고 있는 시어들이 바로 '별'과 '해'이다. 이 시어들은 "황폐한 땅을 새로 파 이루고, 너는 나와 씨앗을 뿌리며, 다시 푸른 산을 이루고, 붉은 꽃밭을 이루는" 묵시록의 상징들이다. 그리고 박두진 시에서의 이러한 면들은 신과의 합일을 통해서 복음을 구했던 김현승의 경우와 다른 점이다. 박두진의 경우가 김현승보다 더 대사회적인 자장으로 그 외연이 넓혀진 까닭이다.

3. 현대시에 투영된 기독교의 시사적 의미

기독교가 우리 사회에 들어온 역사는 길지 않다. 그 짧은 역사에도 불구하고 기독교는 우리의 실생활뿐만 아니라 정신적 사유구조에도 깊은 영향을 끼쳐왔다. 특히 현재의 고난과 존재론적 불안을 치유하는 데 기독교만큼 좋은 종교도 없을 것이다.

광범위한 기독교의 체계를 몇 개의 단어와 문장으로 개념화하거나 서술하는 것은 사실상 불가능한 일이다. 다만 여기에서는 일상의 사유에서 쉽게 접근할 수 있거나 알려진 사유, 우리 시사에서 가장 빈번하게 나타나는 테마들을 그 대상으로 살펴보았다. 속죄양의식과 원죄의식, 신과의 합일사상 그리고 메시아적 복음주의가 바로 그것이다. 그러나 이러한 주제들은 서로 분리된 관계라기보다는 동전의 앞뒤처럼 상호 불가분의 관계에 놓여 있는 것이라 할 수 있다. 현실은 죄와 악으로 점철되어 있고 그러한 부정성들로부터 벗어나기 위해서는 신으로 기투하여야 하며, 그럴 경우에만 인류의 최대 목표인 유토피아가 도래하기 때문이다. 윤동주에겐 예수의 사랑과 비견되는 희생양의식이, 오장환에게는 원죄의식이 보다 두드러지게 나타난 경우이고, 김현승에게는 개인적 국면에서의 신과의 합일이, 박두진에게는 집단적 국면에서의 신과의 합일, 곧 메시아적 복음주의가 더 두드러지게 나타난 경우였다.

서정에 이르는 자아의 세 가지 태도

1. 주조의 상실과 현시단의 문제점

현 시단을 지배하는 담론 혹은 주도적 이념이 무엇이냐는 질문에 선뜻 답하기 어려운 것이 요즘 문단의 실정이다. 그만큼 문학의 본질에 육박해 들어올 만한 굵직한 이슈들이 없는 것이다. 이런 현상을 두고 작은 하위 갈래들이 지배하는 포스트모던적 현상으로 설명하는 것도 선뜻 수긍하기 어렵다. 현시단의 보편적 문법을 파괴할 만한 문학적 자장들을 효과적으로 보여주지 못하고 있는 까닭이다.

주조를 상실한 시단, 그 문학적 지향성을 잃은 시단을 두고 비평의 촉수나 문학사적 흐름에서 제쳐두는 일 또한 마땅치 않다고 판단된다. 지배적 담론이 없다고 해서 문학적 가치나 시사에서 예외적 국면으로 떼어놓는 것은 올바른 자세가 아니다. 이런 현상들은 대개 문학사의 기술이 유파를 중심으로 이루어진 데 기인한다고 할 수 있다. 지배소 중심의 문학사 기술이 어떤 흐름을 잡아나가거나 굵직한 선들을 계량화하기에는 좋은 장점이 있긴 하다. 그러나 이 흐름에서 비껴선 시인들의 경우, 그 뛰어난 서정성에도 불구하고 올바른 평가를 받지 못하는 사례가 종종 발생할 수 있다. 뿐만 아니라 문단의 어떤 그룹에 의해서도 이런 현상은 똑같이 빚어질 수 있다. 가령, 어떤 시인을 놓고 전략적 비평을 가할 경우, 그 시인이 추구한 참다운 본질과는 거리가 멀게 필요 이상으로 과대평가되거나 과소평가되는 사례가 있을 수 있기 때문이다. 비평에 있어서 전략과 기획의 문제는 비단 과거의 문제만은 아니다. 그것은 현재 진행형이며, 앞으로도 계속 일어날 것이라는 데 문제의 심각성이 있다. 주조란 기획 비평과 집단의 당파성이 만들어낸 도그마에 불과하다.

우리 시단의 다른 하나의 특징은 열정의 결핍이다. 여기서 열정이란 시대적 함의뿐만 아니라 존재론적 함의 역시 포함된다. 시란 사회성과 철학성이 담보되어야 한다. 이를 위해서는 사회에 대한, 혹은 존재에 대한 가열찬 모색이 동반되어야 한다. 그런데 요즈음의 시인들은 이러한 열정과는 거리가 있어 보인다. 특히 젊은 시인들의 경우 더 그러하다. 이들은 농 깊은 서정성은 제쳐두고 형식의 유희 혹은 감각성만을 추구한다. 그러다 보니 이들의 시에서는 내용이 없고 감동이 떨어진다. 젊은 시인들의 경우 쉽게 그리고 빨리 문단의 주목을 끌고 싶어 하고 그 결과 이목이 집중되는 형식적 장치의 현란함에 미혹되기 쉬운 것이 사실이다. 이러한 미망이 형식의 찬란함 이면에 내용이 허약한 시를 양산하게 만든다. 이런 미망에서 헤어나지 못하면 또 다른 시의 아킬레스건을 건드리게 된다. 바로 매너리즘의 문제가 그러하다. 똑같은 내용을 똑같은 감각으로 재생산 하는 것이 매너리즘이다. 여기에는 내용의 참신성도 감각의 참신성도 없다. 시란 단지 쓰기 위해서 쓰는 것에 불과하게 된다.

주조와 열정의 부재가 현 문단의 허약성이다. 그러나 이는 어쩌면 큰 문제가 아닐 수 있다. 앞에서 나는 비평의 전략에 대해서 이야기했다. 비평의 시선을 어디에 둘 것인가에 따라서 지금 제기된 문제점들은 사소한 것이 된다. 전략에서 벗어나 리리시즘의 본질과 인간의 존재론적 의미들, 그리고 사회성과 철학성이 결부된 훌륭한 모델들을 탐색하고 자리매김해 보자. 비평의 시선을 지금 여기의 세대가 아닌 좀 더 과거로, 그리고 중견의 세대로 돌려보자. 열정이 만들어낸 시들과 참신한 시의 의미들, 곧 서정의 올곧은 샘들을 만날 수 있다.

1990년대 신서정이 문제시 되었을 때, 가장 주목을 끌었던 부분이 은유의 확보와 서정에 대한 감각의 회복이었다. 물론 서정의 회복이 꼭 과거에의 복귀를 의미하는 것은 아니었다. 이념에 경도된 시의 내용, 자의적으로 파괴된 시의 형식을 회복하여 서정시 본래의 영토를 찾자는 취지였다. 나는 그러한 서정의 본질을 존재에 대한 의문이나 반성의 문제, 혹은 사회에 대한 진지한 물음으로 인식했다. 그것은 다른 말로 하면 인간의 존재론적 물음, 혹은 실존에 대한 물음이다. 이러한 사유는 과거에도 유효했고 현재에도 유효하다.

이 글은 서정에 대한 진지한 물음들을 70년대에 등단한 시인들을 중심으로 살펴보기 위해 쓰였다. 이 시기를 선택한 것은 그들의 등단이후 30년 가까운 세월이 되었다는 점, 따라서 그들은 시단의 중견이라는 점과 그들이 탐색한 서정의 맥이 지금 여기에 곧바로 닿아있다는 점 때문이고, 결국은 주조의 상실과 매너리즘에 빠진 우리 시단에 서정의 중요한 축을 형성하고 있다는 점 때문이다.

1970년대를 설명하는 말은 여러 가지가 있다. 70년대는 정치적 측면과 경제적 측면 모두에 있어 대단히 의미 있는 시기였다. 전자를 상징하는 것이 유신체제라면, 후자를 대표하는 것이 산업화였다. 물론 이 둘의 관계는 모두 장기 집권의 의미망 속에 놓여 있는 것이긴 하지만 그것이 미친 영향은 실로 대단한 것이었다. 눈에 띄는 큰 변화는 4·19 이후 잠잠했던 민주화에 대한 열망이 수면 위로 부각되었고, 산업화에 따른 노동의 문제 역시 중요한 화두가 되었다는 데 있다. 이러한 시대적 격변을 담당할 몫은 문학자 모두의 것이긴 했지만, 당시에 등단한 신인들은 이 영역으로부터 어느 정도 자유로운 것이 사실이었다. 이런 거친 영역을 신인이 감당하기에는 버거운 것이었고, 이를 대신해서 기성의 시인들이 이 몫을 담당해 주었기 때문이다. 반면 신인들은 서정시 본래의 영역인 서정성에 매우 충실한 시들을 창작해 내었다. 그런데 이들의 이러한 시적 성과는 90년대부터 시작된 신서정의 뿌리라는 점에서 매우 의미 있는 것이라 할 수 있다. 잘 알다시피 80년대는 진보와 해체라는 거대 담론이 우리 시단을 지배했다. 이 영역에 들어가지 못하는 목소리들은 소외됐고, 시단의 작은 귀퉁이에서 겨우 명맥을 유지하고 있었을 뿐이다. 그러나 80년대 말에 불기 시작한 거대 담론의 와해는 진보와 해체로 양분되던 우리 시단에도 변화를 가져왔다. 그 대표적인 것이 시로부터 빼앗아간 문학성, 잃어버린 서정성에 대한 복원이었다.

　이러한 문단적 흐름, 혹은 시사적 흐름을 보면 한 시대의 유행이나 천박한 사회적 반향에 흔들리는 리리시즘이란 것이 얼마나 허망한가 하는 것을 대번에 알게 해 준다. 그리고 보다 항구적인 담론들이 시의 영역, 서정의 영역에서 얼마나 소중한가 하는 것 역시 알게 해준다. 유행이나 흐름과 같은 시류적인 것들은 휘발성이 강해서 금방 분해되어 사라진다. 보다 강력한 서정, 보다 항구적인 서정이 무엇인지에 대해서 가열찬 탐색을 해야 하는 이유가 바로 여기에 있는 것이다.

2. 서정의 세 가지 의미망

1) 역설을 통해 존재의 심연을 드러내는 방식 - 원구식의 경우

70년대 말에 등단한 원구식은 많은 작품을 써내지 못했다. 시인이 너무 꼼꼼한 탓일 수도 있고 게으른 탓일 수도 있다. 아마 후자보다는 전자에 그 원인이 있는 듯싶다. 그가 펼쳐 보인 시의 면면들을 탐색해 들어가 보면 무엇 하나 쉽게 쓰인 것이 없기 때문이다. 물론 쉽지 않게 쓰였다고 해서 그의 시가 어려운 것은 아니다. 그의 시들은 비교적 쉬운 편이지만 그가 구사하는 시의 의장들은 쉽지 않다. 그의 언어의 연금술은 장인의 그것보다 더 높은 경지에 있기 때문이다.

> 나는 왜 아직도 추억의 1학년 3반을 벗어나지 못하는가. 잔인하도다, 추억이여. 늙은 여우처럼 교활하게 고향을 돌아보게 하다니! 고단한 육신이여, 오늘은 낡은 기차를 타고 풀풀 먼지를 날리며 추억의 1학년 3반으로 가자. 삐걱이는 복도를 지나 만국기가 펄럭이는 시간의 감옥에 갇히자. 즐겁게 얼음의 시간을 녹이자. 조개탄의 매캐한 유황 냄새가 코를 찌르는, 밤이면 박쥐가 튀어나오는, 이미 사라지고 없는 교실에서 무릎을 꿇고 얼굴을 들지 못하는 1학년 3반 원구식을 해방시키자.
>
> ― 원구식, 「추억의 1학년 3반」 부분

인용시는 시인의 과거를 담아내고 있는 작품이다. 잡힐 듯 잡힐 듯이 아른거리는 초등학교 시절의 기억들이 뭉게뭉게 피어나온다. 인간의 삶을 윤택케 하는 기억이란 무엇인가. 그것은, 특히 아름다운 기억이란 상처가 아니라 치유의 감수성을 갖고 있다. 일종의 통합의 상상력인 셈이다. 이 작품에서도 기억은 일차적으로 통합의 감수성 내에서 직조된다. 기억에의 회귀가 고단한 육신이라는 해체의 감수성과 상대적 위치에 있는 까닭이다.

「추억의 1학년 3반」은 화자의 과거에의 기억을 매우 실감 있게 되살려 놓은 시이다. 또 그러한 면들은 이 시를 읽는 독자에게 마찬가지의 정서로 다가오게 만든다. 그것도 아주 깊게 울려 퍼지게 만든다. 왜 그러할까. 이 작품의 그러한 매력은 과거의 기억을 되살려내는 감각성 때문이다. 가령 만국기가 펄럭이는 시간이라든가 조개탄의 매캐한 유황냄새 등이 그러한데, 이러한 소재들은 초등학교 시절 누구나 한번쯤은 보고 느끼고 경험했을 것들이다. 이미지 가운데 가장 강렬한 것이 감각적 이미지들이다. 그것들은 무엇보다 인간의 오감을 자극한다. 이 시는 그러한 일차적 감각을 아주 효과적으로 구사해내고 있다.

그런데 시적 화자는 왜 그러한 기억을 떠올리려 하는가. 기억이란 일차적으로 통합의 감수성이라고 했다. 통합이란 분열을 전제로 하는 감각이다. 이들은 상호 길항관계에 놓여 있는 것이어서 서로 분리시켜 논의하기 어렵다. 가령 모더니스트들이 해체를 경험한 후 통합의 감수성을 늘 전제하는 것에서도 이러한 관계는 충분히 설명된다. 시인의 경우도 기억은 분명 분열의 감수성에서 기인한다. 고단한 육신에 그 기억의 뿌리가 있기 때문이다. 시적 자아는 육체적, 정신적 피로에 지쳐있던 까닭에 그러한 분열을 초월하는 통합에의 열망이 필요했을 것이다. 초등학교 시절의 추억이 수면 위로 떠오른 것은 이 때문이다. 그런데 시인은 그곳에 침잠하지 않고, 오히려 거기서 떨어져 나오려 한다. 회귀하면서 곧바로 벗어나고자 하는 이율배반의 심리가 구동하고 있는 것이다. 이러한 이율배반은 시의 의장으로 보자면 역설이고 그 가운데 가장 심오한 심층의 역설에 해당한다. 다음의 시도 마찬가지의 경우이다.

　　우주는 나의 감옥. 천국의 유물이 줄줄이 이어지는 밤하늘은 나의 지
옥. 나를 한없이 개방시키는 자유는 나의 무덤. 나는 개방된 감옥에 갇
혀 있네.

　　개방은 나를 가두기 위한 속임수—
　　나를 한없이 개방시키며
　　한없이 고립시키는 우주는 나의 감옥.

　　나는 게으른 사냥개.
　　시간의 감옥을 어슬렁거리네.
　　한때 누구보다 경이로운 눈길로
　　밤하늘을 우러러보았지만
　　이젠 그러지 않네.
　　한없이 개방된 감옥에서
　　자유는 이미 자유가 아니며
　　신비로움은 이미 신비로움이 아니네.
　　천국의 유물도
　　우주의 금빛 노을도 이젠 소용없네.
　　망각이 위대한 힘을 주었으니
　　내겐 오로지 찰나만 있을뿐!

—원구식, 「우주는 나의 감옥」 전문

　　역설은 짧은 형식을 지향하는 시 형식이 깊은 의미의 영역을 길어낼
수 있는 시적 의장이다. 시에서의 진정성이라든가 삶의 의미역 등을 드
러내는 데 역설만큼 좋은 시적 장치도 없다. 인용시는 두 개의 대상들이
정반대의 국면들로 대칭되면서 쓰인 시이다. 가령, '우주'와 '감옥', '밤
하늘'과 '지옥', '자유'와 '무덤', '감옥'과 '자유'가 그러하다. 그러나 그
핵심은 '우주'와 '나'의 관계망이다. '우주'를 설명하는 말은 대단히 많아

서 그것을 단 하나의 단어로 개념화하는 것은 거의 불가능하다. 영원이라든가 이법, 질서, 신 혹은 태초, 삼라만상 등 일일이 열거하기 어려울 정도로 많이 있기 때문이다. 이 작품에서는 우주의 대항적 담론이 갖는 의미로 미뤄볼 때, 삼라만상이나 자유 혹은 영원의 의미 정도로 읽힌다. 시인은 우주의 그러한 자장 속에서 감옥이나 지옥, 혹은 무덤과 같은 실존적 단위로 자아를 의미화시킨다. 넓음과 좁음 속에서 감각하는 존재에의 자각이 바로 그것이다. 시인은 그러한 대항적 담론들의 투쟁 속에서 찰나의 존재로 현상되는 '자기'를 발견한다.

역설을 통한 이러한 자아탐색은 그 시사적 의미를 아무리 강조해도 지나치지 않다. 원구식이 구사하는 역설은 단순한 말들의 조합에서 직조되는 표층적 역설이 아니다. 그의 시들은 형이상학적 세계를 지향하는 심층의 의미망 속에서 이루어지기 때문이다. 일찍이 우리 시사에서 이러한 역설을 통해 존재의 의미를 탐색해 들어간 시인이 한용운이다. 그는 역설이라는 시적 의장을 통해 불교적 의미와 존재론적 의미를 아주 탁월하게 생산해낸 바 있다. 그런데 원구식의 경우는 어떠한가. 시인의 역설은 일상에서 길어 올려진다. 종교와 같은 형이상적인 세계가 아니다. 시인은 서로 상충되는 의미의 복합을 통해 존재의 심연을 읽어낸다. 원구식이 길어올리는 서정의 샘이 돋보이는 것도 이 때문이다. 심층의 역설을 독해하는 것은 평범한 감각만으론 불가능하기에 더욱 그러하다.

2) 문명이 주는 실존의 의미 – 최승호의 경우

70년대 이후 사회사나 문학사에서 가장 중요한 화두 가운데 하나는 산업화이다. 유신정부의, 소위 조국근대화의 기치아래 펼쳐진 강력한 산업화 정책은 우리의 경제 지도를 크게 바꾸어 놓았다. 그런데 그러한 산업

화는 물적 토대뿐만 아니라 정신적 사유에까지 광범위한 산업 지형도를
그려내었다. 소위 문명이라는 이름으로 철학화되고 문학화되는 것들은
모두 산업화라는 물적 토대를 떠나서는 설명할 수 없게 된 것이다. 생태
주의 시라든가 도시시, 문명시, 전원시 등 서정시의 하위 영역들은 문명의
규율과 통제가 없으면 그 설명이 불가능할 정도로 끈끈한 연결고리를 갖
게 된 것이다. 생명은 문명의 끈에 묶이어 그것이 좌우하는 키의 방향에
따라 좌우될 처지에 놓였다. 그것이 산업화가 가져온 비극적 결론이다.

> 무뇌아를 낳고 보니 산모는
> 몸 안에 공장지대가 들어선 느낌이다.
> 젖을 짜면 흘러내리는 허연 폐수와
> 아이 배꼽에 매달린 비닐끈들.
> 저 굴뚝들과 나는 간통한 게 분명해!
> 자궁 속에 고무인형 키워온 듯
> 무뇌아를 낳고 산모는
> 머릿속에 뇌가 있는지 의심스러워
> 정수리 털들을 하루종일 뽑아댄다.
>
> ─최승호, 「공장지대」 부분

　　인용시는 기발한 상상력으로 발표 때부터 화제를 모았던 최승호의 「공
장지대」이다. 산업화와 그에 따른 환경의 공포를 충격적인 상상력으로
읊은 시이다. 인간다운 삶, 자연 그대로의 모습이 생태주의가 지향하는
기본이라고 한다면, 이 시는 생태주의 문학의 교본이라고 해도 무방할
정도로 그것의 폐해가 적나라하게 그려져 있다. 그러나 그것이 어떠한
모양새를 지니든 이 시가 지향하는 궁극의 내포는 인간다운 삶의 조건에
있을 것이다. 이를 달리 이야기 하면 죽음의 문제와 상관관계를 갖는 것

이라 할 수 있다.

실상 최승호의 시들은 '죽음'의 문제에 집중되어 있다고 해도 과언이 아닐 정도로 다양한 형태의 죽음들이 나타난다. 인간의 숙명으로서의 죽음이 있는가 하면, 도살장에서의 동물의 죽음도 있다. 뿐만 아니라 지상이나 지하 혹은 바다 생명체의 죽음에 이르기까지 그의 시에서 이 주제들은 다양하게 변주되어 나타난다. 물론 죽음의 다양한 양태 가운데 핵심적인 것은 문명화된 도시에서 변주되는 죽음들이다. 이를 두고 '미이라적 상상력'이라 부른 것은 매우 적절한 것이라고 할 수 있다. 그의 시에서 미이라는 인간의 운명적 모습이며 피투된 인간들의 자화상이기도 하다. 그렇다면, 미이라는 어떤 존재인가. 미이라는 반생반사(半生半死)의 상태이다. 그는 현재는 죽어있지만, 언젠가는 부활을 꿈꾸는, 생명 있는 존재로의 환원을 기다리는 진행적 존재이기 때문이다.

> 미라가 묵은 옷을 벗지 못하는 것은
> 너무 낡은 몸에 무거운 옷을 입혔기 때문이다
> 옷을 벗는다
> 봄옷을 벗고 가을옷을 벗고 겨울옷을 벗고
> 얇은 옷을 걸친다, 한낮에는
> 그랬다가 다시 벗은 순서대로
> 봄옷을 입고 가을옷을 입고 겨울옷을 입는다
> 밤의 사막은 춥다
> 침낭 속으로 꾸물꾸물 드러가 번데기처럼 잠을 잔다
> 그랬다가 다시 기어 나와 옷에 신경을 써야 한다
> 반복이 반복된다 해가 중천에 떠오르면
> 봄옷을 벗고 가을옷을 벗고 겨울옷을 벗는다
> 얇은 옷 밖으로 삐져나온 누런 팔
> 거기 붙어 있는 두 손

그걸 뒤덮고 있는 묵은 털과 가죽
나는 나비가 아니다
허벅지는 굵고 입은 길쭉하고
몸을 들어 올릴 날개가 나에겐 없다
나는 사막의 미라도 아니다
어제도 꾸물거리고 오늘 또 꾸물거리고 내일도 꾸물거릴 것이다
입은 옷을 벗고 벗은 옷을 입고 반복이 반복된다
벗은 옷을 입고 입은 옷을 벗으면서 꾸물거린다
그러나 몸은 벗을 수가 없다
허물이 있어도 허물을 벗을 수가 없다
몸을 큰 허물처럼 벗어버리는 날은
옷이 필요 없는 날
그날 내 모습은 모래옷을 걸친 마른 흙덩어리 같지 않을까
그래도 지금은
아무리 더워도 옷을 걸치고 있어야 한다
눈들이 있는데 혼자 벌거벗고 있을 수는 없지 않은가

—최승호, 「사막에서의 옷」 전문

　인용시는 삶의 조건을 '옷'에 비유하여 풀어낸 재미있는 시이다. 인간에게 '옷'은 살아있는 한 언제나 함께 하게 되는 필요충분 요소이다. '옷'은 실존적 차원의 자아에 대립함으로써 본질적 자아를 가리고 저해하는 일종의 기호와 같다.

　옷은 불순물이기에 시적 자아가 지향하는 것은 '옷'을 벗는 날이다. 다시 말하면 '옷이 필요 없는 날'의 도래이다. 이때야말로 '나비가 아닌' 것을, '몸을 들어 올릴 날개가 없음'을 우울한 어조로 확인할 필요도 없이 가벼운 날이 될 터이다. 흥미로운 것은 '미라'는 '묵은 몸'인데도 '옷'을 입음으로써 허물을 벗고 몸이 가벼워질 수 있는 기회를 잃게 되었다고

하는 점이다. 몸이 있는 한 허물을 함께 뒤집어쓰고 있는 것이라면 몸을 벗게 되는 날 비로소 허물도 벗고 옷도 입을 필요가 없게 되니, 이 얼마나 큰 축복이란 말인가.

이러한 상상력에 이르면 시인이 '사막'을 찾은 이유를 알 수 있게 된다. 사막은 척박한 공간이면서 원시적 공간이기도 한 곳이다. 따라서 사막은 '옷'을 '벗게' 하여 몸의 가벼움을, 허물벗기의 상쾌함을 경험케 하는 곳이다. 일종의 근원에 해당되는 셈이다. '사막'은 완전한 '몸'의 이탈은 아닐지라도 불완전하게나마 '옷 벗기'의 의미를 실감케 해주는 곳이다. 이는 '옷 벗기'를 통해 현실적 자아의 허상을 하나씩 지워버리고 실존의 모습에 가까이 다가가는 과정이라고도 할 수 있다.

'옷'과 '몸'의 변증법을 통해 허상을 떼어낸 실존의 절대치를 추구한다는 점에 이 시의 의미가 있다. 시인에게 그것은 생과 대립하지 않는 그 이면을 매우 긍정적으로 받아 안는 일이기 때문이다. 죽음을 금기시하지 않는 시인의 태도에서 우리는 생에 대한 더욱 적극적인 긍정을 확인할 수 있을 뿐 아니라, 실존이란 결국 생과 죽음이 통합된 지대에 놓여있음을 시사 받게 된다. 그리고 그러한 지대야말로 완전하고 절대적인 곳이라면 그곳에 이르기까지 우리의 삶의 모습은 시인의 표현대로 '꾸물거리는 것', '어제도 꾸물거리고 오늘 또 꾸물거리고 내일도 꾸물거리는 것'으로 채워져야 할 것이다. 시인의 이러한 변모는 매우 의미 깊은 것이라 할 수 있다. 그것은 다음 두 가지 측면에서 그러하다. 하나는 초기시의 거대 담론이 일정부분 와해되었다는 점이다. 특히 문명이나 환경과 같은 거대 문법이 아니라 '눈'이라는 타자의 시선이 암시하는 것처럼, 작은 문법에서 길러지고 있다는 것이다. 둘째는 죽음에의 탐색이나 그러한 현장의 중계가 아니라 죽어있던 미이라가 본격적으로 일어나려고 하는, 생명에의 탐색으로 나아가고 있다는 점이다. 즉 죽음에의 탐색이 아니라 생명에의 탐색으로 시인의 시선이 옮아오고 있는 것이다. 최승호의 최근 시들이 초기보다 의미 있는 것은 바로 이 부분, 곧 생명성에의 견고한 탐색에 시의 초점이 주어져 있다는 점이다.

3) 자연과 조화되는 시 – 나태주의 경우

우리 시사에서 또 한 가지 꼽고 넘어갈 문제가 소위 자연에 관한 것이다. 근대 이후 자연은 좋은 시적 대상이 되어 왔고, 경우에 따라서는 실증이 날 정도로 시의 소재가 되어 왔다. 그럼에도 신서정을 이야기하거나 서정에의 복귀를 이야기할 때에 언제나 감초처럼 등장한 것이 이 자연의 문제였다. 자연에 대한 소재들은 70년대 등단한 중견시인들의 경우에도 예외는 아니다. 특히 그러한 모습을 대표적으로 담고 있는 시인이 나태주이다.

나태주 시의 특징은 자연에 대한 열정으로 집약된다. 그는 누구보다도 자연을 사랑한 시인으로 알려져 있다. 그의 시 대부분의 소재가 자연물에서 가져온 것이라 해도 과언이 아닐 정도로 자연은 그의 시의 대부분의 소재를 차지한다. 그런데 그가 자연에 이르는 방식은 '응시하고' 경외로워하는, 흔히 말하는 자연탐구의 그것과 동일하지 않다. 시인에게 자연은 시각(視角)으로 조절되지 않고 대상화되지 않는다. 그가 자연 속에 있을 때, 시인은 망각 속에 사로잡힌다. 시인 자신이 무화되고 시간이 머물면서 시인은 그러한 자연물 가운데 하나로 용해되어 그들과 분리되지 않는 일부가 된다. '자아'는 사물 속으로 몰입되고 대신 그들 생명의 양태가 세상의 전부가 된다. 그리고 동시에 '나'는 그들과 같아진다.

자연을 읊조리는 시인의 상상력은 일반화된 것이면서 또 그런 의미역

속에 일반화되지 않는 특색이 있다. 시 속에 자연을 내포시킨 사례는 근대 이전뿐 아니라 고전에도 있었다. 강호가도로 표현되는 시들뿐 아니라 근대 이후엔 정지용을 비롯해 청록파의 시인들도 있었기 때문이다. 그럼에도 그의 자연시들이 의미 있는 것은 애초부터 자연이 그의 곁에서 굳건히 자리를 지키고 있었다는 데 있다. 모더니스트의 경우처럼 과정으로서의 자연, 매개로서의 자연이 틈입해 들어온 것도 아니고, 청록파의 경우처럼 찾아가는 자연, 만들어진 자연이 아니었다. 자연은 태생적으로 시인 나태주의 곁에서 자라나고 성장했다. 그것이 그의 시의 특장이자 매력이다.

> 비린내나는
> 젊은 시절엔
> 모르리
>
> 맹물맛 뒤에 숨어나는
> 씁쓰름한
> 삶의 향기
>
> 혼자라도 좋고
> 둘이라면 더욱
> 좋으리
>
> 갈 사람 가고
> 올 사람 온
> 하오의 한때
>
> 마른 입술 적셔주는
> 화사한

고독

차라리
색동옷 입혀
마주 앉히리

눈보라 스러지는
봄의 언덕 푸르름 속에
새로 움트는 안단테 아다지오

드디어 청산도
아는 체하고 흰구름도
같이 와놀자 하네.

—나태주, 「씁쓸한 삶의 향기」 전문

나태주의 초기 자연시들은 수려한 문체와 감정이 이입된, 주로 이별의 슬픔과 사랑의 아픔이 주조음을 이루었다. 그러한 까닭에 자연은 조화의 대상이라기보다는 기투의 대상에 가까웠다. 그것은 어쩌면 소월의 자연처럼 저 먼 곳에 있으면서 나를 위무하고 달래는, 그러나 다가와 합일할 수 있는 그러한 자연은 아니었다. 그런데 보다 원숙한 시점에 이르러서의 소위 '청산(靑山)'과 '나'의 관계는 멀고도 가깝고 가깝고도 먼, 너와 내가 동등하게 존재하면서 함께 어우러지는 관계로 바뀌게 된다. 초기 시들이 상실감에 젖어 자연으로부터 위무를 받는 세계에 기초한 것이라 한다면, 「씁쓸한 삶의 향기」는 삶이 주는 감정의 부대낌을 담담히 견딜 수 있는 자연의 세계를 담아낸 것이라 할 수 있다. 말 그대로 원숙한 중년의 나이에 쓰인 냄새가 물씬 풍기는 것이다. '삶의 향기'가 단지 달콤하게만 여겨지지 않는 시점, 떠나갈 이 모두 떠나간 씁쓸한 고독을 감내

하는 길 외에 달리 방법이 없어 '고독'이 차라리 '화사하'다고 느끼는 역설적 마음이 생기는 시점, 그러한 때 시인은 자연을 새롭게 만난 것이다. 이때의 자연은 감정의 부침이 힘에 겨워 무작정 몸을 뉘고자 하는 의지(依支)하는 상태와는 다른 경우이다. 이럴 경우 자연은 시인과 벗해주는 친구이자 힘이 된다.

따라서 이때 만나는 '청산'과 '흰구름'은 쉽게 오는 대상이 아니다. '비린내 나는 젊은 시절'엔 힘들면 기대고 손 뻗으면 닿는 곳에 있던 것이다. 그러나 그러한 위로는 진정한 극복과는 거리가 있었던 것도 사실이다. 그가 자연에 함몰하면 할수록 그는 더 깊은 슬픔과 비애에 사로잡혀야 했었기에 말이다. 그러나 '어렵게 만난' 자연은 삶의 어려움을 이겨낸 자와 겹치는 것이자 그러한 자가 비로소 당당히 마주할 수 있는 것이 된다.

햇살
쪼아먹으려고
새들 모이고

바람
무등 타려고
새소리 모이는

나무
나무 수풀
어름에

나
나도 또한

어린 아이

햇살
햇살 만나면
햇살과 놀고

바람
바람 만나면
바람 무등 타는

하늘
알른알른
발가벗은 마음.

— 나태주, 「좋으신 봄」 전문

'나의 길'은 계획되지 않은 우연한 것이다. 바람이 가는 대로 빛이 있는 곳으로 발길이 가고 마음 가는 것만으로도 시인은 흡족하다. 그러한 '나'의 방식은 '새'의 그것과 같고 어린 아이의 놀이법과도 유사하다. 그렇기 때문에 시인의 마음은 '발가벗은 마음'이 된다. 평범한 사람이라면 끊임없이 계획하고 계산하고 가늠할 것이다. 그렇기 때문에 그들은 순간순간 찰나의 시간을 즐기지 못하는 불행한 인간들이다. 그러나 시인처럼 천진한 사람은 무심하기 때문에, 풍요롭고 가난하기 때문에 행복하다. 이처럼 내가 자연이 되고, 자연이 내가 되는, 그리하여 욕망이 거세되어 자연과 내가 끊임없이 순환되는 세계, 그것이 나태주 시의 요체가 된다고 하겠다.

이렇듯 나태주 시의 서정의 샘은 자연이다. 그것은 가공되지 않은 자연이고, 순일한 상태로서의 자연이다. 자연은 시인의 직관에 의해 개조되거나 변형되지 않고 있는 그대로의 모습으로 다가온다. 만들어진, 가공의 자연이 아니다. 이러한 자연의 모습은 기존 시인들이 일구어왔던 자연의 모습들과 매우 다른 경우이다. 시인은 그러한 자연 속에서 스스로도 자연과 같이 되려고 하고 그와 동일한 방식으로 살고자 한다. 이것이 나태주 시의 자연의 모습이다.

3. 농 깊은 서정의 시사적 의미

우리 시단의 주조나 방향성의 혼돈을 이야기하면서 서정의 항구성이나 실존의 깊이, 혹은 시의 진정성만이 우리 시단의 깊이와 넓이를 보증하는 길임을 역설했다. 단순한 유행이나 흐름이 아니라 우리 시의 방향성이나 항구성을 담보해주는 매개야말로 시의 진정성이라 믿어왔기 때문이다.

서정시를 일인칭 자아의 표현이라는 문학원론을 굳이 들이대지 않더라도 삶의 문제, 실존의 문제야말로 가장 중요한 시의 진정성이 아닌가 한다. 시가 감각화되거나 매너리즘의 오류를 피할 수 있는 수단도 어쩌면 이러한 진정성에 있지 않은가 한다. 나는 그러한 사례들을 세 시인의 경우를 예로 들어 풀이해 보았다.

우선, 원구식의 경우에서는 인간의 실존의 문제가 역설을 통해서 직조되는 모습을 보았고, 최승호의 경우에서는 인간의 죽음에 대한 진지한 물음들을 탐색할 수 있었다. 그리고 나태주의 경우에 있어서는 인간의 존재론적 모습이 자연과의 완벽한 조화를 통해서 완성되는 사례를 보았다. 이런 사례들은 우리 시가 방향성을 잃고 감각화되는, 혹은 매너리즘에 빠져가는 현실을 극복할 수 있는 좋은 사례들이라는 점에서 의미가 큰 것이라 할 수 있다. 중견이란 삶의 무게뿐 아니라 시의 질적 함량에도 최선을 다하는 주체라는 사실은 여기서도 예외가 아니리라. 보다 많은 시인들이 언급되었어야 마땅했지만 지면상, 혹은 필자의 우둔함으로 몇몇 시인들만의 시세계를 다룬 아쉬움이 있다. 그럼에도 시의 진정성이 무엇인가를 일별하고자 하는 데엔 세 시인만으로도 충분했다는 점에서 다소의 위안을 삼고자 한다.

해방공간의 서정시와 현대시의 근원

1. 해방공간의 현실과 시적 대응

해방공간의 시단 형성과 그 전개 과정에 대해서는 연구가 많이 진행된 편이다. 이러한 연구 성과물을 바탕으로 해방공간의 시세계를 정리하면, 크게 세 가지 흐름으로 분류할 수 있을 것이다. 하나가 문학가동맹을 중심으로 한 현실주의 계통의 시, 다른 하나는 모더니즘 계통의 시, 마지막으로는 청록파를 중심으로 한 전통 서정시 그룹의 시이다. 물론 이러한 분류는 논의의 편의를 위한 갈래일 뿐, 그 미세한 하위분류들은 얼마든지 더 있을 수 있다.

해방공간의 시 가운데 가장 큰 힘의 파동과 역동성이 느껴지는 것은 문학가동맹 시인들의 시일 것이다. 이들의 문제의식은 해방이라는 주어진 현실을 어떻게 받아들이고, 또 변혁시켜 나갈 것인가에 있었던 까닭에 시 자체보다는 그 주변을 둘러싼 다른 관계들에 대해 주목했다. 즉 이들은 시와 현실의 관계를 하나의 전략적 결합체로 인식하고 시를 현실변혁의 중심에 두고자 했던 것이다. 그러나 시와 현실의 긴장관계를 문제삼을 경우, 시 고유의 자율성은 현저히 떨어질 수밖에 없고, 또 여기에 좌우되다 보면 시의 존립 근거 역시 무색해질 가능성이 있다. 다시 말해 시에 반영된 힘의 실체가 사라질 경우, 시의 운명 또한 길지 못하다는 것은 자명한 일이 아닐까. 가령, 변혁운동이나 그 영향력이 현저히 감소할 경우, 그러한 유형의 시들이 곧바로 사라졌던 사실을 상기해 보면 이는 곧 확인할 수 있는 일이다.

따라서 해방 이후 서정시의 흐름을 논하는 자리에서, 시와 현실의 관계가 고려된 경향의 시들은 우선 예외로 하고자 한다. 정치가 우위를 점하고, 그 내적 에너지가 강렬할 경우에나 현실정향적인 시들이 의미가 있는 것이지 그러한 역동성들이 본질로부터 빠져나갈 때, 남겨진 시의 외피들이란 거의 껍데기에 가깝기 때문이다. 실상 단정 수립 이후 남쪽에서 진행된 시의 흐름을 보면, 현실지향적인 시들은 거의 공백이라 해도 지나치지 않을 정도로 황량하기 그지없는 것이었다. 적어도 4·19라는 민중의 거친 숨결이 표면으로 올라오기 전까지는 말이다. 시사를 하나의 역사나, 계기적 흐름으로 파악하는 경우에는 더욱 그러할 것이다. 해방공간의 시의 형성과 그 문학사적 계승을 이야기할 때, 주로 우익 쪽의 사례를 검토하고 주목하는 이유가 바로 여기에 있다. 게다가 근대이후의 시들은 목적을 매개하지 않는 합목적성을 그 고유의 특징으로 하고 있다. 곧 자율성이 시의 고유한 특징인데, 이는 시가 어떤 이념이나 개념의 도구로 이용되는 것과는 거리가 있다는 뜻과도 같다.

시와 현실의 긴장관계가 지배한 해방공간에도 시의 서정성에 주목하고 이 시대에 진정한 서정의 의미가 무엇인가를 탐색한 시인이나 그룹들을 찾아보는 것은 어려운 일이 아니다. 이들은 시를 현실과의 관계에서가 아니라 문학 고유의 내재적인 틀과 정의 속에서 시가 담아낼 수 있는 서정성과 시대의 의미를 탐색해내었다. 그들 가운데 대표적 그룹이 '청록파'와 「새로운 도시와 시민들의 합창」이라는 사화집을 낸 모더니스트들이다. 물론 이들 외에도 개인의 서정을 다양한 방식과 집단의 형식으로 표방한 시인들이 있었다. 개인의 내밀한 고독을 표현한 조병화라든가 휴머니즘을 구가한 정한모 등이 주축이 된 '주막' 동인들이 바로 그러하다. 뿐만 아니라 식민지 시대부터 활동한 기존의 여러 시인들 역시 그 나름의 독립적인 위치와 자신들만의 고유한 시세계를 보여주고 있었다. 그럼에도 해방공간의 시사나 그 전개를 운위할 때 청록파와 모더니스트들이 우선 주목의 대상이 되어 왔다. 이 그룹 외에도 비슷한 경향이나 동일한 세계관을 보인 시인들이 있긴 했지만, 이들처럼 확실한 주목을 받지는 못했다. 왜 그러했을까. 나는 청록파 등이 스포트라이트를 받은 이유를 다음 몇 가지 원인에서 찾고 싶다. 우선 이들이 해방 이전에 등단한 시인이긴 하지만 해방 당시에는 오히려 신인으로 분류될 수 있었다는 점, 그리고 이 시기의 시단에서 비교적 뚜렷한 시파를 구성했다는 점, 자신들의 시세계에 시대적 의미를 비교적 정확하게 읽어내고 있었다는 점 때문이다.

이 가운데 우리가 특히 눈여겨보아야 할 사항은 첫 번째 부분이다. 이들이 해방 당시에 신인 그룹으로 분류될 수 있었다는 사실이야말로 이 시기를 구획 짓고 특징지을 수 있는 가장 중요한 요건이 아닌가 한다. 이들이 뚜렷한 시파를 구성하고, 시대적 의미를 비교적 정확하게 읽어낼 수 있었던 것도 물론 신인이었다는 요건 때문에 가능한 것이었다. 이는 문단의 세대교체나 이념적 에피스테메와는 무관한, 세대론을 뛰어넘는 그 어떤 문제와 관련된 것이었다.

　해방공간의 문단 상황에서 기성 문인들에게 가장 큰 아킬레스건으로 작용한 것은 잘 알려진 대로 모랄에 관한 것이었다. 그들이 일제강점기 시대에 현실 지향적이었건 혹은 그렇지 않았건 간에, 해방이 주는 열린 공간은 오점의 실타래들로 얼룩진 그들에게 강력한 억압기제였을 것이다. 이러한 상황에서 기성 시인들에게 현실에 대한 올곧은 분석이나 해석, 혹은 미학적 표현을 기대하기는 어려웠을 것이다. 반면 신인이란 현실에 대한 부채감이나 모랄의 문제를 넘어선 자리에 위치하는 사람들이다. 이들은 여기서 자유로웠던 까닭에, 이들 세계관의 방향이나 그들이 직시하는 시선에 따라 현실은, 혹은 대상은 얼마든지 자유로운 미학적 변주의 대상이 될 수 있었다. 그만큼 세계인식이나 상황인식을 하는데 있어서, 신인들은 자유로운 위치에 설 수 있었던 것이다. 문학가동맹 그룹에 속했던 신인들의 경우에도 이는 똑같이 적용되는 바, 가령 김상훈 등의 사례를 보면 이를 쉽게 확인할 수 있다. 이들 그룹들이 카프 시인들의 경우보다 현실에 대해 더 적극적이고 사회에 대해 올바른 인식적 기초를 보여주었음은 이미 잘 알려진 바와 같다.

　해방공간에서 가장 시급한 과제는 물론 새나라 건설과 그 주체에 관한 문제였다. 그러나 이것이 정치나 이념의 차원에서 운위될 수 있는 것이라면, 미학의 차원에서는 또 다른 감각이 요구되었다. 근대와 그 반성적 사유인 근대성의 문제를 어떻게 인식하고 풀어나갈 것인가, 그리고 그 미적 전통을 어떻게 계승할 것인가의 문제였던 것이다. 한국 문학사에서 근대를 읽어내고 이를 미적 감수성으로 승화, 계승시키는 문제는 그 뿌리가 사뭇 긴 것이다. 그리고 그 계승의 토대나 갈래 또한 천차만별이어서 어느 하나의 국면을 갖고 해석하거나 판단하는 것 역시 금기로 여겨졌다. 이러한 복잡성은 연구자의 세계관이나 사회에 대한 해석의 척도에서 기인하는 것이지만, 그럼에도 한국 시사에서 근대의 계승 문제는 크게 두 가닥으로 잡아보는 것이 가능하지 않을까 한다. 하나가 리얼리즘이라면 다른 하나는 모더니즘이다. 전자에 생산관계에 주목한 카프 문학이 대응된다면, 후자에는 자본주의적 정신구조에 초점을 둔 모더니즘 문학이 대응된다. 근대라는 사실을 가운데 두고 이렇게 리얼리즘과 모더니즘이 거대 사조로 분화되어 이 둘 사이의 관계가 양립 불가능한 극단으로 비춰지는 것이 현실이다. 하지만 실상은 전혀 그렇지 않다는 것이 필자의 판단이다. 이 두 사조는 단지 자본주의라는 현실을 두고 자아가 반응하는 방식의 차이가 있을 뿐이다. 하나가 자아의 모아짐이라면, 다른 하나는 자아의 쪼개짐이고, 하나가 발전이라면 다른 하나는 해체이다. 똑같은 현실을 두고 그 현실에 반응하는 자아의 대응방식 여부에 따라 사조가 나뉘고 있는 것이다. 이렇게 본다면 근대의 사유체계 내에서 포섭되는 이 두 가지 양상이야말로 동일한 것이면서 또 동일하지 않는 것이라 하겠다.

해방공간에 전개된 시의 흐름도 일제 강점기 시대의 그것과 마찬가지의 양상을 보인다. 문학가동맹의 시가 전자의 흐름을 계승했다면, 모더니즘 그룹이나 '청록파'가 후자의 흐름을 계승했다. 이글의 목적은 후자의 시사적 흐름에 대한 천착에 있는 까닭에 문학가동맹의 근대성 문제는 예외로 하기로 한다.

2. 근대성과 두 가지 사유의 축

1) 청록파와 반근대지향성

해방직후 간행된 『청록집』은 건조하고 메말랐던 한국문단에 신선한 파문을 던져주었다. 정치 우위의 현실이 득세하고 문학가동맹의 시들이 넘쳐나고 있을 때, 소위 비이념적인 시파의 등장은 그 문학적 질과 양을 넘어서서 매우 참신한 일대 사건이 아닐 수 없었다. 근대 이후 한국 시단에는 많은 유형의 시파들이 명멸해 왔지만 청록파만큼 문단의 주목을 끈 사례도 드물 것이다. 청록파가 문단의 관심을 끌었던 이유는 무엇이고, 향후 이들의 행보에 많은 관심을 보인 까닭은 무엇이었을까.

첫째는 청록파의 등장의의는 좌익이 득세하는 현실에서 우익 쪽의 문학사적 공백을 충실히 메우고, 그 나름의 문학적 가치를 충분히 내재시키고 있었던 점에서 찾을 수 있다. 청록파 시인들이 1930년대 말『문장』지를 통해서 등단했고, 그 주체가 정지용이었다는 이러한 영향관계는 청록파의 시사적 의미를 찾는 데 중요한 시사점을 던져준다. 이들의 시세계가『문장』지라든가 정지용의 영향으로부터 무관할 수 없다는 것인데, 그 영향관계가 일제강점기와 해방공간을 문학사적으로 연결시킬 수 있는 고리가 된다는 것, 이 하나만으로도 '청록파'의 문학사적 의미는 아무리 강조해도 지나치지 않을 것이다. 둘째는 이들이 추구한 시세계의 선진성 내지 근대성이다. 청록파가 천착해 들어간 자연에의 탐구나 탐닉은 단순한 자연도피나 막연한 과거로의 회귀가 아니라는 데에 대부분의 연구자들이 동의한다. 이들이 탐색해낸 자연이 근대적 인식체계 속의 반근대라는 사실에 동의한다면, 청록파의 자연미는 한국 근대시에 있어서 하나의 전범내지는 모범에 해당된다고 할 수 있다. 따라서 해방이후 지금까지 전개된 모더니즘 시들의 마지막 회로가 자연이었다는 사실을 환기한다면, 청록파가 제기한 자연의 사적 가치란 한국 근대시사에서 중요한 하나의 신화가 될 수 있다는 것이다. 셋째는 근대성의 계승과 관련한 문제이다. 적어도 1960년대 이전까지 우리 시단에서 소위 진보로 표방되는 문학적 조류나 흐름을 찾아보는 것은 대단히 어려운 일이다. 이는 분단에서 오는 당연한 결과이긴 하겠지만, 그러나 그 외적 현실이 어떠하든 간에 파행적으로 진행된 한국시사에서 청록파는 한축의 문학사를 올곧게 지킬 수 있는 밑거름이 되었다는 것이다.

이 가운데 우리가 가장 주의 깊게 바라보아야 할 대목이 첫 번째와 두 번째의 항목이다. 문학사적 영향관계도 중요하지만 이들이 추구한 자연의 근대적 의미가 어떤 것인가 하는 점 또한 매우 중요하기 때문이다. 먼저 청록파 시인 가운데 하나인 박목월의 작품을 통해서 이를 확인해 보도록 하자.

> 머언 산 靑雲寺
> 낡은 기와집
> 山은 紫霞山
> 봄눈 녹으면
>
> 느릅나무
> 속잎 피어가는 열두 굽이를
>
> 靑노루
> 맑은 눈에
>
> 도는
> 구름

— 박목월, 「靑노루」 전문

너무나 잘 알려진 박목월의 「청노루」이다. 이 시를 두고 현실도피니 자연으로의 회귀라는 말을 할 수도 있고, '청노루' 자체가 가공의 동물이라는 측면에서 새롭게 창조된 자연이란 용어를 쓸 수도 있을 것이다. 게다가 청록파 시인들의 시가 거의 대부분 식민지 시대에 쓰인 점을 감안하면 더욱 그러하다고 하겠다.

「청노루」의 형식적 구조는 매우 간단하고 간결하다. 어디 하나 흠잡을 데 없는 율격에다 감칠맛 나는 깔끔함까지 가지고 있다. 이 시에서 풍기는 이러한 맛은 주로 작품 외적인 특성에서 오는 것이지만, 그 내용 또한 마찬가지이다. 한편의 풍경화처럼 펼쳐지는 자연의 아름다운 세계야말로 이 시의 내용이 주는 청아한 맛의 진수이다.

물론 이러한 자연탐구는 『문장』지의 세계관과 정지용이 추구한 시세계와 분리하여 논의하기는 어렵다. 특히 박목월, 박두진이 탐색한 자연은 정지용의 그것에 꼭 맞닿아 있고, 조지훈이 탐색한 고전의 세계나 선비적 가락은 가람이나 상허의 그것과 곧바로 일치한다. 그렇다면 정지용의 자연과 박목월이 탐색한 자연은 어떠한가. 이것에 대한 대답이야말로 이 논의의 핵심이 될 것이다.

정지용의 시에서 표방된 자연은 철저히 반근대적인 것이다. 근대의 인식구조가 비통합적인 분열에 놓여 있는 것이라면 정지용의 산수시들은 그러한 인식들과는 다른 차원에 놓인다. 가령 정지용의 대표작 「백록담」의 경우를 보자. 이 작품에서 표출된 시세계는 철저히 완결된 세계이다. 인간과 자연, 혹은 자연과 자연이 하나의 유기적 구조 속에서 톱니바퀴처럼 물려가는 완벽한 구조를 보인다. 이러한 통합의 세계가 근대적 인식구조에서 사유되는 자연의 유기적 질서라고 한다면, 이는 철저히 반근대적인 것에 뿌리를 둔 것이라 할 수 있다. 이런 해석이 가능하다면, 정지용이 추구한 자연은 현실용인이나 현실도피라는 오명과는 거리를 두게 된다.

그렇다면 정지용의 영향에서 자유로울 수 없는 청록파의 경우는 어떠한가. 박목월의 「청노루」 역시 정지용이 탐색해 들어간 자연과 크게 다르지 않다. 이 작품에서도 유기적 통합의 세계라는 자연의 의미가 퇴색되지 않은 까닭이다. 그러나 이들이 추구한 자연의 의미는 몇 가지 다른 국면을 가지고 있다. 실상 이러한 면들이야말로 청록파의 시적 가능성과 성과를 보증해주는 보증수표가 아닐까.

「청노루」에 나타난 자연의 의미는 대략 다음 세 가지이다. 첫째는 완벽한 유기적 질서의 세계이다. 낡은 기와로 지어진 '머언 산 청운사'가 있고, 눈이 녹을 정도의 따뜻한 봄이 되면 느릅나무에 잎이 핀다. 이윽고 동면하던 청노루 역시 활동하기 시작하고, 청노루의 맑은 눈에는 하얀 구름이 도는 생기 있는 계절이 된다. 얼핏 보면 매우 단순한 시처럼 보인다. 형식도 단순할 뿐더러 내용 또한 단순하다. 그러나 실상은 전혀 그렇지가 않다는 것이다. 이 시에는 완벽한 자연의 질서가 구현되어 있고, 봄이라는 계절과 여기서 생동하는 생명체의 조화가 있으며, "청노루/ 맑은 눈에// 도는/ 구름"에서 보듯 유정물과 무정물의 혼합과 조화가 있다. 이 작품에서 자연의 질서나 틀들은 어느 것 하나 독립적으로 움직이지 않고 잘 물려 들어간 톱니바퀴처럼 움직인다. 이것이 「청노루」에 나타난 자연의 의미이다.

둘째는 이상화된 공간의 창조이다. 흔히 청록파의 자연을 두고 생성된 자연이라고 부른다. 이를 달리 말하면 모방된 자연 혹은 반사된 자연과는 거리가 있다는 뜻인데, 이는 자하산이라든가 청노루가 실재하지 않는 공간이나 동물이라는 사실에서 찾아진다. 생성된 자연이라는 의미야말로 정지용의 자연과 구분되는 지점이 아닌가 하는 것이 필자의 판단이다. 또 이것이야말로 근대적 사유구조 속에 존재하는 진정한 자연의 발견이 아닌가 한다. 게다가 낭만적 아이러니에서 촉발되는 동경의 의미를 「청노루」에서 읽어내는 것은 어려운 일이 아니다. 이러한 동경이 이상화된 공간을 만들어내고 현실을 초월하고자 했던 인식이라는 것은 이미 1920년대 낭만주의자들이 보여주었던 기본 태도였다. 여기에다가 자하산이 있고 청노루가 뛰노는 초월적 공간이야말로 분열된 인식을 통합하는 가장 반근대적인 사유일 수 있고, 또 모더니즘의 사유 속에 내재된 유토피아적 인식일 수 있다. 이런 뜻에서 청록파에서 발견된, 혹은 생성된 자연을 모더니즘적 사유나 근대적 인식구조에서 포착해내는 것은 큰 무리가 없다고 하겠다.

세 번째는 이상과 현실의 조화이다. 생성된 자연이 이상이라면, 낡은 기와집인 청운사는 현실의 세계이다. 말하자면 인간에 의해서, 인간이 만들어낸 공간이 낡은 기와집의 세계인 셈이다. 그런데 「청노루」에서는 그러한 인간의 세계가 유기적 자연의 세계와 곧바로 하나가 된다. 그 자연이란 앞에서 본 것처럼 생성된 자연이다. 이상화된 자연과 현실의 화학적 결합, 이러한 사유구조야말로 청록파의 시세계를 현실도피나 관념성으로부터 구해주는 하나의 계기이면서 근대적 사유구조 속으로 편입시키는 매개가 될 것이다. 자연의 이러한 근대적 의미는 우리 시사에서 매우 소중한 것이다. 분열된 사유구조를 완결시키는 자연의 통합적 의미는 이후 한국 시사에서 하나의 모범이 되었기 때문이다.

다음으로 청록파의 또 다른 일원이었던 조지훈의 경우이다. 조지훈이 관심을 가졌던 것은 자아와 세계와의 합일에 관한 문제의식이었다. 이는 근대에 노출된 인간들이 어떻게 분열된 인식을 완결했나 하는 모범적인 사례를 제공해준다는 점에서 의미가 있다. 서정시를 자아와 세계의 갈등이나 화해할 수 없는 모순이라 정의할 경우, 가장 문제시되는 것이 자아

의 문제이다. 이때의 자아는 그러한 간극을 좁힐 수 있는 대상이나 매개
와 조우하기 위하여 가열찬 탐색을 전개한다. 그러한 길에의 도정을 흔
히 시정신의 치열이나 시 의식의 투철함으로 설명한다. 시를 읽거나 감
상할 때 느껴지는 팽팽한 긴장감이란 흔히 여기서 기인한다. 자의식적
팽창을 미적 특징으로 하는 모더니즘 계통의 시에서 이러한 감수성이 더
욱 강하게 느껴지는 것도 이와 무관하지 않다. 그만큼 대상과의 팽팽한
긴장관계야말로 시의 역동성을 살리는 근본 매개가 아닐 수 없는 것이다.

조지훈 시의 긴장도 그 연장선에 놓인다. 그의 나그네 의식 역시 근대
라는 제반 모순 속에서 편입되고 길러진 미적 자의식이기 때문이다. 그
럼에도 조지훈의 시에서는 자아와 대상 사이에 일어나는 치열한 갈등 양
상을 간취해내기가 쉽지 않다. 그의 시들은 유유자적 하는 강호가도의
자연시나 목가적 상상력에 의한 전원시가 아님에도 불구하고 치열한 시
의식이 표출되지 않기 때문이다. 적어도 표면적으로는 그렇다는 뜻이다.

실눈을 뜨고 벽에 기대인다 아무것도 생각할 수가 없다

짧은 여름밤은 촛불 한 자루도 못다 녹인 채 사라지기 때문에 섬돌
우에 문득 석류꽃이 터진다

꽃망울 속에 새로운 우주가 열리는 波動! 아 여기 太古적 바다의 소리
없는 물보래가 꽃잎을 적신다

방안 하나 가득 석류꽃이 물들어온다 내가 석류꽃 속으로 들어가 앉
는다 아무것도 생각할 수가 없다

— 조지훈, 「花體開顯」 전문

　　인용시는 이미 많은 사람들이 언급한 바대로 조지훈의 명편에 속하는 작품이다. 시인이 행해 온 유랑의 끝이 여기가 아닐까 생각될 정도로 이 작품에서는 근대적 주체로서의 자아의식이 거의 감각되지 않는다. "내가 생각하기에 존재한다."는 근대적 주체관이 허무하게 무화되어 나타나 있다. "아무것도 생각할 수 없기에" 나는 존재하지 않는 것이다. 그러한 자아 소멸은 입몽과 각성, 그리고 다시 입몽의 형식으로 이루어진다. 다시 말하면 무의식 → 의식 → 무의식의 과정을 거치고 있는 것이다. "실눈을 뜨고 벽에 기대는 것"은 가수(假睡) 상태이다. 이는 반쯤 잠든 상태로서 의식과 무의식의 경계에 놓인 상태이다. 그러나 판단이 제거된 것이기에 거의 무의식에 가깝다. 무의식이란 의식이 거세된, 반자아의 상태이다. 근대가 만들어 놓은 자아나 주체, 의식 등이 희석됨으로써 개체적 감각이 사라지게 되는 형상이다. 이러한 정점에서 시적 자아는 자연과 자연스럽게 만나고, 자연과 교융하며, 결국은 자연의 일부로 회귀하게 된다.

　　박목월이 상상의 공간에서 자연을 묘파했다면, 그리고 조지훈이 보다 형이상학적 차원에서 자연을 인유했다면, 박두진의 자연은 이들과 다른 꼭짓점에서 출발한다. 박두진의 자연 탐색은 구체적 공간에서 출발한다. 그만큼 그의 시에서 드러나는 자연은 관념적이지가 않다. 여기서 그의 자연이 구체성을 갖고 있다는 뜻에는 다음 두 가지 함의가 있다. 하나는 관념화된 자연이 아니라는 점이고, 다른 하나는 청록파의 자연을 대표하는 목월적 자연과의 상관성이다. 그는 자연이 내포하는 통합의 원리라든가 우주의 이법과 같은 형이상학적 관념을 시의 방법적 의장으로 제시하지 않는다. 생명적 사유를 존중하되 이를 동경의 형태나 이상화된 관념의 방식으로 표현하는 것이 아니라 지금 여기의 구체적 현실에서 출발한다. 근대성의 사유구조에서 작동되는 자연의 모습들이 환상성을 배제하지 못하는 것에 비하면, 이는 매우 독특한 방법적 자각이 아닐 수 없는 것이다. 그리고 다른 하나는 목월적 의미의 자연관과의 관련성이다. 목월이 펼쳐 보인 자연은 청록파의 그것을 대표한다고 할 만큼 아주 독특한 것이었다. 몇 가지 단조로운 자연 이미지의 제시와 동화적 자연으로 구현되는 것이 목월시에서 드러나는 자연의 풍경이었다. 목월은 그러한 자연의 경치와 그림을 '마음의 지도'에서 찾은 것으로 알려져 있다. 그가 「청노루」를 쓸 무렵, 시인은 그 어둡고 불안한 시대에 푸근히 은신할 수 있는 어수룩한 천지가 그리웠지만, 당시 한국은 그 어디에도 일본 치하의 불안하고 버려진 땅이어서 찾을 수가 없었다는 것이다(박목월 자작시 해설『보랏빛 소묘』참조). 그리하여 새로운 공간을 찾게 되는데, 그것이 바로 청노루 등이 뛰노는 상상 속의 자연이었다는 것이다. 그러한 까닭에 목월의 자연은 비실재적인 것이다. 반면 박두진의 자연은 목월의 그것과는 매우 다른 곳에 위치한다.

> 우뚝 솟은 山, 묵중히 엎드린 山, 골 골이 長松 들어 섰고, 머루 다랫 넝쿨 바위엉서리 얽혔고, 삼삼이 떡갈 나무 억새풀 우거진 데, 너구리, 여우, 사슴, 山토끼, 오소리, 도마뱀, 능구리 等 실로 무수한 짐승을 지니 인, 山, 山 山들!
>
> —박두진, 「香峴」 부분

인용한 부분을 보면 목월의 자연과 어떻게 다른가 하는 것이 대번에 판명된다. 박두진이 표현한 자연은 우뚝 솟은 산, 묵중히 엎드린 산이라든가 장송, 머루, 다랫넝쿨, 떡갈나무, 억새풀 등 객관적 사실에 기초해 있다. 시인의 자연은 식물뿐만 아니라 너구리, 여우, 사슴, 토끼, 오소리 등 동물의 영역의 묘사할 경우에도 동일한 사유를 보여준다. 박두진의 자연은 마음의 지도 속에서 일구어진 목월의 자연과는 이렇게 사뭇 다르게 구상화된다. 상상 속에 목월의 자연이 있었다면, 현실 속에 박두진의 자연이 있었던 것이다.

2) 모더니즘과 근대지향성

근대적 인식체계의 한 축에 청록파가 있었다면, 다른 한 축에는 모더니스트 그룹이 있었다. 1949년 『새로운 도시와 시민들의 합창』을 펴낸 김경린, 임호권, 박인환, 김수영, 김규동 등이 그들이다. 이들은 자신들의 문학론을 간략히 피력한 서문에서 언급하고 있는 것처럼, 자신들의 작품에서 근대적 사유와 모더니즘의 양식적 특성을 뚜렷이 드러내보였다. 이들이 선보인 모더니즘이란 정신이나 방법적인 측면에서는 현저히 미달되는 것이어서 모더니즘의 원론적 잣대를 들이대기에는 무리가 따르는 것이 사실이다. 그럼에도 이들의 문학적 행위는 다음 몇 가지 측면에서 의미가 있다. 하나는 1930년대 이상, 김기림, 정지용 이후 단절되었던 모더니즘의 흐름을 계승시켰다는 점, 그리고 다른 하나는 50년대를 풍미한 모더니스트 그룹이었던 '후반기 동인'의 모태가 되었다는 점이다.

뿐만 아니라 이들이 탐색해 들어간 현대에 대한 준열한 비판의식은 당시에 가장 전위적인 것이었다는 데에서도 그 시사적 의의가 찾아진다. 사회의 전면에 서서 그 속에 내재된 온갖 모순의 촉수들을 담아내던, 문학가동맹의 전위시들이 사라진 마당에, 현대의 뜨거운 온도를 감지할 수 있는 유일한 집단은 모더니스트들뿐이었기 때문이다. 근대를 지칭하고 그것의 사회적 의미를 운위할 때, 모더니스트 그룹을 가장 전면에 두고 논의하는 것도 바로 이러한 이유 때문이다.

『새로운 도시와 시민들의 합창』은 그 함량미달에도 불구하고 많은 가능성과 시사적 의미를 던져 주었다. 특히 황량한 해방공간의 시기에 시의 양적인 면에서나 질적인 측면에서 우리 시단을 풍성하게 해 주었을 뿐만 아니라 현대시의 방법적 자각 또한 제시해주었다. 실상 해방공간의 현실에서 모더니즘의 본질에 육박하고 그 정신사적 의미를 올곧게 추적해내는 것은 불가능한 일이었을 것이다. 그것은 정치가 우선시되었던 해방공간의 특수한 현실에서 기인한다. 이러한 특수한 상황은 모더니스트들에게 시의 내용보다는 방법적 자각에 눈을 돌리게 하는 해방공간만의 특수한 모더니즘을 만들어내게 하는 요인으로 작용한다.

> 波長처럼
> 울려오는 너의 목소리를
> 잊어 버렸는지
> 戰爭은
> 시름없는 餘波를
> 나의 뜰앞에 남기고 지나갔다
>
> 낡아 빠진 傳統우에
> 停止하는 速度를 따라
> 紳士들의
> 社交術은 繁殖하였고
> 하늘이 그리운
> 나의 눈瞳子 우에
> 어두움은 길게 나려와 있었다
> 森林처럼
> 여름이 우거지는 뜰앞에
> 너의 목소리는
> 끝임없이 울려오고
> 새하얀 빛깔은

나의 가슴을 뚫고
멀리 地坪을 그으며 지나갔다

— 김경린, 「波長처럼」 전문

이 시의 주제는 전쟁 뒤의 어떤 황량함 혹은 쓸쓸함 정도에 있을 것이다. 시에 흐르는 전반적은 분위기는 센티멘털한 감수성 정도여서, 이 작품 속에서 모더니즘의 본질이나 흐름을 읽어내기란 쉬운 일이 아니다. 그러나 형식적 국면은 이와 매우 다르다. 우선 '신사'라든가 '속도', '사교술'이라는 기표에서 보듯 이 시의 언어들은 도회적이다. 또 모더니즘 시들에서 흔히 발견되는 엑조티시즘적인 특성 역시 가지고 있다. 게다가 이 작품은 모더니즘의 시의 갈래 가운데 하나인 이미지즘 계통의 시이다. 이 계열의 시들은 시의 내용보다는 시의 의장이나 기법을 중요시한다. 이미지스트들의 주된 관심은 일상의 현실을 직시하고 그러한 현실을 어떻게 새롭게 인식할 것인가에 주어져 있었다. 그러한 까닭에 기존의 사물을 새롭게 이미지화시키는 것이야말로 이들의 최대 당면과제였다. 이들이 사물과 같은 일상을 중요시한 것은 물론 낭만주의적 신비주의를 극복하고자 한 흄의 불연속적 세계관 때문이다. 따라서 일상을 정확하게 직시하는 것만이 낭만적 초월주의나 신비주의에 대한 반동이었던 것이다. 일상을 정확하게 본다는 것은 결국 현실과 밀착하게 된다는 것이고, 그러한 세계인식이야말로 가장 당대적인 것이라 할 수 있다. 이러한 방법적 자각의 결과가 이미지즘으로 나타난 것이고, 그 정신을 이어받은 것이 해방공간의 모더니스트들이다.

한편 이러한 방법적 자각 외에도 『새로운 도시와 시민들의 합창』을 상재한 그룹이 보여준 또 하나의 인식태도는 바로 소시민 의식이다. 이 의식이야말로 가장 자본주의적이며, 산책자적인 이미지의 표상이라 할 수

있다. 자본으로부터 압박받는 군상들이야말로 가장 근대화된 인간들의
자화상인 까닭이다.

> 자정도 지냈을 이슥한 밤
> 어머니와 안해나 어린 것들은
> 무심히 잠들었는데
> 나는 왜 이렇게 뒤채이며
> 잠을 못 이루는 것이냐
>
> 벼개 맡 書架에서
> 책을 뽑아 들어도
> 머리에 떠오르는 것은
> 내게 달린 일보식구
> 나이 설흔에 이 살림을 어떻거나
> 오늘도 몇권 책을 팔어
> 어린 것의 감기약을 지어왔다
> 나를 따르는 살림의 그림자
> 항시 어두워
>
> 마당에 내려서니
> 별빛만이 쏟아지고
> 먼곳에서 울려오는
> 汽笛소리
>
> 밤車여
> 나 같은 사람들의 살란한 꿈을 싣고
> 그래도 來日을 위해 떠나가는가
>
> 어떤 詩人이
> 『人生은 어둡고 긴 턴넬이라』 했다

그러나 턴넬은 지나가는 곳이고
밤車에는 새벽이 올께다

— 임호권, 「生活」 전문

　인용시에서 간취되는 이러한 소시민 의식은 지역공동체나 자연공동체에서는 불가능한 것이다. 자본화된 현실, 도회적인 현실에서나 길러지는 의식이며, 소위 돈의 자장 내에서 사유되는 인식구조이다. 자본의 팽창과 그로부터의 소외가 소시민 의식의 정점이며, 돈의 피드백 시스템이 길러내는 의식의 자장은 근대화된 인간들이 겪어야하는 숙명적 자화상이 된다. 소시민 의식이 개인의 내밀한 자의식임에도 불구하고, 사회적 자장 안에서 포섭되는 것은 이 때문이다.

　한국 근대시사에서 소시민 의식은 보편적인 것이면서 매우 예외적인 것이기도 하다. 실상 이 의식은 자본화된 문화양태가 길러낸 것이긴 하지만, 진보나 보수 그 어디에서도 긍정적인 평가를 받지 못한 의식이기도 하다. 진보적 진영에서는 그것이 기회주의로 인식되는가 하면, 보수 진영에서는 비생산적인 소모적 자의식 정도로 치부된다. 이러한 부정성을 함유하고 있는 소시민 의식은 그러나 모더니즘의 사유태도에 이르면 새로운 국면을 맞는다. 이 의식은 물화된 현실이 만들어낸 사회적 자장 내에서 인식되어 그 미학적 가치를 인정받기 때문이다. 물론 소시민 의식은 해방공간에서만 체험되는 감수성이라고는 볼 수 없을 것이다. 이미 30년대 모더니스트들에게서도 소시민적 자의식은 얼마든지 발견되기 때문이다. 이상이 그러하고, 김기림 또한 그러하지 않았는가. 정지용은 또 어떤가. 물론 임호권 등이 보인 소시민 의식들이 이전의 그것보다 우월한 위치를 갖고 있는 철학적 깊이에 뿌리를 내리고 있는 것은 아니다. 이 시기의 모더니스트들이 보였던 사조상의 한계와 마찬가지로 이 의식 또한 30년대의 모더니스트들에 비해 썩 앞으로 나아간 것은 없다. 그럼에도 이들의 문학사적 가치가 쉽게 폄하되지 않는 것은 정치가 지배하는 강압적 현실에서 최소한의 자기반응이라 할 수 있는 소시민적 자의식을 보였기 때문이다. 그리고 이들의 이러한 의식은 전후 전개되었던 '후반기 동인'이나 조향 등의 모더니스트들을 매개하는 역할도 했다. 그것이 이들의 문학사적 의미인 바, 정치우위라는 해방공간이 만들어낸 현실, 곧 이미지즘으로 나타난 방법적 자각이라는 형식적 국면과 소시민 의식으로 귀결된 내용적 국면이라는 두 가지 측면에서 그러하다.

해방공간 이후 모더니즘의 중요한 방법적 의장으로 자리 잡은 이미지즘이 우리 시사에 끼친 영향은 아무리 강조해도 지나치지 않다. 이미지즘의 사유는 인간의 불완전성과 세계에 대한 비통시적 사유의식에 발생한다. 인간이 기본적으로 불완전하다는 인식은 인간의 유한성에 대한 사유이며, 그것은 인간을 어떤 절대자에 기투하는 몸부림으로 나아가게 만든 요인이었다. 그 노력의 일환이 어떤 모범적 대상에 대한 모델링화에 대한 작업으로 나타난다. 그런데 흄의 고전주의는 어떤 대상을 그대로 모방하거나 답습하지 않고, 있는 대상을 좀 더 새롭게 그리고 인식하려 한다. 흄의 이러한 태도는 고전주의에 가까운 것이긴 하지만, 단순한 모방이 아니라 창조가 내재되어 있는 까닭에 이전의 고전주의와 구분하여 신고전주의로 부른다.

흄의 고전적 태도는 사실과 대상을 매우 중요시 한다. 그것은 일상의 현실에 대한 꼼꼼한 관찰과 새로운 인식태도에서 극명하게 드러난다. 낭만주의가 대상을 지극히 주관화하거나 몽환적 형상을 그리는 것, 혹은 심지어 그로테스크한 심연으로 빠지게 한다면 고전적 태도는 대상을 혹은 일상의 현실을 지극히 객관화시킨다. 그런데 후자에서 길러지는 일상의 현실은 기존의 것을 그대로 모방하거나 답습하는 것이 아니라 전혀 새로운 방식으로 사유하고 인식한다. 일상의 사물을 이전의 것과 다르게 전혀 새롭게 보는 것이다. 지금까지 어떤 시적 주체나 인식 주체도 보지 못한 새로움, 그것이 시의 근본 목적이 되는데, 이에 부합하려면 시는 이미지가 되어야 한다는 것이다. 따라서 일상어를 사용한 언어의 농축과 압축이야말로 이미지즘의 최대 목표가 된다.

이미지즘은 시어와 일상의 견고한 결합을 근간으로 하고 있다. 따라서 이미지즘을 추구한다는 것 자체가 일상이나 현실과 분리되는 사유가 아니다. 이러한 인식에 서게 되면 본질과 분리된 현상에의 유희가 모더니즘으로 나아갈 수밖에 없었다는 것은 재론의 여지가 있다. 당대의 시인들은 모더니즘 가운데 이미지즘을 적극적으로 받아들이고, 그 방법적 자각과 정신을 매우 충실히 수행해나갔다. 이들이 이미지즘을 적극적으로 받아들인 데에는 전후의 현실, 특히 근대가 파생한 문명적 위기와 그 정신적 폐해를 타개하기 위한 방법의 소산이었다. 대표적인 모더니스트 가운데 하나였던 김규동의 다음의 진술은 이를 극명하게 보여준다.

그러나 나는 여전히 우리 시단을 지배해 온 낡은 센티멘털 로맨티시즘의 분류와 상징주의의 완고한 잔재적 요소에 저항하여 전력을 다한 싸움을 감행할 수밖에 없는 비통한 운명 속에 있었던 지난날을 추억하여 기쁨과 그리움의 미소를 금치 못하는 심정 속에 있음을 솔직히 고백하였다(중략). 이러한 기류 속에서 우리들은 세계와 역사 또는 현실과 생활과의 관련에 항상 바른 통찰과 통일을 뜻하며 나아가서는 자신의 인생 태도를 결정짓는 일에 노력을 바침으로써 현대문명의 정황에 대한 정당한 비판을 계획했어야만 옳았을 것이다.

청풍명월만을 노래하는 너무나 주관적인 태도와 동양적인 정적에의 귀의는 그러므로 혼란, 격동의 새 세대에 대한 예의가 아니었으며, 새 시대가 던지는 문명의 인상과 끊임없이 변모해 가는 사회 현상의 옳은 파악이야말로 시인의 카메라에 부여된 고귀한 소재가 아닐 수 없다.

— 김규동, 「시집 『나비와 광장』에 부치는 시론」 부분

이 글은 김규동이 '후반기' 동인으로 활동하던 시절에 펴낸, 『나비와 광장』의 서문에 나타난 글이다. 김규동은 이 글에서 한국 시단 전반에 대해 비판하면서 기존의 한국시가 보여주었던 문제점을 다음 세 가지로 제시하고 있다. 첫째는 낡은 센티멘털리즘, 둘째는 상징주의의 완고한 잔재, 셋째는 청풍명월에 기반을 둔 주관적인 태도와 정적에의 귀의 등이 바로 그러하다. 그리고 우리 시의 가능성을 '현대문명의 정황에 대한 정당한 비판'에서 찾음으로써 모더니즘적인 사유태도를 뚜렷이 드러내고 있다. 그런데 김규동이 진단한 우리 시의 문제점 가운데 주목해 보아야 할 것이 첫 번째 항목과 마지막 항목이다.

센티멘털과 주관성이야말로 낭만주의적 사유태도를 가장 잘 보여주는 것이면서 이미지즘의 방법과는 가장 먼 거리에 있는 사유들이다. 흄이 현상적인 이 세계를, 세 가지 층위로 나누고 이 층위들이 단절되어 있다고 표 나게 강조한 것도 모호한 주관성 때문에 그러한 것이었고, 일상의 현실을 정확히 응시하자고 한 것도 감상적 태도에 대한 부정 때문이었다. 객관적 일상에 대한 올바른 인식과 그것의 새로운 이미지화야말로 이미지즘이 추구한 최고의 시적 의장이다. 김규동이 인용문의 마지막에서 "새 시대가 던지는 문명의 인상과 끊임없이 변모해 가는 사회 현상의 옳은 파악이야말로 시인의 카메라에 부여된 고귀한 소재"라고 한 것 역시 그러한 맥락의 일환이다.

3. 현대시의 뿌리로서의 해방공간의 서정시

해방이라는 환희와 그것이 주는 무한 기대를 갖고 출발한 한국의 현대시는 정치 우위가 점하는 현실과 좌우익의 혼돈, 그리고 분단의 아픔을 겪으면서 거듭거듭 성장해 왔다. 일제로부터의 해방이, 만들어진 것이 아니라 주어진 것이라는 점, 해방공간이 단순한 역사의 한 시기가 아니라 이전과 이후를 연결하는 하나의 고리라는 점, 그리고 60년대 초까지 진행된 엄숙한 반공주의가 남쪽을 지배하고 있었다는 점 등은 해방공간의 시사를 정립하고 검토하는 데 커다란 제약이 아닐 수 없었다. 해방 이후 한국 서정시의 형성과 전개를 문제 삼을 경우, 이런 상황이 전혀 배제될 수 없는 것이라면, 반영적 사유태도보다는 자의식적 사유태도가 훨씬 더 유효해 보인다고 하겠다. 이 글에서 해방 이후 서정시 형성의 뿌리와 그 계승을 '청록파'와 「새로운 도시와 시민들의 합창」에서 구한 것도 이러한 이유 때문이다.

'청록파'는 자연에서 획득되는 근대적 인식체계를, 모더니스트들에게서는 일상의 현실에서 길러지는 인식체계를 확인할 수 있었다. 물론 이러한 인식구조들은 모두 근대적 자아라는 틀 속에서 포섭되는 것이며, 그 길항관계를 떠나서는 성립될 수 없는 것들이다. 또한 그러한 자의식들은 1930년대를 충실히 계승하는 것이면서 전후 근대성 혹은 전후 모더니즘을 예비하는 것이기도 하다는 점에서 시사적 의미가 있는 것이라 하겠다. 그리고 여기서 한 가지를 더 언급해야 할 게 있다. 바로 현실지향적인 시인들의 경우이다. 해방공간에 치열했던 좌우익의 대립 못지않게, 소위 좌파 시인들의 활동 또한 대단히 큰 것이었다.

이 땅의 민중처럼
헐벗고 떠는 이 땅의 산아!
아람드리 잣나무 엄나무 홰나무
모조리 아시운 귀여운 복송나무
목련화 피는 골안을
청성스리 울어새든 솟쪽새 할미새

훨―ㄹ 훨 어데로 날려보내고
시무룩이 돌아만 앉었너냐
산아! 내 그대의 품 속에서 자라났거니
이마 벗어지고 가슴에 흠집 많은 모양
착하기에 그대는 이 꼴이 되었너냐
참아 눈물없이 바라지 못하는 슬픈 어머니로다

사슴과 표범과 죄지은 배암이
무시로 달려와 숨을 자리를 찾었고
노점病이 낫는다는 이가 시린 약물터와
나무꾼의 노래가 사철 구성지던

왼갓 장엄과 신비를 모조리 빼앗기고도
변변찮은 백성들이 사는 산이기에
슬프단 말 한마디 없이 고개 숙이고 섰너냐

―김상훈, 「산」 부분

인용시는 해방공간에 대표적인 좌파 신인이었던 김상훈의 작품이다. 이 시기에 문단의 시인이라는 사실은 자신의 세계관과 이데올로기를 펼쳐 보이는 데 있어서 매우 자유로운 존재들이었다. 무엇보다 친일의 문제와 같은 도덕적 모랄에 구속되지 않았기 때문이다. 이러한 질적 특성들은 그들에게 이념선택의 문제에서 아무런 제약적 요인들을 만들지 않았다. 해방직후 등장한 김상훈 등은 이러한 환경적 요인 덕택으로 자신의 이념을 마음껏 펼쳐 보인 대표적인 시인 가운데 하나이다. 그의 대표작인 「산」은 우리 시사에서 흔히 차용되어 온 평범한 소재 가운데 하나였던 자연을 대상으로 한 작품이다. 그러나 똑같은 소재임에도 불구하고 이 작품에서 말하는 자연의 의미는 기존의 시인들과 매우 다르다. 자연이 우주의 이법이나 섭리와 같은 형이상학적 사유의 매개도 아니고, 근원적인 모성 이미지와도 거리가 먼 까닭이다. 여기서의 산의 의미는 기존의 보편화된 의미들과 달리 민중을 뜻한다. 산은 억압받는 주체, 수탈의 주체로 표징되고 있기 때문이다. 그러나 중요한 것은 산이 기존의 의미로부터 벗어나 어떤 질적 변환을 했다는 의미론적 변이를 말하려는 것이 아니다. 남북이 분단되면서, 그리고 한국전쟁을 겪으면서 서정시에서 민중의 의미역들은 역사의 뒤안길로 사라진 바 있다. 이 이후 서정시에서 현실의 의미역을 읽어낼 수 있었던 시기는 1960년대 이후에 들어서이다. 김수영을 비롯한 시의 현실참여운동이라든가 민중의 유적 연대, 그리고 역사의 객관적 필연성에 대한 인식이 이때를 거쳐 1980년대에 꽃을 피운 것이라면, 그 근원은 이렇듯 해방공간의 현실주의 시에서 찾아볼 수 있는 것이다. 따라서 김상훈 등에 의해 전개되었던 현실주의 시들은 80년대 이후의 민중성이라든가 노동계급성, 혹은 당파성의 뿌리였다는 점에서 그 의미가 있다.

이러한 세 가지 축, 곧 반근대적인 시, 모더니즘 계통의 시, 그리고 현실정향적인 시가 해방직후 전개된 서정시의 모습들이라면, 그러한 좌표축들은 이후의 시사적 흐름에서도 거의 변하지 않았다. 그런 의미에서 해방공간은 지나간 과거가 아니라 지금 여기의 현실과 곧바로 연결된 현재진행형의 그곳으로 자리 잡고 있다고 하겠다.

2

자기성찰이 빚어낸 순응의 경지

임강빈의 『집 한 채』

1.

임강빈의 열한 번 째 시집 『집 한 채』를 편안한 마음으로 읽었다. 시의 내용도 좋았고, 형식도 짧아서 편안했다. 시인의 이러한 시를 두고 평론가들은 간단명료하다고 했고, 시인 자신도 이러한 평가에 대해서 어느 정도 긍정적이다. 임강빈의 시를 둘러싸고 일어나는 이러한 양상들은 무엇에서 기인하는 것일까. 이에 대한 답이 이번 시집의 근본 주제일 터, 나는 그것을 시인의 문학관과 그의 연륜에서 찾고자 한다.

시를 응시하는, 혹은 시를 창조해내는 임강빈 시인의 문학관은 매우 원론적인 것에 가깝다. 시인들만이 흔히 가질 수 있는 세계관을 임강빈에게서 찾아내는 것은 그리 어려운 일이 아니기 때문이다. 그의 시론 역시 철저하게 문학 내재적인 것에 기울어져 있다. 그가 이번 시집의 권말에 붙여 놓은 시작노트에서 이를 확인할 수 있는 바, 임강빈은 시에서 산문성과 논리성을 철저하게 배격한다. 산문시는 시의 간결미를 추구하는 시인의 문학관과도 다른 것인데, 우선 이런 유형의 시들은 함축성에 미달된다는 것이고, 또 여기에는 시가 어떤 도구성으로부터 자유롭지 못하다는 우려 역시 내포되어 있다. 논리성도 마찬가지이다. 논리란 과학적 진실과 객관적 사실에서 온다. 따라서 그것은 필연성이나 인과성에 의존하기 마련이다. 이러한 기제들은 산문적 양식에 유효하다. 직관과 상상력에 의존하는 시에서는 그러한 장치들은 오히려 비시적이게 하는 요인들로 작용한다. 임강빈이 왜 그러한 의장들을 시에서 타부시하는지 이해가 가는 대목이다.

시인의 시에 대한 이러한 시관은, 그 이전에도 늘상 있어 왔던 말이다. 어떤 별반 새로울 것이 없다는 뜻과도 같다. 그럼에도 시인의 그러한 문학론에서 쉽게 간과할 수 없는 중요한 사실 하나를 발견하게 된다. 우선, 권말에 실린 시인의 글을 더 따라가 보자. "나는 습작기 어느 시류나 아류에 편승하기를 거부했고, 남의 시를 읽다 보면 자연히 그 시의 영향을 받게 마련인데, 그 영향에서 벗어나기 위해 직전에 읽은 시를 덮어버리고 그 영향으로부터 최소화하려고 한다."고 했고, "시는 자기 목소리가 있어야 하고 개성이 뚜렷할 때 살아남는다."고도 했다. 이를 요약하면, 시란 보편적인 것에서 특수한 어떤 것을 가져야 한다는 것으로 모아진다. 보편성에서 길어 올려지는 특수한 개성이라고나 할까. 이 개성을 나는 임강빈의 시에 나타난 형식이라고 부르고 싶다. 임강빈 시를 읽어보면 금방 알 수 있듯이, 그의 시의 형식들은 대단히 짧다. 이는 그의 시들이 산문성을 배제하고 직관과 상상력에 의존하는 국면이 크다는 것을 의미한다. 그것이 임강빈 시의 독창성이고 개성이며 매력이다.

돈이 될 수 없는
명예일 수도 없는
시가 태어났을 때

기뻐서 소리 지를 뻔했다
애지중지 안주머니에 넣고 다니며
폈다 접다 해서
그 자리가 헐었지만
몇억 보증수표보다 뿌듯하더라

배가 좀 고프면 어떠랴
이 세상 태어나서
백일이나 돌잔치 해준 일 없지만
쑥 자라주었다
아픔 반 눈물 반
혼자 만들어낸 나의 흔적
깊은 철야 속
반짝이는 별처럼
시는 살아 있더라

― 임강빈, 「애지중지」 전문

　근대 이후 우리 시가 걸어온 길 가운데 하나가 자유시이고 자유율이다. 개성의 심적 반응의 결과가 자유율이라면, 근대시의 긴 여로에서 비춰볼 때 이는 자연스러운 일이다. 반면 정형률은 비개성적이긴 하지만 간결미나 압축미에 있어서는 자유율보다 훨씬 앞서 있다. 여기서 갑자기 율격 이야기를 한 것은 임강빈의 시가 거의 정형률에 가까울 만치 간결하다는 것 때문이다. 임강빈의 시는 풀어지는 맛이 없고 율격이나 시적 의장에 있어서 모든 것이 압축되어 있다. 군더더기가 없는 율격, 잡스러

움이 없는 깔끔함, 그것이 임강빈 시의 목소리이자 그의 시를 읽는 독자
를 편안하게 만들어주는 요인이다. 그리고 여기서 한 가지 더 추가할 것
이 있는데, 시인은 시가 실용성의 도구로 비춰지거나 인식되는 것에 대
해 우호적이지 않다는 점이다. 그는 시가 실생활의 도구나 산문의 도구
성으로 전락하는 것에 대해서 반대하면서, 오직 문학우월주의만을 고수
하고자 한다("반짝이는 별처럼 시는 살아 있더라"). 이것이 임강빈 시의 특징
이다.

2.

임강빈 시의 형식적 개성이 간결미에 있다면, 거기에 담겨져 있는 내
용은 어떠할까. 형식이 짧고 율격이 규칙에 가까우면, 그러한 형식에 어
떤 거대 서사나 큰 틀의 패러다임을 담아내는 일은 용이치 않아 보인다.
가령, 근대의 사유체계를 인식하거나 대항적 사회 담론을 담아내려면 큰
그릇이 필요하다. 짧은 형식으로 큰 이야기를 담아내는 것은 불가능하다
는 뜻이다. 짧은 형식과 간결미를 지향하는 임강빈의 시가 이러한 내용
들을 포획하는 것은 상당히 난망한 일이고, 시인 또한 그러한 것에는 관
심이 없다. 시대의 조류나 문단의 주조와는 일찌감치 거리를 두고 있던
시인에게 그러한 담론들은 단지 아류로 비춰지기 때문이다. 임강빈에게
그만이 갖는 독특한 개성과 독창성은 시의 생명이나 시의 존재이유가 돼
왔던 터이다. 따라서 시의 형식에 걸맞은 내용에 대한 탐색이야말로 시
인이 이번 시집에서 지향하는 궁극일 것이다.

임강빈의 시에서 가장 눈에 띄는 주제는 존재론에 관한 것이다. 인간
이란 무엇인가 혹은 시인의 삶의 방향이나 존재조건을 되묻는 일이야말

로 임강빈이 이번 시집에서 보여준 핵심주제이다. 인간에 대한 이러한 철학적 사유들은 굳이 산문성을 요하지도 않고 어떤 논리성이나 인과성을 되묻지 않아도 된다. 따라서 시가 길어질 이유도 산문적 이완의 양식도 필요치 않다. 실상 임강빈 시의 유기적 완성과 통일은 형식과 내용의 적절한 결합에 있다고 해도 무방할 정도로 이 둘 사이의 관계는 적절히 어우러져 있다. 즉 그의 시들은 신비평가들의 용어를 빌리자면, 하나의 잘 빚어진 항아리와도 같다고 하겠다.

그렇다면 시인이 집요하게 천착해 들어가는 인간의 존재론적 의미는 무엇인가.

> 언짢은 말이나
> 가시 섞인 언사면
> 귀담아 듣지 말고
> 한귀로 흘려버리라고 하지만
> 그 조절이 잘 안된다
> 이순도 훨씬 넘은 나이에
>
> —임강빈, 「귀」 부분

인용시는 시인의 시 가운데 하나를 무작위로 뽑아 본 것이다. 내용에서 얼핏 알 수 있듯이 '자기성찰' 혹은 '자기수양'에 관한 내용을 담고 있다. 실상 시인의 이번 시집 『집 한 채』에서 탐색된 주제가 이것이라 할 정도로 이 내용들은 대단히 많이 산견된다. 그러한 성찰의 과정들은, 시인의 삶의 과정 속에서 내재되고 있는 바, 가령 "언짢은 말"이나 "가시 섞인 언사"를 귀담아 듣지 않고, 한귀로 흘려버리라고 하지만 그 조절이 잘 안된다고 토로하고 있다. 왜 그러한가는 굳이 묻지 않아도 된다. 어차

피 그것이 삶의 한 부분인 까닭이다. 다만 '이순이 훨씬 넘은 나이에'도 완결되지 못하는 현실이 야속할 따름이다.

이는 또한 작품을 통해 우리가 삶의 진실을 얻거나 어떤 교훈을 자기화하고자 하는 것과는 거리가 멀다. 그만큼 이 시가 포지하는 의미내용은 시인의 존재론에 가까운 것이기 때문이다.

존재론하면 흔히 떠올리는 것이 고독의 감수성이다. 인간이 근원적으로 담지하고 있는 고독이 존재론적인 것이라면 임강빈이 이 작품에서 추구하는 존재에 관한 의문들은 이와 방향을 달리한다. 존재론적 고독이 선험적인 것이라면, 임강빈이 추구하는 일련의 성찰들은 삶의 과정 속에서 다가오는 진행적인 것들이기 때문이다. 그만큼 그의 시들은 관념적 철학에 밑바탕을 두고 쓰이고 있는 것이 아니라 일상의 현실, 자기를 둘러싼 환경적 조건, 곧 지금 여기에 대해 의미화하고 있는 것이다.

현실적 조건에 의해 삶이 구속되고 조정될 때, 시인의 시야에 가장 먼저 들어오는 것은 과거의 자기의 모습일 것이다. 현실 속에서 규정되고 있는 나의 모습도 중요하지만, 그러한 현실을 조정하고 규정하는 과거의 자기 모습도 중요하기 때문이다. 반성이란 모두 이러한 정신작용의 한 결과이다.

> 모두 서쪽으로 향했다
> 사람들의 그림자는
> 유독 살이 빠져서 길다
>
> 얼마나 긴 시간을
> 터벅터벅
> 여기까지 걸어왔을까

그림자가 긴 것은
죄도 그만큼 길어졌다는 것
그걸 지우느라 애먹었다

접경에 왔다
점점 어둑어둑해진다
그림자가 아직은 희미하다

— 임강빈, 「그림자」 전문

인용시는 현재의 자기뿐 아니라 과거의 자기에 대해서 반추한 작품이다. 서정적 자아의 기나긴 과거의 회로들은 죄라는 장애물들로 닫혀있다. 계속해서 그 장애물들을 뚫고 여기까지 왔지만, 아직까지 그 그림자들은 길 뿐이다. 그만큼 죄가 많다는 뜻일 것인데, 시인의 죄에 대한 자의식은 쉽게 무화될 성질의 것이 아니다. 인생이라는 종점, 설혹 그것이 죽음이라 할지라도 죄가 완전히 없어지지 않는 까닭이다. 다만 생과 사의 접점에서, 시인의 죄에 대한 끊임없는 반성을 통해서 죄의 그림자가 '희미해지고' 있을 뿐이다.

시인의 반성적 사유들은 이렇듯 선험적인 고독이나 죄의식에서 오는 것이 아니다. 지금 여기에서 '나를 만들어내는' 지난한 자기노력의 과정에 있기 때문에, 지금 여기의 나의 실존적 상황에서 온 것이다. 그런 까닭에 시인의 시들은 존재론적인 고독과는 무관하다. 임강빈의 시들이 인간의 존재조건을 문제 삼으면서도 선험적 고독 등과 거리가 있는 것은 이 때문이다.

3.

임강빈의 시들은 현재의 '나'에 초점이 맞추어져 있다. 그의 시에서는 온 길로 지칭되는 과거에 대한 회한도 읽혀지지 않고, 또 갈 길로 지칭되는 미래에 대한 갈망이나 기대도 느껴지지 않는다. 왜 그러한가. 시인의 표현대로라면 시인은 지금 "접경에 와" 있는 상태이기 때문이다. 여기서 접경이란 시인의 연륜에서 오는 육체적 한계일 수도 있지만, 그보다는 자기수양의 끝에서 오는 정신적 극한에 가까운 것이라 생각된다. 자기수양의 끝이나 자기반성의 끝과 같은 것. 그렇다고 시인의, 인간으로서의 자기반성이 초월적 존재에까지 이른 어떤 것이라고는 생각되지 않는다. 다만 시인은 자기수양의 기나긴 여로 속에서 이제 그 접경에 다다르고 있을 뿐이다. 그 한 끝에 죄나 욕망과 같은 것이 있다면 다른 한 끝은 반성이나 비움과 같은 사유들이 있을 것이다. 시인은 이 양끝에서 팽팽한 줄다리기를 해 왔고, 승부는 서서히 결정지어지고 있다. 그것은 절대나 완전까지는 아니라고 하더라도, 질기디 질긴 자신의 죄의 그림자를 어느 정도는 용서받을 수 있을 정도의 높은 수양 상태이다.

> 하얀 길이
> 다 끝나지 않은 곳에
> 집 한 채
> 쓰러질 듯 서 있다
>
> 담도 대문도 없는
> 이 집 주인은 누구일까
> 신록에 싸여
> 오히려 고대광실이다

멀리 뻐꾸기가
한데 어울린다
허술한 집 한 채
꿈속 궁전 같다

—임강빈, 「집 한 채」 전문

　자기반성의 끝은 어디일까. 혹은 자기수양은 끝은 어디일까. 이런 물음에 명쾌한 답을 주는 것은 불가능하지만, 한 가지 분명한 것은 욕심 없는 세계, 욕망이 거세된 세계가 아닐까. 인용시는 이번 시집의 제목이기도 한 작품이기도 하면서 임강빈이 이번 시집에서 추구한 시의 의미가 가장 잘 드러난 작품이기도 하다. 우선 시에서 풍기는 맛이 아주 고즈넉하다. ‘집∨한∨채’, 이렇게 띄어쓰기가 되어 있는 것 자체부터 매우 한적하다는 느낌, ‘주거’라는 삶의 기본 조건만을 충실히 채워주는 느낌을 준다. 그 집이 비록 ‘쓰러질 듯 서’ 있어도 전혀 불안한 느낌을 주지 않는 것도 이 때문이리라.

　게다가 이 집은 “담도 대문도 없다”. 그저 “신록에 싸여” 자연과 더불어 있을 뿐이다. 그러한 까닭에 이 집은 ‘값비싼 전원주택’이라는 경제적 사유구조에 편입되지도 않고, ‘투기적 목적’이라는 물화된 자본의 논리와도 거리가 있다. ‘담과 대문’이 있는 집들이 주는 거대한 위압감이나 성채(城砦)와 같은 인식과는 무관하다는 뜻이다. 그럼에도 시인의 시선에는 이러한 집이 ‘고대광실’이나 ‘꿈속 궁전’으로 비춰진다. 얼마나 소박한 인식들인가. 자본주의 시대에 흔히 젖을 수 있는 물화된 삶이나 상품의 논리와는 또 얼마나 거리가 있는 것인가. 자연과 벗하는 그러한 소박한 마음이야말로 시인이 추구한 자기성찰의 극점이 아니겠는가.

　임강빈은 이순을 넘기고 예로부터 드물다는 칠순 또한 넘겼다. 물론

시대가 달라졌으니 나이를 규정하는 방식, 그 나이에 걸맞은 행동이나
사유구조를 규정하는 방식도 바뀌어야 할 때가 되었다. 그럼에도 변하지
않는 것은 어떤 이법이나 원리와 같은 것일 터, 임강빈에게서도 그러한
사유를 엿보는 것이 어렵지 않다. 그것은 곧 순리에 따르는 삶의 자세일
것이다. 그러한 순응은 시인에게 있어서 연륜에서 오는 것일 수도 있고,
자기반성의 결과에서 오는 것일 수도 있다. 하지만 그것이 어떠한 것이
든 간에 시인은 그러한 질서를 받아들일 자세가 되어 있다는 사실이다.

> 연신 귀를 후빈다
> 가을이다
> 맑은 가을이다
> 그냥 버리기 아까운 것들
> 한쪽으로 치우고
> 하늘까지 귀를 비워 놓기로 한다
>
> —임강빈, 「귀」 부분

그의 청각은 하늘로 향해 있다. 욕망이 지상적인 것, 곧 땅으로 향해
있는 것이라면 비움은 이렇듯 하늘로 향해 있을 것이다. 시인은 여기서
하늘의 섭리를 듣는다. 이법을 거스르지 않는 삶, 죄를 짓지 않는 삶, 자
연의 순리에 따르는 삶 등을 말이다.

> 사람을 만나서
> 높게 올라간 아파트를 만나서
> 질주하는 소음을 만나서
> 피곤 때문일까
> 눈에 핏대가 서다
> (중략)

교외로 나갔더니
진격하듯 솨— 밀려오는
저 푸르름
아무리 보아도 싫증은 없고
눈에 충혈이 서서히 가시다

—임강빈, 「저 푸르름」 부분

　이 작품에 이르면 임강빈이 추구했던 존재론적 물음이 어디에 가 있는지를 알게 된다. 자연의 섭리 등과 같은 순리적인 자세일 것이다. 자연만큼 인간에게 교훈을 주는 것도 없다. 자연과 함께 하는 삶이야말로 인간의 추구해야 할 최대의 필요충분조건이고, 이외의 다른 대안은 있을 수 없다고 판단된다. 내가 우주의 한 일원이고 유기체라는 인식은, 곧 내가 자연과 같은 존재가 되는 것뿐이다. "철새떼의 질서가 부럽다"(「식구들」)나 "풀벌레 소리/ 저토록 곡진한 것을 보면/ 아직 멀었다는 생각"(「노여움」)은 그러한 자연의 세계에 미치지 못하는 시인의 자조에서 기인한다.

　임강빈 시인이 이번 시집에서 보여준 자기반성내지 자기성찰의 끝은 이렇듯 자연과 더불어, 자연과 함께 하는 삶에 닿아 있다. 그것은 인위가 거세된 삶이며 시인의 기나긴 자기성찰의 결과에서 얻어진 것이다. 시인의 시가 존재론적인 삶의 문제를 다루고 있긴 하지만, 그것은 어떤 선험적인 세계에서 이루어지는 것이 아니라 구체적인 일상에서 이루어지고 있다. 임강빈의 시가 재미있고, 편안하고 독자들에게 쉽게 다가갈 수 있는 것도 이 때문이다.

언어에 의한 국토의 재발견

오세영의 『임을 부르는 물소리 그 물소리』

오세영 시인의 새 시집 『임을 부르는 물소리 그 물소리』는 이전의 시집들과 매우 다르다. 무엇보다 이 시집에서는 소재가 국토 등 외적 세계로 점유되어 있기에 시인의 보증수표와 같았던 존재에 대한 지속적인 탐색의 시도를 간취해내기가 힘들기 때문이다. 첫 장을 넘기면 대번에 알 수 있는 것처럼, 이번 시집에는 우리나라의 땅, 역사, 풍수 등이 촘촘히 박혀 있다. 조국에 대한 한없는 애정이라든가 국토애의 발로 등이 그대로 드러나 있는 것이다. 그런데 이 시점에서 왜 하필 국토를 대상으로 하는 시를 읊어야 했을까하는 의문이 쉽게 가시지 않는 것 또한 사실이다. 국가에 대한 계몽의 시기도 충성심을 발휘할 애국의 시기도 아닌데 말이다.

우리 근현대시사를 일별해 볼 때, 국토애가 표 나게 문제시되던 시기가 있었다. 바로 1920년대 중반이 그러하다. 이때는 일제 강점기의 지배체제가 더욱 공고해지던 시기였고, 그 연장선에서 잃어버린 조선의 혼을 되찾기 위하여 소위 조선적인 것에 관한 관심이 집중된 시기였다. 그리하여 시조부흥운동이라든가 민요시 운동이 일어났고 연이어 국토순례와 같은 것들이 문학의 소재가 되었다. 이런 복고주의적 문예운동이 잃어버린 조선심(朝鮮心)을 회복시켜주고, 국토를 새롭게 자각시키는 정서적 매개가 되었음은 두말할 필요도 없다.

그렇다면 『임을 부르는 물소리 그 물소리』의 경우는 어떠한가. 지금 이곳은 국가 위기의 시기도 애국 계몽의 시기도 아니기에 국토를 시화(詩化)한 배경이 더욱 큰 궁금증을 자아낼 수밖에 없다. 우선 시인이 이 시집에서 국토를 시의 소재로 삼은 데에는, 이런 유형의 시들에서 흔히 발견할 수 있는 조국에 대한 애국심과 분리시켜 논의하기 어렵다. 시인 역시 이를 굳이 부정하지 않는다.

> 요즘 국가에 대해서, 그 국가를 가능케 한 국토에 대해서 생각하는 시간이 많아졌다. 그리고 나를 이 지상에 태어나게 하고 내 생명을 영위케 해준 국토, 죽으면 다시 내 육신과 영혼이 돌아가야 할 이 땅의 성스러움이 새삼 외경의 마음으로 다가옴을 느낀다. 시를 쓰리라, 내 사랑하는 조국, 그 국토에 대해 가장 경건한 마음으로—
> 언어는 한 민족의 영혼이라고 한다. 그렇다면 국토란 그 민족의 육체. 진정한 삶은 아마도 그 영혼과 육체가 완전하게 결합된 상태가 아니겠는가. 나를 한평생 시인으로 길러준 국토, 내 오욕의 한 생을 너그럽게 받아줄 국토에게 내 이제 할 수 있는 한 아름답고 순결한 모국어를 바치리라.

이 글의 문맥을 보면, 시인의 애국주의는 1920년대 중반에 펼쳐졌던 조선주의와는 확연히 다르다는 것을 알 수 있다. 그의 조국애들은 외세에 의한 대타의식적인 것이 아니기 때문이다. 시인의 국토에 대한 사랑은 즉자적인 것의 발로로서 대자적인 것에서 촉발된 것이 아니다. 그의 국토에 대한 사랑은 시인을 '이 세상에 태어나게 해주고 내 생명을 영위케 해 준' 것에 대한 보은의 차원이며, 시인의 '육신과 영혼을 받아주는' 데 대한 헌사의 차원이다. 그러하기에 시인은 국토를 외경의 대상이나 경건의 대상으로 받아들인다.

> 가끔 엷은 그림자가 드리지 않았던 것도 아니지만
> 꽃이 가장 꽃답게 피고,
> 짐승이 가장 짐승답게 뛰놀고,
> 인간이 가장 인간답게 살아 왔던 땅이
> 이 말고 세상 그 어디에 또 있으랴.
>
> ─오세영, 「서시」 부분

인용시에서 보듯 시인에게 국토란 육신과 영혼의 휴식처이자 안식처이다. 또한 유토피아이기도 하면서 종교적 대상으로 승화되기까지 한다. 국토란 "꽃이 가장 꽃답게 피고 짐승이 가장 짐승답게 뛰놀고, 인간이 가장 인간답게 사는 땅", 곧 본질이 본질 그 자체로 구현되는 공간이다. 이러한 공간이야말로 성서의 에덴동산과 무엇이 다를까.

시인은 지금 여기에 펼쳐져 있는 이 에덴동산을 한편의 그림으로 여과 없이 그려내고자 한다. 그것도 아주 순결하고 고상한 언어로 말이다. 시인에 의하면 언어는 한 민족의 영혼이고, 국토는 그 민족의 육체에 해당한다. 또한 진정한 삶이란 신성한 국토와 그 영혼인 언어가 완전하게 결합되어야 가능하다고 판단한다. 그러한 삶을 위해 시인은 "나를 한평생 시인으로 길러준 국토, 내 오욕의 한 생을 너그럽게 받아줄 국토에게 내 이제 할 수 있는 한 아름답고 순결한 모국어를 바치리라"고 결심한다. 이런 뜻에서 보면, 오세영의 국토에 대한 시화는 그 무엇에 대한 대타적인 것이라기보다 진정한 자기 삶에 대한 반성과 탐색에 의한 것임을 알게 된다.

국토는 시인에게 그 스스로의 실존과 무관하지 않는 정서적 등가물이다. 따라서 시인을 에두르고 있는 국토, 자기 삶의 근간이 되는 국토, 나아가 민족의 근원인 국토에 이르기까지 국토는 시인의 언어가 닿을 때마다 새로운 인식론적 깊이로 단장한 채 거듭거듭 태어난다. 한민족의 근원으로 '백두산'이 환기되는가 하면, 단군왕검의 말씀으로 면면히 흐르는 '압록강'이 발견되기도 한다. 뿐만 아니라 태양조차 몸을 쉬고 모진 풍랑에도 굴하지 않는 '흑산도'가 있고, 아름다운 땅을 지킨 아름다운 주검인 '칠백의총'도 환기된다. 이렇듯 오세영의 국토시들에서는 우리나라의 자연풍광과 역사 등이 시공을 초월하여 지금 여기에서 함께 어우러진다. 순결한 시인의 언어적 조탁 속에 한반도는 지상의 낙원으로 재인식되고 있는 것이다.

오세영의 국토시는 대항적 담론 속에 태어난 것이 아니다. 그것은 시인의 삶에 대한 반성적 사유나 삶의 질적 토양 속에서 태어났다. 그렇기에 국토가 시인에게 일차적으로 반성의 매개이자 모범의 대상이 되는 것은 자연스럽다 하겠다.

오랜 세월
별들이 흘린 눈물이 고여
샘이 되었나.
지하의 보석이 달빛에 녹아
내가 되었나.
순결한 처녀의 맑은 오줌발처럼

샘솟는 물이여,
한 모금 그 물로 눈을 씻으면
온 세상 밝아지고
두 모금 그 물로 귀를 씻으면
천지가 화답하고
세 모금 그 물로 몸을 씻으면
잃어버린 사랑을 되찾을 수 있나니
내 어릴 적
어머니의 오줌으로 내 흐린 눈을 씻어냈듯
내 오늘 방동 약숫물로
병든 육신을 씻는다.
구룡령 산새들은 유난히
목소리가 곱다.

— 오세영, 「방동약수」 전문

'방동'은 구체적 지명이긴 하지만 그 이상의 어떤 초월적 의미를 갖는다. 이곳에서 솟아나는 생명의 약수 역시 마찬가지 경우이다. 그런데 이 물은 매우 순결하고 신비적인 성격을 갖는다. "별들이 흘린 눈물이 고여 샘"이 된 것이고, "지하의 보석이 달빛에 녹아 내"가 된 것이기 때문이다. 그렇기에 "한 모금 그 물로 눈을 씻으면/ 온 세상 밝아지고/ 두 모금 그 물로 귀를 씻으면/ 천지가 화답하고/ 세 모금 그 물로 몸을 씻으면/ 잃어버린 사랑을 되찾을 수 있"을 만큼 이 물은 영험이 있다. 시인은 성화된 '방동의 물'로 자신의 병든 육신을 씻고자 한다. 시인이 앓고 있는 병은 세속의 병이긴 해도 어떤 구체성이 담보되지 않는 병, 곧 자기수양과 관련되는 병이다. 시의 문맥에서 유추해 보면, 눈이 어둡고, 귀가 닫힌 병, 그리하여 사랑을 잃어버린 병이다. 시인은 그러한 마음의 병을 씻어내기 위해 신성한 국토를 치유의 매개로 인유하고 있다. 다음의 시도 같은 맥락에서 살펴볼 수 있다.

금강은
아름답기보다는 차라리
성스러운 산.
아름다움의 궁극엔 황홀이, 황홀의 궁극엔
열반이 있을지니
내 금강의 순연한 자태에서
참선하는 수좌의 얼굴을 본다.
능단금강반야바라밀경이던가,
마하연을 거스르는 물소리.
대방광불화엄경이던가,
만폭동을 울리는 바람소리.
돌아보면 세상은 풍진이 가득한데
한 발짝 네 앞에 다가서면
내 육신이 스러지고,
두 발짝 네 앞에 마주서면
내 마음이 사라지고
세 발짝 네 앞에 들어서면 드디어
내가 없느니
금강은
아름답기보다는 차라리
성스러운 산.

— 오세영, 「금강산」 전문

그런데 인용시는 「방동약수」의 경우보다 형이상학적 인식의 깊이가 더 깊게 울리는 작품이다. 이 작품의 주제 역시 국토의 일부라 할 수 있는 금강산에 대한 예찬으로 되어 있다. 금강산에 대한 시인의 예찬은 성화된 불과 같이 타오를 정도로 정열적이다. 특히 금강산을 참선하는 수

좌의 반열에 놓음으로써 형이상학적 사유의 궁극에까지 이르고 있다. 그렇다면 이 사유의 정점인 참선의 구경적 형식이란 무엇이고, 열반이란 무엇인가. 그것은 인연의 실타래가 끊기는 곳, 모든 오욕칠정의 욕망이 사라지는 곳, 그리하여 인식의 항구한 평화가 영원히 흐르는 곳이 아니던가. 시인은 금강산에서 그러한 열반의 완성을 본다. 그렇다면 그 반대편인 속세의 세상은 어떠한가. 시의 문면으로 보면, 지금 이곳은 풍진이 가득한 세상이다. 서정적 자아는 그러한 세상 속에 기투되어 실존의 고통 속에 자의식의 해방을 꿈꾸는 가련한 존재일 뿐이다. 시인은 자신의 열반의 꿈을 위하여 실존의 완성이자 본질인 금강산을 자기화하고자 한다. '나'라는 개체적 존재가 인간이라는 계통, 아니 자연이라는 하나의 계통 속으로 흘러들어가 금강산과 동일한 존재가 되려 하는 것이다. 욕망이 무화된 열반의 존재가 되기 위하여 시인은 금강산과 합일하고자 하는 것인데, 시인의 그러한 의지는 "한 발짝 네 앞에 다가서면 내 육신이 스러지고", "두 발짝 네 앞에 마주서면/ 내 마음이 사라지고", "세 발짝 네 앞에 들어서면 드디어 내가 없게" 되는 것으로 표상된다. 즉, 「금강산」은 인간으로 구획된 서정적 자아가 자연과 하나가 됨으로써 그 개체성을 잃고 마는 세계이다. 욕망의 고통, 실존의 고통은 열반이라는 거대한 용광로 속에 녹아내리게 되는데, 이렇게 본다면 국토는 시인의 고통을 받아주는 어머니이며, 시인의 욕망을 무화시켜주는 종교가 된다고 하겠다.

시인은 자신의 삶의 본질적 조건을 회복하기 위해 국토를 자기화했다. 그것이 곧 국토에 대한 순결한 언어적 인식이었다. 이는 찬양시 등속이 갖게 되는 선언적 특성을 넘어서는 영역에 놓이는 것이라 할 수 있다. 정서의 미묘한 표출이 서정시의 진정한 매력이기에 존재에 대한 형이상학적 깊이를 사상한 예찬의 시들은 한갓 신기루에 불과하다. 시인은 국토에 대한 막연한 외경이 아니라 국토에서 뿜어져 오는 감수성을 통해서 자신의 존재론적 의미를 밝히고 그 의의를 탐색하고자 했다. 오세영 시인의 국토시들이 갖는 궁극적 함의는 이런 것일 터, 그 시사적 맥락도 여기서 찾을 수 있을 것이다.

그런데 시인의 국토에 대한 형이상학적 탐구는 자신의 삶의 조건과 존재론적 의미에서 머무르지 않고 이를 좀 더 넓은 영역으로까지 확대시킴으로써 그 의미를 배가시킨다. 시인은 국토에 대한 의미역에 보편적인 문제들을 편입시켜 시의 깊이와 넓이를 확충시키고 있는 것이다. 그렇기에 시인의 국토에 대한 재발견이 더욱더 의미 있게 다가온다.

> 굽이굽이
> 반도 칠백리를 휘돈다 하지만
> 낙동은 수 억 만년을 거슬러
> 영겁을 흐르는 강.
> 역사를 종단하는 그 도도한 물길엔
> 어떤 거부도 배척도 없다.
> 미움도.
> 원한도,
> 분노도,
> 다만 한가지 사랑으로 용해하여
> 민족의 풍요로운 자양을 공급하는
> 강.
> 백두대간에서 뻗은 태백준령이
> 대지에 굳건히 선 척추라면
> 아아, 너는 영원히 살아 꿈틀대는 국토의
> 튼튼한 위와 장이다.

—오세영, 「낙동강」 전문

　인용시는 강물의 유현한 흐름 속에서 막힘없는 통합의 세계를 읊고 있는 작품이다. 수억만 년 동안 거침없이 도도히 흘러 온 강물, 또 앞으로도 그렇게 끊임없이 흘러가는 강물 속에서 갈등 없는 사회의 면면한 흐름을 이야기하고 있다. "미움도 원한도 분노도 다만 한 가지 사랑으로 용해하여" 모두가 하나 되는 사회, 통합된 사회를 노래하고 있는 것이다. 그것이 한민족의 영원한 꿈이기에, 시인은 사람들에게 흘러가는 강물처럼 순리대로 살아라하고, 풍진으로 가득 찬 세상으로 하여금 강물의 그 묵시록적인 잠언에 귀 기울여라하는 것이다. 국토에서 길어 올려지는 시인의 잠언적 충고는 "사는 길이 막막하다고/ 가는 길이 외롭고 고단하다고/ 걱정하지마라"(「태백산」)고 일깨우는가 하면 "스스로 자신을 낮추는 자가 베푸는/ 그 넉넉함이여"(「소백산」)를 배우라는 데까지 이른다. 이 소리들은 잠재되어 있는 인간의 선한 본성을 자극하는, 그리하여 인간답게 살아가라는 계몽의 음성이며, 수억만 년 동안 지혜를 닦아온 국토가 환기시켜주는 준엄한 목소리이기도 하다.

　실상 인간의 죄악은 자연이나 우주의 이법으로부터 일탈함으로써 발생한 것이다. 따라서 인간성의 기본 조건이 회복되기 위해서는 인간은 원초적 자연의 상태로 되돌아가야 한다. 자연은 인간의 욕망에 의해서 훼손되었고, 문명 역시 자연의 희생을 딛고 일어선 것이기 때문이다. 그러나 자연은 인간의 그러한 무한 욕망을 용서하지 않았다. 오늘날 환경과 전쟁으로 표상되는 삶의 훼손들은 자연이 준 엄정한 심판의 결과들이다. 자연으로 되돌아가고 그것을 예찬하는 인식적 행위들이 근대적 사유구조 속에 구동되는 것도 이 때문이라 할 수 있다. 시인이 우리 삶의 토양인 국토를 예찬하고 그 본질 속으로 처연하게 되돌아가려 하는 이유 역시 여기서 찾아진다.

신지도에 가면
발로 연주하는 피아노가 있다.
엄지 발가락이 치면 도,
중지 발가락이 치면 미,
새끼 발가락이 치면 솔,
스타카토―발걸음에 따라 건반을 울리는
달밤의 명사십리, 베토벤 월광 2악장.
신지도에 가면
이 세상 모든 사물들이 각기
하나의 악기임을 안다.
해안가
미풍에 흔들리는 소나무는 현악기,
낮은 소리로 웅얼거리는 밤바다는 관악기,
조수에 맞춰 파도 치는 갯바위는 타악기,아,
그리고
빈 갯벌 위에서 홀로
애처로이 부르는 소라의 테너 음색,
그 아리아.
신지도에 가면

―오세영, 「신지도」 전문

「신지도」는 우리의 기억 속에 잠재되어 있는 시원에 대한 기억을 일깨우고 있는 작품이다. 그러하기에 신지도는 한국 고유의 지명이자 국토이고 시원의 공간에 해당된다. 시인의 야생적 사고는 문명적 사고와는 정반대의 경우에서 생겨난다. 이러한 사유들은 문명이 찢어 놓은 나와 너의 관계, 인간과 자연의 관계를 하나의 통합된 관계로 만들어놓는다. 그러한 통일적 사유 속에서는 "엄지 발가락이 치면 도,/ 중지 발가락이 치면 미,/ 새끼 발가락이 치면 솔"이 울리고, "해안가/ 미풍에 흔들리는 소나무는 현악기,/ 낮은 소리로 웅얼거리는 밤바다는 관악기,/ 조수에 맞춰 파도 치는 갯바위는 타악기" 소리를 내고, "빈 갯벌 위에서 홀로/ 애처로이 부르는 소라의 테너 음색"을 조화롭도록 만든다. 이러한 울림들은 모두가 벌거벗는 야생의 상태에서만 가능하다. 따라서 이 울림이야말로 모두가 하나 되고 평화가 강물처럼 퍼지는 원시의 축제가 아니겠는가.

오세영 시인이 이번 시집에서 추구한 궁극의 목적은 아마도 이 화합의 울림이었을 것이다. 문명의 뒤안길에서 인간과 자연이 하나가 되는 축제란 현악기, 관악기, 타악기, 테너의 소리가 조화롭게 울리는 장이다. 시인은 그러한 축제의 장을 유구한 세월 속에 온갖 고난과 갈등을 사랑으로 용해하면서 면면히 내려온 우리 국토에서 찾는다. 시인이 이번 시집에서 희구한 국토의 근본 의미는 바로 여기에 있다고 할 수 있다. '임을 부르는 소리'는 국토에서 피워 올려지는 교향악이며, 시인은 바로 그것을 부르고 있었던 것이다.

'시극(詩劇)'으로서의 『기담(奇談)』의 언어전략

김경주의 『기담(奇談)』

김경주의 시는 기이한 언어로 가득하다. 말도 되지 않는 헛소리, 대화의 거리도 되지 않는 주절거림, 앞뒤말의 비논리, 불필요하게 이어지는 장난의 말 등이 그의 시를 가득 채우고 있기 때문이다. 도무지 시가 추구하는 세계의 초월이라든가 질서는 그의 시와 하등 상관없는 가치가 된다. 시적 언어가 지니는 무게는 벌써부터 포기되어 있고 시가 구하기 마련인 동일성의 미학은 없다. 시적 진술은 지시하는 대상을 지니지 않는다. 문장과 문장 하나하나들이 제각각 홀로 존재하여 의미의 일관성으로부터 되도록 멀리 달아나려고 하는 형태, 시인 스스로 '기담(奇談)'이라고 했거니와, 그것이 김경주 시의 모습이다.

무릇 언어란 의사소통을 위해 존재한다. 말은 뜻을 지니고 있고 진술은 그 뜻을 실현하기 위해 행해진다. 인간은 뜻을 지닌 말을 지키면서, 그리고 지키기 위해 살아간다. 이를 위해 윤리, 도덕이 생겨나고 사상과

학문이 연마되며 그 위에 예술과 문화가 번성한다. 말이 존재하면서부터 인간이 인간답게, 인간으로 살아갈 수 있게 된다. 말은 인간 생명의 정수이자 핵심적 에너지다. 시의 정신은 이러한 말을 지키기 위해 불살라진다 해도 과언이 아니다. 이러한 관점에서 보면 김경주의 시는 시의 본질로부터 비껴나 있다. 그의 시는 시의 본질적 성격에 순응하거나 봉사하지 않기 때문이다. 오히려 그는 시의 본래적 모습을 조롱한다. 그것에 반기를 들어 그것을 뜯어내고 비틀고 훼손한다. 위악적이기까지 한 그의 시는 때문에 포스트모던적 시풍에 닿아있다고 말할 수 있다. 진술의 언어를 거부하고 비논리와 유희적 언어를 시의 주된 재료로 삼고 있다면 무릇 포스트모더니즘이 기왕에 의도하였던 이성과 중심의 해체에 귀결되기 때문이다. 그의 시가 부조리시라 일컬어지는 소이도 여기에 있다. 그러한 만큼 그의 시는 난해하고 기묘하고 요령부득이다. 전형적인 포스트모던 시라는 명칭이 그의 시의 레테르라 할 수 있다.

그러나 그의 시에 대한 탐색이 여기서 멈춘다면 우리는 그의 시가 지닌 득의의 영역에 접근하지도 못하게 될 것이다. 그의 시는 포스트모더니즘이라는 큰 범주 속에서 자신만의 독특한 시적 형태를 구축하고 있기 때문이다. 고유성이자 독창성이 되는 그의 시적 형태는 분명한 전략 속에 빚어지는 것으로서 이를 따라갈 때 우리는 그의 시가 시적 본질, 즉 시의 본연의 모습과 어떠한 관계망 속에 놓이는지 알 수 있게 된다.

때 : 알 수 없는 사이

공간 : 언어의 공동(空洞)

등장인물 : 미지의 혀

　　이 극에서 '암전'은 극 전반을 감싸는 소재와 상징으로 사용된다.
어둠 속에서 언어들만이, 지면 속에서 떠올라, 우리가 알 수 없는 자
연을 떠돌아다니듯이 부유하면 좋다. 극의 시작부터 끝까지 암전.

　　(중략)

　　여기 등장하는 시(시어)는 허공이 질료가 된 리듬이거나 언어 뒤에
숨어 있는 생태계이므로 객(客)은 작가의 의지를 자신의 언어로 상상할
것이고 상상력은 그 의지를 배반할 수 있다.

　　(중략)

　　이 극은 **사이**에서 빚어지고 **사이**에서 지워진다.

　　위의 인용된 글에는 제목이 없다. 시일까 아니면 극본일까 조차도 모
호하다. 시집 『기담』의 제1부(시집에는 '제1막'이라 표기되어 있음)의 시작을
알리는 자리에 놓여서 이후 전개될 시들에 대한 에필로그의 역할을 하고
있다. 기능상 표제시라 할 만하지만 제목이 없으므로 시라고 단언할 수
는 없는 노릇이다. 이러한 사정 때문에 인용하면서도 출처를 밝히지 못
하는 곤란한 상황에 놓이게 되었다.

　　분명한 것은 위의 글은 김경주 시인의 시적 세계 내지 전략을 이해하
는 데 매우 중요한 역할을 한다는 점이다. 시인은 위의 글을 통해 그의
시의 발생학적 지점 및 시적 언어의 전략적 특질, 그리고 그의 사상의 밑
그림을 상당히 진지하고 소상하게 밝히고 있다. 제목을 지니지 않은 채
어정쩡하게 놓여있는 위의 글은 그러나 그의 시에 대한 안내도에 해당한
다. 이후 그의 시들은 바로 이 글 위에서 전개된다.

　　위의 작품은 극을 위한 각본의 일부이다. 때와 장소, 인물 그리고 무대

에 대한 충실한 해설이 이루어지고 있기 때문이다. 물론 인용글은 앞으로의 시들을 위한 것으로서, 시들이 실제 펼쳐지는 극이라 한다면 위의 인용된 글은 전개될 극에 대한 대본으로 상정할 수 있을 것이다. 말하자면 시인은 인용글을 통해 앞의 시들이 무대 위의 상황이 되도록 기획하고 있는 셈이다. 시들은 드라마요, 인용글은 각본의 관계가 그것이다.

시인이 시를 무대 위에서 펼쳐지는 극에 다름 아니라고 간주하는 점은 의미심장하게 다가온다. 그것은 스스로 시의 무게를 무화시키려는 의도로 해석되기 때문이다. 자신의 전존재를 걸고 자의식을 다해 시를 쓰는 시인들의 행위와 삶에 비추어볼 때 이는 매우 낯설고 의아하다. 되도록 시가 진지하고 무게 있는 것으로 전달되고자 소망하는 태도에 비한다면 김경주 시인의 태도는 이단적이기까지 하기 때문이다. 극단적으로 말해 시인은 시는 거짓이다, 시는 가상이다, 시는 순간이자 우연이며 포즈이자 장식에 불과하다고 선언하는 것과 다를 바가 없다. 시는 영원한 진리를 지니는 것이 아니라 바람에 이는 깃털처럼 찰나적이고 가벼운 실존을 지니는 것이라는 점이다.

이러한 시인의 관점은 위의 대본에도 명시되고 있다. 그는 시가 발생하는 지점이 '사이'와 '공동(空洞)'이라고 말하지 않는가. 시가 분명한 자각과 인식 하에 탄생하는 것이기 보다 '알 수 없는 사이'에서 피어오르듯 발생한다고 말하는 점, 지상이라는 굳건한 터전 위에 생겨나는 것이라기보다 공허한 허공에 존재하는 것이라는 점은 시의 존재론적 성격이 깃털처럼 가벼운 그것임을 지시하는 것이다. 등장인물을 '미지의 혀'라 한 점 또한 같은 맥락이라 할 수 있거니와 여기에서 '머리'도 아니고 '심장'도 아니며 '미지의 혀'인 것은 인물의 성격이 인격적인 동일자가 아님을 의미하는 것이다. 유추하면 시가 우연적 성질의 그것이듯 그것을 탄생시키는 주체 역시 위대하기는커녕 전일적인 자아조차 되지 못한다. 시는 단순히 알 수 없는 장소, 알 수 없는 순간, 알 수 없는 상황에 의해 터졌다 소멸하는 존재일 뿐이다('이 극은 사이에서 빚어지고 사이에서 지워진다'). 그것이 전부이고 그것으로 만족해야 하며 기실 시의 존재론적 성격이 그러하다는 것이다. 시란 타자적 성질 이상이 아니라는 관점이 여기에 놓여 있다. 시의 속성이 그러하므로 관객인 독자가 시 속에 내포되어 있는 본질을 찾아내는 것은 무의미하다. 그것은 바랄 일도 되지 못한다. 단지 독자는 '객(客)'에 불과하여 '작가의 의지를 자신의 언어로 상상'하면 그뿐이며 나아가 '상상력은 그 의지를 배반할 수 있'는 것이다.

시인으로서 스스로 시의 기반을 무화시키고자 하는 것은 무엇 때문일까? 앞서 분류했듯 그가 포스트모더니즘의 입장을 드높이기 위해서였을까? 아니면 기존의 시들이 추구하였던 동일성의 시학을 비틀고 그에 저항함으로써 신세대의 입지를 세우기 위해서였을까? 포스트모던 시로 유형화한 것처럼 그의 시를 통해 우리는 이러한 전술적 성과들을 얻어낼 수 있는 것이 사실이긴 하다. 하지만 그의 의도는 더욱 깊은 데에 닿아있는 듯싶다. 그것은 시인의 오늘날의 전체 언어에 대한 성찰적 인식에서 비롯되는 것이 아닐까? 이는 시인이 상정한 '시극'들의 무대 배경이 '시작부터 끝까지 암전'이라는 데서 추론할 수 있다. 시인은 찰나적이고 우연적이고 가벼운 '극'의 시들이 펼쳐지는 마당이 밝고 활기찬 곳이 아니라 '어둠'이라 말하고 있는 바, 이때의 '어둠'은 시의 발생론적 지점에 대한 인식임과 동시에 부정해야 하는 현실이라는 점을 암시한다. 즉 시적 언어가 '어둠'으로 채색되어 있다는 현실에 대한 뼈아픈 자각이 여기에 가로놓여 있는 것으로 보인다.

우리가 진리라고 말하는 언어조차 땅에 뿌리내리고 하늘을 향해 솟구치는 것이 아니라 한갓 부표처럼 공중에 떠있는 것이라는 인식은 단지 언어의 존재론적 성질에만 국한되는 것이 아니다. 그것은 인간의 실존 역시 반영하는 것이다. 그만큼 인간은 허약한 존재이다. 이는 인간 생명의 정수이자 에너지의 핵심이 되어야 하는 말이 그의 본래적 속성을 상실했다는 것이다. 물론 이를 유도한 자는 우리들 자신이므로 이에 대해 책임을 다해야 하는 존재도 인간이다. 뿌리를 잃고 순간적 속성에 안주하는 인간들이란 그의 언어 또한 같은 운명에 귀속시킬 수밖에 없다.

부정의 힘으로 여기까지 왔다

삶이여 내 혐오의 가장(家長)이여

그래, 누구나 자신과 가장 가까운 짐승 한 마리 앓다 가는 거지

식물은 자기 안의 짐승을 토하다 가는 거고
인간은 피를 토하고 죽는 것이 아니야
자기 안의 식물을 모두 토하고
가는 거지
(나는 그 극의 이 부분이 수정되기를 원하지 않았다)

그래, 바깥에 무슨 일이 있어도 멈추지 말아야 할 참혹 같은 거

부정의 힘으로 식물은 짐승을 앓고 있고
짐승은 식물의 소리로 울고 있지

생이란 부정을 저지르면서
매우 사적인 방식이 되어간다

—김경주, 「짐승을 토하고 죽는 식물이거나
식물을 토하고 죽는 짐승이거나」 부분

시가 공허한 '공동'에서 순간적으로 발생했다 스러지는 그것이라면 시의 드라마들은 각기 연출된 하나의 장면들이라든가 한 컷의 화려한 춤사위에 해당할 것이다. 기껏해야 순간에 불과한 몸짓이나 놀이에 불과할 뿐이다. 그러나 그렇지 않다. 순간에 "완성되는" 몸짓이자 놀이가 됨으로써 이 '최소한'의 것은 '최대한'의 것이 되기도 하기 때문이다. 순간적 극으로서의 시는, 하나의 장면이자 한 컷의 춤사위로서의 시는 미니멈이자 동시에 맥시멈이 된다. 이 둘은 양면적인 가능태이다. 우리가 고찰한 시적 언어는 인간의 존재를 회의케 할 만큼 하찮은 것이지만 그러나 그것은 안에 최대한의 가능성을 품고 있는 하찮음이라는 점이다. 순간과 허공의 시공은 무한대의 시공과 다른 것이 아니기 때문이다. 동일한 시공 안에 존재의 어떤 양을 담느냐 하는 것은 순전히 개인의 몫이다. 그것은 미니멈이 될 수도 있고 맥시멈이 될 수도 있다. 분명한 것은 시공의 무한성의 속성으로 인해 전회는 이루어질 수 있다는 점이다.

언어의 존재론적 상황을 냉철하게 인식하고 수용하는 이가 걸을 수 있는 길이란 무엇인가? 뿌리로부터 단절된 언어, 강인한 줄기를 통해 땅의 에너지를 끌어들이고 하늘까지 솟구치게 하는 존재적 양상을 상실한 인간이 할 수 있는 일은 무엇일까? 뿌리와 줄기, 잎, 하단과 중단, 상단이 모두 단절되어 한갓 떠도는 먼지처럼 된 존재가 택해야 하는 삶의 방식에 대해 시인은 말한다. 그것은 '부정(不定)'의 방법론이라고("부정의 힘으로 여기까지 왔다"). 회의와 회의, 끊임없는 회의를 거쳐 더 이상 회의되지 않는 사실을 얻어내는 일, 부정하고 부정하여 더 이상 부정되지 않는 진실을 얻어내는 일이 그것이다. 순전히 생명에의 의지만으로 가능한 이러한 일들은 생의 극단에서 허무와 희열을 맛본 이들만이 걸을 수 있는 길이다. 언어와 인간, 세상의 모든 것이 아무것도 아니라는 허무에 대한 인식과 이를 넘어서서 진리를 맛본 이들만이 '부정의 부정'이라는 끝없는 수레바퀴에 자신을 던진다. 그리고 그것은 결국 인간을 궁극의 자리, 진실의 맥시멈의 자리에까지 이동시킬 것이다. 그것은 인간을 생명의 동력 속에 밀어 넣어 그 힘으로 살아가게 할 것이며, 뿐만 아니라 그것은 언어가 시작된 하찮은 시공을 바로 그 자리에서 우주의 중심에 이르는 시공으로 전환시킬 것이다. 이는 오늘날 우리의 언어란 어둠 속에 있는 미미한 것이지만 그것은 시작에 불과할 뿐 그 끝은 다시 밝은 빛으로 충만할 수 있다는 관점이다.

그러나 '부정(否定)'의 수레바퀴를 얼마나 어떻게 구동시키는가 하는 일은 개개인의 몫이다. 그것은 개인적인 일이다. '생이란 부정(不貞)을 저지르면서 사적인 방식이 되어'가기보다는 '부정(否定)'의 양과 동력에 의해 개인의 독자적인 양식들을 만들어가는 것이 아니겠는가. 생을 살아내는 자신들의 에너지에 의해 개인들은 저마다 다른 삶의 밀도들과 시공의 차원들을 구축해가는 것이 아닐까.

'부정(否定)'을 위해 시인이 필요로 하는 것은 대립물들이다. 식물이 동물이 되고 동물이 식물이 되는 상반되는 성질들(위의 인용시), 안이 밖이 되고 밖이 안이 되는 속성들(「아귀(餓鬼)」), 속이 겉이 되고 겉이 속이 되는 상황들(「기담(奇談)」), 물질이 생명이 되고 생명이 물질이 되는 존재들(「이꼬르들의 천식」), 밤이 낮이 되고 낮이 밤이 되는 시간들(「우리의 밤은 당신의 낮보다 아름답다」) 등이 그것이다. 시인의 시들은 이들 대립물들 사이에서 뫼비우스의 띠처럼 휘어진다. 처음 가상의 극처럼 던져진 시, 그리고 그 안에서 무수히 뿜어내지는 긴요치 않은 말들의 더미, 이 속에서 진동하는 힘의 울림, 무의미한 말들의 양(良)이 늘어나면서 증폭되는 '참혹함', 그러나 시인은 "바깥에 무슨 일이 있어도 멈추지 말아야 할" 것이라 말한다. 비논리, 모순, 주절거림, 헛소리, 말들의 허접스러운 이것들은 모두 무엇이었을까? 그것은 포스트모더니즘이 의도하듯 반항과 저항을 위한 것이 아닐는지 모른다. 오히려 그것은 부정의 연속을 통해 이루어내고자 하는 긍정, 부정의 수레바퀴 속에서 솟아나는 생명의 힘, 참혹함 속에서도 계속해야 했던 말의 수용이 아니었을까. 시인은 이들을 통해 말의 무게를 변환시키고 시공을 전환시키고 인간의 존재론적 지위를 바꾸고자 의도한 것이 아니었을까. 이것이야말로 시인의 언어적 전략이자 시의 존재론을 겨냥한 사상적 지표에 해당할 것이다.

상처에서 빚어진 성장 에네르기의 힘

박무웅의 『내 마음의 UFO』

상상 속에 나오는 타임머신이 가능하다면, 사람들은 이를 이용해 무엇을 가장 먼저 해 볼까. 가끔 이런 엉뚱한 생각을 해 보지만 실제로 그런 일이 가능하다면 무슨 일부터 할 것인가에 대해서 자신 있게 말하기는 상당히 어려워 보인다. 할 수 있는 일이 너무 많아서도 그러하지만, 과거의 어느 시점을 반대 방향으로 되돌릴 경우 현재의 나를 보장받기 힘들기 때문에도 그러하다. 이 세상 모든 일이 생각대로 가능해진다고 하더라도 시간을 물리적으로 되돌리는 일만은 불가능할 것이라고 말하는 이유가 여기에 있다.

그러나 물질의 영역에서는 가능하지 않더라도 관념의 영역에서 시간을 되돌리는 일은 얼마든지 있을 수 있다. 과거의 어느 시점을 회고하고 이를 상상 속에서 재구성하는 일은 가능하기 때문이다. 그런데 문제는 사람들이 왜 과거에 대해 상상하고 이를 반추해낼까 하는 데에 있을 것이다.

특히 이런 회고적 행위들은 우연적 계기가 아니라 항상적 요인에 의해 이루어지는 것이 일반적이다. 왜 그런 의식의 피드백 현상이 일어나는 것일까. 또 그럴 경우 그것이 사람들의 일상에서는 어떤 기능적 작용을 하는 것일까.

과거란 지내온 삶의 주름들이다. 삶의 주름이 많다는 것은 물리적 시간이 많이 경과되었음을 의미한다. 따라서 이 주름을 더듬어 가는 일이야말로 삶의 흔적을 찾아내는 일이 될 것이다. 과거란 단순히 지나온 과거로 그치지 않는 어떤 마술성이 있다. 그것은 삶의 퇴영물이 아닐 뿐더러 지금 여기의 일상과 동떨어진 불활성의 어떤 것도 아니다. 과거는 생생히 살아있는 그 어떤 것이다. 특히 인간의 내적 동기가 좌절되고 삶의 동력이 떨어질 때, 그것은 더더욱 수면위로 떠오르게 된다. 과거가 아름답거나 그렇지 못하다는 판단의 준거들이 지금 여기의 현재적 조건에 달려있는 이유도 여기서 찾을 수 있다.

이번에 시집을 상재하는 박무웅의 『내 마음의 UFO』는 시인의 과거가 뭉게뭉게 피어오르는 아름다운 시집이다. 시인의 시선들은 지금의 일상보다는 과거의 주름들에 그 초점이 맞춰져 있고 그 대부분은 멋지게 치장되어 있다. 과거의 아픈 경험과 기억조차도 시인의 언어 속에서는 순하게 걸러지고 있는 것이다. 그만큼 시인이 처해 있는 현재의 일상적 조건들은 세계와 대결하지 않는 순일한 상태에 놓여 있는 것이다. 그러나 이 말을 곧이곧대로 받아들이는 것은 어불성설이고 또 대단한 역설이 아닐 수 없다. 자아와 세계와의 대결이 없는 시란, 그리고 시인이란 존립하기 어렵기 때문이고, 박무웅의 시들이 아름다운 추억의 장치들로만 엉켜 있는 것은 더더욱 아니기 때문이다.

박무웅의 『내 마음의 UFO』는 존재의 물음에 대한 자기 고백의 시들로 짜여 있다. 시인의 삶에 대한 치열한 자기모색이나 자아확인에 대한 지난한 여정들이 시인의 작품들 속에 잔잔하게 녹아들어가 있는 것이다. 그것이 과거의 주름을 찾아서 기나긴 시간의 여행을 떠나는 박무웅 시의 출발이 된다.

  팽이가 돈다
  내 마음 속에서 돈다
  우리 모두의 마음속에서 돈다

  팽이는 내 마음의 UFO
  낮달처럼 하늘에 떠 있다
  별처럼 하늘에 떠 있다
  나의 눈에
  너의 눈에
  우리의 눈에 떠 있다
  지금 내 심장에서 돌고 있다

  멈추면 쓰러진다
  쉬지 않고 돌아야 반듯하게 선다
  목숨을 유지한다
  잘 빚어진 도자기가 된다
  회오리 바람이 되어 하늘을 찌른다

  이 UFO를 타고 나는 오늘 태국에 왔다
  내가 온 곳은 파타야 해변이 아니다
  마이카오 해변이 아니다
  아유타야 유적지가 아니다
  보이지 않는 길
  오라는 사람이 없는 길을 나는 왔다, 히우적이며

수시로 몸을 바꾸는 저 구름!
구름처럼 나도
늘
몸을 바꾸고 마음을 바꾼다
팽이는 내 심장의 UFO
내가 살고, 내 가족이 살고, 내 공장이 살길이
저 어둠 속, 저 안개 속에 묻혀 있다

팽이는
혼자
꼿꼿이 서야 한다

나는 잠시도 쉬지 못하는 슬픈 UFO

—박무웅, 「팽이는 내 마음의 UFO」 전문

UFO란 '미확인 비행물체'의 두문약어이다. 그것은 알 듯 모를 듯한 것이기에 종종 미지의 어떤 영역을 표시하는 데 비유의 대상이 되어 왔다. 시인은 자신을 "잠시도 쉬지 못하는 슬픈 UFO"로 비유했다. 말하자면 그 스스로에 대해서 알 수 없는 어떤 것으로 인유하고 있는 셈이다. 그런데 이 시는 자신을 단순히 UFO라는 매체로 비유하는 데서 그치지 않고 또 다른 비유의 틀을 제시함으로써 그 역동성을 확보하고 있는 경우이다. 그 역동성의 주체는 팽이이다. 팽이란 계속 돌아야만 그 생명성이 확보될 뿐 돌지 않으면 죽게 된다. 그러한 팽이처럼 시인 역시 현존재를 유지하고, 또 발전시키기 위해서는 계속 돌아가는 삶을 살아야 한다. 시인에게 삶이란 그만큼 팽팽한 긴장의 연속이 아닐 수가 없다. 그것이 삶의 과정이고, 존재하는 생명들의 숙명이기 때문이다. 그러나 그 운명들에 대해 자신 있게 말할 수 없는 것 또한 엄연한 현실이다. 시인은 그러한 삶의 비결정성을 팽이의 모습으로 치환하기도 하고, UFO로 은유화하기도 한다. 생활세계로 편입해 들어가려는 지난한 자기 노력이 팽이의 운동이라면, 그 끝을 알 수 없는 존재에의 몸부림들은 다시 UFO의 가면으로 되돌아 나오고 있는 것이다. 팽이의 역동성과 미지의 UFO가 만들어내는 존재에의 이 절묘한 물음들이 박무웅 시를 이끌어가는 근본 동력이다.

일상으로 끊임없이 진입하려는 박무웅의 시적 고뇌는 범속한 인간들이면 누구나 할 수 있는 물음들이다. 물론 그 본질에 이르는 길은 시인마다 처해 있는 일상의 조건들에 의해 좌우될 것이다. 이것에 이르는 길은 언어를 버리는 방법이 될 수도 있고, 무의식에 손을 내미는 것도 하나의 방법이 될 수도 있다. 뿐만 아니라 절대자에 기투할 수도 있고, 사회적 자아에 개인적 자아를 덮어씌울 수도 있다. 그러나 이 치유조건의 질량들은 저마다 상이한 것이어서 어떤 순서를 정하는 것은 어려운 일이다. 개인의 기질이나 일상적 상태에 의해 그것은 크게 좌우되기 때문이다. 박무웅의 경우는 언어의 사상이라든가 감성에의 도전과 같은 형식적 의장보다는 삶의 진정성 확보와 같은 내용적 장치에 크게 기대고 있는 듯 보인다. 현재의 방향성을 결정해 주는 과거의 주름 같은 것이 그것인데, 시인은 그러한 흔적들을 지금 여기라는 마당에 마음껏 펼쳐 놓으면서 이루어낸다. 과거를 회상하고 이를 더듬어가는 박무웅의 손길이 따뜻하게 느껴지는 것은 이러한 그의 시적 전략과 무관하지 않다.

마장리에 가면
솔밭길이 보인다
마장리에 가면 솔밭길이
몸을 틀며 기어가고 있다

해질 무렵이면 나는
그 솔밭 언덕에 올라 장사가신
어머니를 기다렸지
쑥부쟁이는 다시 어린 날 내 키만큼 자랐다

검정 고무신 사들고
지친 걸음으로 오시다가
달려가는 나를
덥석, 안아 올리시던

어머니!

서른 해 전
그 솔밭 길 넘어 먼 길 가신 뒤
내 눈 속에는
빈 바람 소리뿐

마장리 솔밭에 가면
어머니가 자꾸 오시는 것 같아
쑥부쟁이는 아직도
목을 길게 빼고 서 있다

— 박무웅, 「쑥부쟁이」 전문

인간의 시선이 과거로 되돌아 갈 때 가장 먼저 떠올려지는 것은 무엇일까. 무엇보다 먼저 인생의 뒤안길에서 만났던 사람들, 혹은 자신과 인연의 실타래를 만들었던 사람들이 아닐까. 「쑥부쟁이」는 그러한 인생의 뒤안길에서 가장 먼저, 그리고 오랫동안 인연의 끈을 이어간 사람 가운데 하나인 어머니를 회상하고 있는 작품이다. 어머니란 존재는 인간에게 근원적 동일성이고, 영원한 회귀점이다. 시인에게도 어머니의 그러한 성격은 일반의 그것으로부터 크게 벗어나지 않는다. 어머니는 시인에게 삶의 근원이었고, 방향타였기 때문이다.

그러나 어머니에 대한 그리움을 읊고, 이를 절절히 시화했다고 해서 그것이 분열된 인식을 완결해준다거나 앞으로 나아갈 길에 대한 등불이 되는 것은 아니다. 과거의 아름다움이 추억 그자체로 머물지 않고 하나의 내적인 힘이 되기 위해서는 내성(內省)의 아픈 과정들이 그곳에 녹아 있어야 한다.

내 어린 날, 어머니와 우리 형제들은
처마 벽에 걸린 시래기 타래처럼 허리띠를 졸라맸다.
가난에 얼어 터져 쩍쩍 금이 갔다.
지상의 천국이란
따뜻한 쌀밥 한 그릇을 먹을 수 있는 곳이었다.

오직 쓰러지지 않기 위해
어머니가 눈물로 받쳐 들었던 시래깃국!
목숨과도 같았던 된장 시래깃국!
지금은
온몸에 꽃등심처럼 낀 기름을
걷어내기 위해 먹는다.

밤새워 울궈낸
사태국물보다 더 담백한 이 맛!
자본의 힘으로는
채울 수 없는 이 맛!

일요일 아침 가족들과 둘러 앉아

먹는 시래깃국.
어머니의 눈물처럼
뜨겁게 목을 넘어가는 시래깃국.
가슴에 서러움이 복받쳐 오르는 시래깃국.
아 배고팠던 겨울밤—
살을 에는 차가운 바람의
이 맛!

—박무웅, 「시래깃국」 전문

　인간의 상상력이 가장 잘 발휘되는 곳이 경계라고 한다면, 생의 에네르기가 가장 잘 발휘되는 곳은 아마도 상처일 것이다. 상처가 없다면, 그리하여 삶의 일탈이나 굴곡이 없다면, 삶을 추동해나갈 활력을 확보해나가는 일이 쉽지 않다. 상처가 있기 때문에, 이를 봉합하려는 힘도 존재하는 까닭이다. 인용시를 보면, 시인이 받은 상처는 가난이다. "내 어린 날, 어머니와 우리 형제들은/ 처마 벽에 걸린 시래기 타래처럼 허리띠를 졸라맸"고, "가난에 얼어 터져 쩍쩍 금이 갔다"고 인식하기 때문이다. 그리고 그 가난을 환기하는 매개체는 '시래깃국'이다. 시인이 과거의 상처로 떠올리는 '시래깃국'이란 추운 겨울이나 이른 봄철에 먹는 기호식품이 아니었다. 그것은 근대사를 겪어온 세대에게 있어서는 현실 저 너머에 담겨있는 어떤 함의를 갖고 있다. 이 세대들에게 그것은 가난의 상징이었으며, 고단한 삶의 또 다른 이름이었기 때문이다.

　지난 시절의 가난이라는 상처에 의해 걸러진 이러한 담론들은 거의 시인의 초상화에 가까운 것이다. 이는 과거의 주름이 엉겨서 생긴 자화상과 동일한 맥락을 갖는데, 지나온 과거가 결코 아름다울 수 없었음은 상처 때문이다. 우선 이 작품의 소재인 '시래깃국'은 세 가지 의미를 담고 있다. 가난에의 추억과 어머니에의 그리움, 그리고 꽃등심의 기름을 걷어내는 기능적인 것으로서의 '시래깃국'이 바로 그러하다. '시래깃국'은 하찮은 식량이었지만 한겨울을 견디기 위한 좋은 수단이었으며, 어머니의 따뜻한 손길이 배어있는 사랑이기도 했다. 또 지나친 영양과다를 걱정해야 하는 현대인에게 그것은 그러한 영양과다 상태를 희석시키는 촉매재이기도 했다. 그러나 '시래깃국'의 이러한 다양한 의미론적 변주에도 불구하고, 이것의 궁극적인 의미는 가난에 있다. 시인은 지난 시절의 가난을 반추하면서 뜨겁게 뜨겁게 시래깃국을 먹고 있는데, 여기서의 뜨거움이란 어린 시절의 정겨움이나 어머니에의 그리움보다는, 가난의 추억에서 오는 감각이 더욱 큰 것이라 하겠다.

이렇듯 과거로 뻗어나 있는 박무웅의 촉수들은 경우에 따라서는 퇴영적인 것으로 비춰질 수도 있고, 현실도피적인 것으로 비춰질 수도 있을 것이다. 특히 그것이 현재의 생산성으로 연결되지 못할 때에는 더더욱 그러한 혐의로부터 자유로울 수 없을 것이다.

성한 곳이 없다

버려진 사기그릇처럼
어머니 밥사발처럼
금이 가고 귀가 떨어져 나갔다

만지면 아프고
들여다보면 흉터뿐이다

흉터에는 추억이 고여 있다
아픈 추억들이다
그 힘으로 옹이에 새순이 돋는다

봐라, 봄이 오니
저 나무의 옹이에서
다시
새순 새 날개가 돋지 않느냐

오늘
나는 문득
내 몸의 옹이들을 들여다본다, 소중하게.

— 박무웅, 「옹이」 전문

　　앞서 언급대로 박무웅 시의 핵심은 자신이 받은 과거의 상처에 있다. 그것이 가난과 같은 물질적인 것에서 온 것이든, 현실 저쪽의 관념에서 온 것이든 간에, 그의 시 속에서는 온갖 종류의 상처들이 발견된다. "성한 곳이 없다"라는 직정적인 발언은 그가 받은 상처의 질과 양이 어떤 것이었든가 하는 것을 잘 일러주는 대목이 아닐 수 없다. 그러나 그러한 상처들을 현재의 맥락으로 연결시키거나 승화시키지 못한다면, 그것은 단순한 추억거리 이상의 의미를 갖지 못할 뿐더러 현실도피자라는 오해를 면키 어려울 것이다. 게다가 그러한 과거에서 헤어나지 못하고 허우적댄다면, 사회의 낙오자 혹은 패배자로 인식될 것이다. 지금 여기의 현실적인 나, 존재론적인 나와 결부되지 않는 과거란 한갓 빛바랜 유물에 불과할 뿐이다. 이런 류의 감수성들은 강호가도를 부르짖던 과거 유학자들의 자연시에서 보아왔거니와 현재에 이르러서도 이러한 사유들은 그리 낯선 범주에 들지 않는다. 소박한 낭만주의자들의 시에서 이런 인식들은 얼마든지 발견해낼 수가 있기 때문이다.

　　「옹이」는 지난 시절 시인의 자화상을 훌륭히 담아내고 있는 시이다. 이 시의 근본 동인은 앞서 언급대로 과거에 시인이 받은 상처에 있다. 이

상처는 세월이 흐르면서 흉터로 질의 변화를 거쳤지만, 그 본질이 사라진 것은 아니다. 그러한 질의 변화가 단순히 물리적인 차원에서 이루어진 것만은 아니기 때문이다. 만약 그러했다면 그의 시들 역시 퇴영적이라거나 과거 도피적인 것이라는 혐의로부터 자유로울 수 없었을 것이다. 뿐만 아니라 그것이 존재에의 진정한 물음으로 나아가지 못했다면, 단순한 추억거리로 비춰졌을 것이다. 그러나 이 시는 그러한 여러 오류나 함정, 편견들을 적절히 비껴간다. 바로 여기에 시인 자신의 철학이 담겨져 있다. 과거의 상처를 미래의 성장 동력으로 발전시키려는 시인의 지난한 자기 노력이 반짝반짝 빛나고 있기 때문이다. 그것이 봄날의 따뜻한 햇볕을 받고 새순으로 승화되기까지 시인의 가열찬 노력들은 거듭거듭 이루어져 왔던 것이다.

박무웅의 시는 현재의 시간감각보다는 과거의 시간감각에 보다 치우쳐져 있다. 그것이 아름다운 추억이든 혹은 상처든 간에 그의 시선들이 가 닿아 있는 곳은 언제나 과거였다. 이러한 과거들 가운데 시인이 가장 주목하는 것은 아름다운 추억이나 기억의 대상으로서의 과거가 아니라 인식 발전의 매개가 되는 상처에 있음은 이미 보아온 터이다. 그러한 까닭에 상처는 박무웅 시를 이끌어가는 성장동력이라해도 큰 무리는 없어 보인다. 이렇듯 그의 시를 이끌어 가는 주된 정서를 상처라 한다면, 이를 크게 세 가지로 나눌 수 있는 것이 가능하지 않을까 한다. 가난으로 인한 상처(가령, 「시래깃국」 같은 것), 그리움으로 받은 상처(가령, 「쑥부쟁이」 같은 것), 존재론적인 상처가 그것이다. 그만큼 시인으로 성장할 동력, 시의 내적 성숙을 위한 동력들을 박무웅은 넉넉하게 확보하고 있다고 할 수 있다. 이 가운데 가장 중요한 상처는 물론 존재론적인 상처일 것이다. 이 상처는 인간이라면 누구나 가질 수 있는 보편적인 것이기에 딱히 박무웅만이 보지하는 고유의 것이라고는 말할 수 없을 것이다. 그럼에도 그의 시에서 이 상처가 돋보이는 것은 여타의 다른 상처들처럼 자신의 삶의 내적 에네르기로 승화시키고 있다는 점에서일 것이다.

　　혹을 떼어냈다

　　내안의 혹을 떼어내는 동안
　　세상과 통하는 모든 길을 놓아버렸다

　　미워하고 분노하는 응어리
　　잊어야 할 것 잊지 못하고
　　비워야 할 것 비우지 못하는
　　더 많은 것만을 찾아 헤매는

　　이 마음의
　　혹,
　　어떻게 떼어내지?

— 박무웅, 「혹」 전문

어느 철학자의 말을 빌면 인간은 근원적으로 욕망하기 때문에 억압된다고 한다. 이 말은 다분히 프로이트적인 욕망이론에 기댄 것이긴 하지만, 어떻든 인간에게는 욕망이 있기에 의식의 내적 분열이 뒤따를 수밖에 없다. 종교적인 관점에서도 인간이란 불완전한 존재일 뿐이며, 사회적인 관점에서도 동일하다. 이를 통상 존재에의 고독이라 할 수 있다면, 앞서 언급대로 그 발생 원인들은 다양한 지점에서 찾을 수가 있을 것이다.

인용시 「혹」이 말하는 것도 인간의 존재론적인 불안에 관한 것이다. 욕망하는 인간으로 태어났기에 인간은 근원적으로 상처를 입을 수밖에 없다. 상처란 기계적인 것이고 근원적인 것이며, 원죄에 가까운 것이다. 인용시는 그러한 인간의 존재론적 불안을 '혹'으로 표현했다. '혹'이란 선험적인 것이어서 인간의 힘, 특히 형이상학적인 사유나 노력으로도 어쩔 수 없는 절대 경지의 어떤 것이다. 그렇기에 "내안의 혹을 떼어내는 동안/ 세상과 통하는 모든 길을 놓을" 정도로 전념해 보지만, 이내 좌절하고 만다. 욕망의 실타래란 그만큼 혹독한 것이라 할 수 있다.

존재에의 완성을 노래한 기존의 시들과 박무웅의 시를 구별하는 준거점을 찾기란 쉬운 일이 아니다. 그럼에도 시인의 시가 우리에게 의미 있게 다가오는 것은 그것이 지나온 과거의 상흔에 기반하고 있다는 점에서이다. 상처란 삶의 에네르기가 가장 활발히 용솟음치는 곳이다. 시인의 시들은 과거의 상처에 그 뿌리를 두고 있으면서 이를 삶의 활력으로 승화시키고 있는데, 이러한 면들이야말로 박무웅의 시만이 갖는 특수성이라고 감히 말하고 싶다.

> 땅 속 천년 유배를 풀고 세상에 나온
> 매미도
> 오늘 봉두난발로 피 같은 울음을 쏟아낸다
>
> 지난 날 무지랭이인 나도 온 몸으로 울었다
> 삶을 뿌리 내리기 위해
> 세상나무를 이빨로 물어 뜯으며
> 삶의 나이테에
> 선명한 무늬를 깊이깊이 새겼다
>
> 이 여름
> 다시 숲으로 가고 싶다
> 깊은 골수에 저장한 옹이까지

다 쏟아 놓고 싶다

내 몸에 가득가득 출렁이는 울음바다에
숲속에 되돌려 주고 싶다

날개만 남아
무욕의 하늘을 떠돌아다니고 싶다

우화등선의 나를 찾고 싶다

― 박무웅, 「우화등선」 부분

그럼 박무웅 주된 시적 전략인 과거지향적인 담론에서 찾은 자아란 무엇이고, 또 그 정체성이란 무엇일까. 물론 이 물음에의 답은 예정된 것이어서 새삼 덧붙일 말을 따로 준비할 필요는 없을 것 같다. 문제는 그곳에 이르는 길이란 무엇이고, 과정이란 무엇인가에 있을 것이다. 「우화등선」은 그 형이상학의 정점에 이르는 과정이 무엇인가에 대해서 곰곰이 일러 주는 시이다. 그것은 이미지의 선명한 조형에 의해 탁월하게 묘사되어 있다. "봉두난발로 피 같은 울음을 쏟아낸다"나 "선명한 무늬를 깊이깊이 새겼"라는 표현은 참신성을 뛰어넘어 우리 내부에까지 그 감각이 진하게 울려 퍼지기까지 한다. 시인은 이 작품에서 자신을 "땅 속 천년 유배를 풀고 세상에 나온 매미"로 비유했다. 존재의 전환을 위한 몸부림이 그 오랜 시간만큼이나 길었고 힘들었음을 암암리에 알려 주고 있는 것이다. 그럼에도 존재에의 전환을 이루어내었다고 해서 그 과정이 끝난 것은 아니다. 시의 표현대로 "삶을 뿌리 내리기 위해/ 세상나무를 이빨로 물어뜯으며/ 삶의 나이테"에 "선명한 무늬를 깊이깊이 새겨" 왔기 때문이다.

생활인으로 살아가기 위해 지난한 자기 노력을 보이고 있는 이 작품 역시 「혹」의 경우처럼 존재론적 고독에서 촉발된 것임은 부인하기 어렵다. 생활세계로 편입하려는 자아의 끊임없는 노력들을 여기서 어렵지 않게 읽어낼 수 있기 때문이다. 그럼에도 존재의 불안이나 고독에 대한 완결된 인식들은 요원한 것일 수밖에 없다. 이런 의미에서 이 작품의 인식 전환의 단위는 '숲'이 아닐까 한다. '숲'은 생활세계로 틈입하려는 자아와 그렇지 않은 자아의 변별점이라는 점에서 그러하다. 숲은 어쩌면 시인에게 자신의 근원에 가까운 것으로서 시인은 이 숲으로부터 떨어져 나와 일상성으로 진입하려고 시도한다. 그리하여 온 몸으로 울기도 하고, 삶을 뿌리내리기 위해 세상 나무를 이빨로 물어뜯기도 한다. 또 삶의 나이테에 선명한 무늬를 깊이깊이 새겨 넣기도 했다. 그럼에도 불구하고 시인이 생각하는 존재에의 완성이나 피투된 존재들의 유토피아에는 이르지 못했다. 그것은 다만 저 너머의 세계에서 아른아른 대기만 했다. 그 너머의 세계란 시의 표현대로 하면 바로 '숲'의 세계이다. 따라서 그것은 시인에게는 인식의 완결 단위이다. 그러한 까닭에 그것은 시인의 뿌리인 근원의 세계이자 모성의 세계에 해당된다. 시인은 이 모성의 세계에서 떨어져 나와 일상성에 편입하려 하지만, 성공하지 못하고 만다. 그리하여 다시 그 근원의 세계로 되돌아가려고 시도한다. 이런 맥락에서 보면, 완결의 단위인 '숲'은 시인에게는 다시 원점회귀의 단위도 된다고 할 수 있다.

'숲'이 자연의 세계임은 두말할 필요도 없거니와 자연이란 우주의 이법이나 질서의 세계로 표상된다. 근대적 자아가 회귀하는 것도 자연이었고, 존재론적 고독에 시달리는 자아가 궁극적으로 되돌아간 곳도 자연이었다. 말하자면 자연이란 우주 그 자체였고, 근대인에게는 절대적 이상이었다. '자연으로 되돌아가자'라는 이 통합의 사유야말로 근대의 불안에서 오는 모든 불안한 사유들을 치유하는 근본 매개였던 것이다. 따라서 시인이 다시 '숲'으로 되돌아가 자신이 받은 상처들을 모두 쏟아놓으려는 것은 자아와 세계를 통합하고자 하는 근대인의 필연적 숙명과 분리하기 어려운 것이라 할 수 있다. "무욕의 하늘을 떠돌아다니고 싶"은 것, "우화등선의 나를 찾고 싶"은 것이야말로 근대인으로 살아갈 수밖에 없었던 시인의 영원한 꿈이 아니었겠는가.

길은 많다

일본 히로시마에서 출발하여
금산, 서울, 대전, 부산, 인천……

이미 지나온 인생의 길
흘러간 시간처럼 다시 돌아갈 수 없는,
그러나 앞으로 가야 할 길

하늘, 바다, 산, 바위……
구부러진 길, 움푹 파인 길
언제나 어디에나 있는, 중도하차할 수 없는

길,
내가 만난 모든 사람

그 길을 타고
사람을 타고 시간을 타고
뛰어가다 넘어지고
온몸으로
전신 포복으로

울면서
웃으면서
한 발 한 발 발을 뗀다

별이 반짝이기에

— 박무웅, 「길은 별처럼 많다」 전문

나를 비우고, 그리하여 무욕으로 살아가는 길은 인간에겐 이상화된 꿈이다. 그러나 그 꿈은 쉽게 도달할 수 있는 것이 아니고, 어쩌면 영원히 이룰 수 없을지도 모른다. 인간은 절대자도 아니고 신도 아닌 까닭이다. 인간에게 완전이란 애초부터 닫혀 있었다. 그래도 그 영원한 꿈에 이르는 길을 포기하지 못하는 것이 또한 인간의 운명이다. 저 멀리 반짝이면서 그 완전한 꿈의 빛들을 끊임없이 투사해주는 별이 있기 때문이다.

지금의 시인은 과거의 수많은 주름을 남기면서 현존해 왔다. 지나온 길은 하나였다. 그것이 상처이든 아니든 간에. 그러나 과거의 단일했던 길들과 달리 앞으로 나아가야 할 갈 길은 다양하다. 시인은 부챗살처럼 펼쳐져 있는 길들 가운데 하나만 선택하면 된다. 그것이 어떤 길일지라도 통합의 완성태인 별의 세계로 뻗어 있다고 믿고 있기 때문이다.

무주 구천동 백련사 오르는 계곡
굽이치는 억새꽃 바다에
반짝이는 은빛 찬란하다

순백으로
남은 빛깔들
농익은 세월
어찌 저리 맑은 것인가

어찌 저리 고운 것인가

염색한 내 은발이 부끄럽다

나도
여기 억새꽃 바다에 와
한 백년 살면
감추지 않아도 스스로 아름다울 수 있을까?
저리 정갈해 질 수 있을까?

— 박무웅, 「은빛 억새가 내게 말을 걸어왔다」 부분

박무웅 시의 특색을 과거지향적이라 했다. 시인은 과거에서 받은 상처를 통해서 상상력을 만들어내고 이를 통해 시를 직조해내었다. 그의 상처들은 아름다운 것도 있고, 그렇지 않은 것도 있으며, 존재의 불안과 같은 보편적인 사유에 그 원인이 있는 것도 있었다. 그럼에도 그의 시에서는 이런 유형의 작품에서 흔히 발견되는 퇴영적인 색채가 전연 발견되지 않는다. 시인은 과거라는 덫에 걸려 허우적거리거나 미로에 갇혀 있지 않기 때문이다. 시인은 과거의 두꺼운 무게를 열어젖히고 난마 같이 얽힌 미로를 용케도 빠져 나오는 저력을 보여주었다. 그렇기 때문에 그의 시에서 표명되는 과거들은 현재의 일상과 질기게 얽혀 있다. 마치 동전의 앞뒤와 같이 견고히 결합되어 있는 형국을 보이고 있다. 이러한 조응관계가 그의 시를 이끌어가는 근본 에네르기였다. 과거의 아픈 주름을 통해서 현재의 일상성을 헤쳐 나가는 모양새인데, 이런 국면을 두고 그의 시를 회고적이라 함은 어불성설이라 하겠다.

시인은 과거의 치열한 상처의 조명 속에 미래의 운명을 내다보려 하고 있다. 인간의 운명 저 건너편에 있는 실상이란 신의 영역에 속하는 것이지만, 시인은 이 운명의 초상화를 미리 예단하려 든다. 이 그림을 그리기 위해 인용시에서 보듯 시인은 "무주 구천동 백련사의 계곡에 오른다". 시인은 이곳에서 굽이치는 억새꽃의 바다가 찬란하게 펼쳐져 있음을 본다. 시인의 표현대로라면, 또 다른 '숲'의 전일한 세계가 활짝 피어있는 것이다. 이 절대경지의 세계에서 영원한 안식을 이루는 것이 시인의 꿈이고 지난날의 상처에서 얻어진 결락을 메우는 일일 것이다. "염색한 내 은발이 부끄럽"게 느껴지지 않는 세계, 그것이 시인이 그토록 갈구했던 비움의 세계이다. 여기에 이르게 되면, "미워하고 분노하는 응어리"를 풀어헤칠 수가 있고 "잊어야 할 것 잊지 못하고/ 비워야 할 것 비우지 못하는/ 더 많은 것만을 찾아 헤매는" 무한 욕망의 전율로부터 해방될 것이다. 또 그것이 지난 과거의 상처로부터 벗어나는 진정한 길이 될 것이다. 시인은 이제 이 가슴 벅찬 희망의 길로 막 접어들고 있는 것이다.

일상에서 관찰되는 삶의 편린들

송세헌의 『굿모닝 찰리 채플린』

송세헌의 『굿모닝 찰리 채플린』은 정해진 규격을 바탕으로 쓰인 정교한 시집이다. 그러나 이 말의 본뜻은 이 시집이 고정된 어떤 틀과 판에 의해 기계적으로 생산되었다는 데에 있지 않다. 시인이 살아온 삶의 궤적을 반추해 볼 때, 그는 국문학적인 흐름이나 문예학상의 환경과는 거리를 둘 수밖에 없었을 것이다. 그럼에도 그의 시집에는 오히려 그러한 분위기들이 아주 강하게 묻어나온다. 특히 사물을 새롭게 본다든가 시의 언어를 조형하는 솜씨가 1930년대 이미지스트들이 보여주었던 수법과 매우 유사해보이기에 더욱 그러하다. 정지용이나 김기림, 그리고 김광균의 이미지즘의 시들이 사물을 새롭게 인식하고, 이를 언어적으로 참신하게 풀어냄으로써 우리 시의 수준을 한 단계 올려놓았음은 잘 알려진 일이다. 이들은 시의 의장뿐 아니라 이 사조가 궁극적으로 추구하는 정신사적 흐름에 대해서도 상당한 이해를 보여준 바 있다.

　송세헌의 시들은 이미지스트들의 시의 경우처럼 그러한 요소가 배어나 있고, 이들이 추구했던 정신사적 흐름 또한 정확하게 반영하고 있다. 그의 시들을 두고 정해진 규격을 바탕으로 쓰인 정교한 시라고 한 것은 이런 맥락을 두고 한 말이다. 이는 이 한권의 시집 속에서 이미지즘의 형식 및 내용을 모두 발견할 수 있다는 사실과, 앞선 시인들이 보여주었던 오랜 시력의 과정 및 그 정신사적 궤적을 모두 체험할 수 있다는 의미 또한 내포한다. 그만큼 시인은 이번 시집을 통해 시적 의장의 견고함과 시 세계의 다양성을 예각화해서 보여주고 있는 것이다.

　물론 시인이 이미지즘의 세계를 이해하고 그것의 정신사적 사유에 대해 철저하게 파악하고 있었는지 혹은 그렇지 않았는지는 별개의 문제이다. 중요한 것은 시인의 시들이 이미지즘이 요구하는 정신사적 흐름을 충실히 구현하고 있다는 점이라 할 수 있다. 송세헌의 시들이 철저하게 일상에서 시작되고 그러한 일상들을 새로운 감각으로 풀어내는 점도 이러한 맥락에서 살펴볼 수 있다.

> 저 머리맡 호수를 향하여
> 일제히 폭포를 역류하는 물고기떼들을 보아
>
> 제각각 젖꼭지를 물고 까치발하며
> 칼바람 종아리 맞으며 크는 치어들
>
> 은비늘 햇살을 글썽이며
> 옹이 박힌 근력(筋力)을 키우고 있네
>
> 얼어야 녹고 녹아야 얼어
> 모순의 키를 키워가는 저 빙어(氷魚)떼들을 보아

—송세헌, 「고드름」 전문

이 작품은 고드름을 형상화한 수작이다. 고드름을 '물고기떼들'과 '치어들', 혹은 '빙어떼'들로 이미지화하는 방식이 아주 참신하다. 뿐만 아니라 그러한 치환들을 이끌어내는 관계어와 수식어 또한 새롭다. 위의 시는 이러한 류의 작품들에서 흔히 요구되는 이미지의 강렬성과 압축성, 참신성 등의 요건을 잘 갖추고 있는 시라고 하겠다. 여기에다가 감정을 적절히 절제함으로써 감상성의 오류 역시 적절히 비껴나고 있다. 이미지즘의 근본 목적이 낭만주의의 반동에서 시작되었기에 감정이 시의 금기 사항임은 잘 알려진 일이다. 이 사조는 감정의 에네르기를 최고의 가치로 여긴다. 감상 위주의 시들이 몽환적이고 신비적인 경향으로 흐르는 것은 당연할 수밖에 없다. 이미지즘은 낭만주의를 딛고 일어선 것이기에 몽환의 세계와는 거리를 둔다. 그렇기에 시가 명료하고 감상의 늪에서 허우적거리지 않는 바, 「고드름」은 그러한 이미지즘 시들의 특징적 단면들을 잘 보여주고 있다.

송세헌의 시들은 이렇듯 시의 방법적 자각에 있어서 보기 드문 시적 성과를 보여준다. 이미지를 조형화하는 데 있어서나, 혹은 그가 천착해 들어가는 세계가 낡은 감상이라든가 생경한 관념의 세계와는 거리가 멀다는 뜻에서 그러하다. 시인의 시세계는 상투화된 관념이나 흔한 감상으로부터 멀리 떨어져 있다. 그의 작품들은 대부분 일상의 현실에서 직조되고 있기 때문이다. 그것이 송세헌 시의 가장 큰 매력이다.

어둠도 추위같이 깡깡한 새벽
밤새 주인을 기다리던
어시장 생선 같은 눈들이 번득인다
집어등 불빛 아래
어둠을 헤쳐 온 눈들이 고여 있다

<blockquote>
등 떠미는 가난에 넘어지지 않으려고
깜깜한 수면 위를 뛰어 오르려는 물고기들
눈대중으로 달아 허기진 근력이 팔리고 있다
어둠은 동공으로 심지 타듯 타 들어가며
공치는 날은 새는데
야광으로 빛나던 절박은 혼들
갈 데 없이 잿빛 눈빛으로 꺼져가고 있다
</blockquote>

—송세헌, 「인력 시장」 전문

　인용시는 시인의 대표작 가운데 하나이다. 그런 만큼 시인의 시세계를 단적으로 알려주는 상징성을 지닌 작품이라고 할 수 있다. 이는 다음 몇 가지 측면에서 그러한데, 이 시에서 구사되는 이미지의 현란함이 그 하나이다. 이러한 방법적 자각들은 송세헌 시의 근본 특성이거니와 이 작품에서 체득하게 되는 감수성도 「고드름」의 그것과 크게 다르지 않다. 그리고 다른 하나는 여타의 시들처럼 이 작품 역시 일상의 삶에서 직조되고 있다는 점이다. 이 작품의 내용은 관념 너머의 세계가 아니라 지금 여기에서 벌어지고 있는 생생한 세계이다. 한편 이미지즘의 시들이 저지르는 약점 가운데 하나가 형식초과 현상이라면, 이 작품 역시 이로부터 자유롭지 못하다고 할 수 있다. 현란한 이미지의 구사가 이 시의 근본 특징이 되고 있기 때문이다. 그러나 이 시는 이미지즘 류의 시들이 흔히 빠질 수 있는 오류로부터 비껴난다. 그것은 넘쳐나는 형식들을 넉넉히 담아낼 수 있는 내용들이 여기에 촘촘히 박혀있는 까닭이다. 실제로 이 내용 충실 현상은 이미지즘의 시적 방법에서 매우 중요한 요소이다. 낭만주의를 부정하고 새로이 등장한 이미지즘이 일상을 색다르게 인식하였던 시적 의장은 대단히 참신한 것이었다. 그럼에도 이 시적 방법은 형식 우

176

위의 현상 때문에 그 정신의 허약에 대한 의구심들을 끊임없이 불러 일으켰다. 그 반동의 결과가 전통의 도입이라든가 인식의 완결을 위한 방법적 장치로써의 종교적 세계로의 진입이었음은 잘 알려진 일이다. 이미 지즘의 그러한 역사적 국면을 환기해 볼 때, 송세헌의 시에서 드러나는 내용과 형식의 균형감각은 방법적 탁견이라 할 만하다. 그는 형식과 내용 등 그 어느 것으로도 쉽게 경도되고 있지 않기 때문이다.

시인의 시에서 드러나는 내용들은 앞서 말한 대로 지금 여기에서 일어나는 일상의 일들이다. 특히 인용시의 경우는 그러한 일상이 아주 첨예하면서도 신랄하게 이루어지는 인력시장을 그 배경으로 깔고 있다. 이를 토대로 이 작품이 함의하는 내용상의 특징을 크게 두 가지로 요약하는 것이 가능하지 않을까 한다. 이는 시인의 시세계에 대한 종합이기도 할 것이다. 일단 시인의 시선은 사회의 어두운 곳으로 향해져 있다. 시집의 작품들을 꼼꼼히 읽어보면 대번에 알 수 있는 일이지만 시인의 시선에 포착되는 현실은 시인의 작업 공간인 환자를 돌보는 진찰실에서 길어 올려지는 것이 아니다. 그의 시선은 언제나 그 밀폐된 공간을 벗어나 멀리 조준되어 있고, 인간의 생생한 삶들이 펼쳐지는 장에 맞춰져 있다. 지금 시인이 응시하는 인력시장도 그 연장선에 놓인다. 그곳은 삶에 대한 끈끈한 힘들이 아무런 여과장치 없이 자연스럽게 묻어나오는 곳이 아닌가. 이곳은 삶의 긴장과 역동성이 거침없이 우러나오는 장소라는 점에서 시인이 펼쳐 보이는 일상성이 무엇인지를 말해주는 좋은 사례라 하겠다. 이때 작품에서 드러나는 인간은 지금 여기를 살아가는 자율적 주체가 아니다. 인간이란 단지 상품화된 존재일 뿐이고 타인에 의해서 선택되는 수동적인 주체로 인식될 뿐이다.

현실에 대한 시인의 이러한 자각은 매우 당혹스러운 것이 사실이다.

그는 의사라는 직업을 가졌고, 이러한 환경적 토대는 이 땅에서 넉넉한 자로 분류되는 것이 전혀 어색하지 않기 때문에 더욱 그러하다. 일상적 인간과 서정적 주체를 일치시키는 일이 합당치 않은 것임에도 불구하고 시인의 이러한 시선은 독자를 매우 낯설게 만든다. 시인은 이러한 역설을 오히려 즐기는지도 모른다. 그러는 한편으로 자신은 단지 시인일 뿐이라고 항변할지도 모른다. 그러나 중요한 것은 그러한 상위 내지 불일치가 독자로 하여금 많은 흥미와 긴장을 유발시켜준다는 점이다. 그것이 이 시집의 매력이고 그의 시세계가 갖는 독자성이 아닐까. 어떻든 중요한 것은 그의 직업이 무엇이든 우리는 그것을 괄호치고 시를 통해서 그의 세계관을 읽어내야 한다는 점이다. 그리고 이를 시사적으로 자리매김해야 한다. 이는 물론 독자에게도 똑같이 요구되는 몫이기도 하다.

일상의 사물을 새롭게 이미지화하고 지금 여기의 현실에서 출발하는 것이 송세헌 시의 기본 특징이라고 했다. 그는 관념 속에 허우적거리거나 초월의 늪 속에서 헤매는 자가 아니다. 그의 시들은 철저하게 현실적 국면에 맞닿아 있다. 그 현실이란 인간들이 숨 쉬는 살아있는 공간들인 바, 이는 대략 세 가지 흐름으로 정리하는 것이 가능하지 않을까 한다. 가장 먼저 시인의 시선이 닿는 곳은 자본주의적 현실에서 겪는 물화된 현실이나 위장된 삶들에 대한 것들이다.

> 창 밖을 주시하고 있다.
> 장마는 남태평양에서 저인망 그물을 끌며
> 인해전술로 북상중이다.
> 놈들이 검은 연막을 친다.
> 구름 어깨 초병이 상륙하여 뭉게뭉게
> 이 쪽을 염탐하고 있다.

진지의 유리창엔 흐린 성에가 자동 방어막을 친다.
거미도 그물을 걷어가고
매미도 울음을 숨긴 저녁
참호 속에 더 깊게 잠복한다.
경계색 네온을 켠다
투항을 권고하는 천둥소리가 위협적이다.
조명탄이 터지고
번개가 함상 포격으로 도시를 협공한다.
앰브란스들이 물렁한 검은 포도를 쾌속정같이 질주한다.
비상 불빛의 전율이 물에 녹아 스멀거리는 진지로 밀려드는데
우리는 지하 벙커에서 술잔을 들고
치어리더들이 춤추는 스포츠 TV 중계 방송을 보고 있다.
완벽한 위장이다.
자동차 극장에서 영화를 보는듯 장마전선을 본다.

—송세헌, 「태풍전야」 전문

이 작품은 김기림의 「기상도」와 분리시켜 논의하는 것이 어려울 정도로 그 시적 수법이 매우 닮아 있다. 「기상도」가 자본주의의 위기와 몰락을 일기 예보를 통해서 형상화한 것은 잘 알려진 일이다. 그는 자본주의가 처해있는 위기의식을 엄습해 들어오는 태풍의 이미지를 통해서 탁월하게 읊었기 때문이다. 인용시는 김기림의 그것처럼 무거운 주제를 다루고 있지는 않다. 그럼에도 그와 거의 흡사한 상황을 읊고 있다는 점에서 그 시사적 의미를 확보하고 있는 경우이다. 시인에게 태풍은 도시를 점령하고 삶의 공간을 파괴하는 공포의 메커니즘이자 자본주의적 삶의 위태한 모습으로 비춰진다. 그럼에도 인간들은 그러한 위기에 대해 무관심하다. 아니, 애써 그것에 눈을 두려고 하지 않는다. 본질보다는 현상만을 보려 한 결과이기 때문이다. 알면서도 알지 않으려고 하는 것, 드러난 현

상과 숨겨진 본질과의 이중성, 그것이 자본주의적 가면이고 위장이 아니겠는가. 시인의 시선이 가 닿아 있는 곳은 이렇듯 이 예민한 모순의 현장이다.

멘체스터 유나이티드의 신형 엔진 박지성
05-06 프리미어리그 폴햄과의 원정 경기 풀 타임 출전
페널티킥 유도, 2 어시스트
스포츠 채널 스카이 스포츠로부터 MVP로 선정.

삼성 PAVV 포스트 시즌 준 플레이오프
SK와 한화의 5전 3선승제 문학 경기장에서―

컨트롤아티스트 뉴욕메츠의 서재응
뉴욕 셰이스타디움에서 콜로라도 록키스를 꺾다.

격투기 스타 "테크노 골리앗" 최홍만
K리그 FC서울과 인천 유나이티드 경기에서 시축.

제 2의 사라포바 니콜바이디소바
제 2회 한솔 코리아 오픈 우승.

프로골퍼로 전향을 앞둔 장타 소녀 미셸 위
나이키, 소니와 계약할 것이라고 ESPN인터넷 중계판 보도.

―송세헌, 「개천절 뉴스」 부분

이 작품은 「태풍전야」의 연장선에 놓여 있는 시이다. 그러면서 모더니즘의 세례를 받은 작품으로 보아도 무방한 시이다. 이 사조에서 흔히 사용되는 모자이크의 기법이 구사되고 있기 때문이다. 그러나 문제는 위의

시가 이런 기법에 국한되는 것이 아니라 시 전편에 물화된 군상들의 모습을 분명하게 제시하는 데에 있다. 자본주의는 인간을 상품으로 만들고, 인간은 그렇게 상품화된 존재들에 대해 부러움과 갈채를 보낸다. 시인의 표현대로 "세계화로 하늘이 지구 곳곳에 뚫려/ 잡종강세의 나랏 말씀이 바이러스처럼 신문에 번질" 뿐이고 이러한 속성과 무관한 것들은 담론화되지도 않는다. 설혹 그렇게 된다 해도 주목의 대상이 되지도 못한다.

흔히 이야기되는 것처럼 현대 자본주의의 모순은 도구화된 이성의 결과로 이해된다. 계몽시대 초기의 건전한 합리주의가 수단화됨으로써 지금 여기의 혼돈을 초래했다는 것이다. 그러한 혼란의 배음에 인간의 욕망이 도사리고 있음은 두말할 필요도 없다. 이러한 인식의 밑바탕에서 시인의 두 번째 문제의식이 언표화된다.

    리발소라고 했었었다
    이발관이라고 했었다
    이용원이라고 했다
    헤어 닷 컴이라고 한다

    머리카락을 잘랐었었다
    흰머리 염색을 했었다
    포마드를 발랐다
    허영을 땋고 욕망을 염색한다.

—송세헌, 「Hair Shop」 전문

인간이 인간으로 존재하고 있는 이상, 욕망으로부터 자유로울 수는 없을 것이다. 인간은 욕망하기에 근원적으로 억압되는 존재라 하지 않던가. 「Hair Shop」은 인간의 그러한 욕망을 아주 재미있는 상상력으로 풀어낸 시이다. 우선, 시인은 1연에서 이발소의 변천을 어휘의 변천을 통해 읽어 낸다. '헤어 닷 컴'은 컴퓨터 시대를 대표하는 최신화된 담론이다. 그만큼 가장 앞선 단계의 기술이라 할 수 있다. 그러나 이 말 속에는 욕망 역시 강렬하게 담겨져 있다. '리발소'가 과거에는 단순히 머리를 자르는 곳이었다면, '헤어 닷 컴'은 이미 그러한 일차원적인 시공간을 뛰어넘어 욕망을 담금질하는 곳이기 때문이다. 따라서 그곳에서는 "허영을 땋고 욕망을 염색하는" 행위가 자연스럽게 이루어지게 된다.

이러한 욕망의 문제는 자본주의적 일상에서 보편적인 것이면서 아주 단순한 것이기도 하다. 그리고 또 누구에게나 똑같은 무게로 다가오는 것이기에 매우 소박하고 진부하게 비춰질지도 모른다. 그것이 자본과 같은 거대 담론의 문제에 닿는 것이든 그렇지 않은 것이든 동일하게 적용될 것이다. 욕망이란 삶의 문제와 결부되는 것이기 때문이다. 그러나 그것이 모든 인간에게 동일한 부하로 걸린다 하더라도 그 발생 원인과 생존 조건은 매우 다를 것이고, 또 그것을 헤쳐 나가는 방법 또한 제각각 상이할 것이다. 그러한 양상을 구현해내는 것이 시인마다 지니는 고유의 개성이 아닐까.

> 4월이 꽃들의 날이라면
> 5월은 잎들의 달이다.
>
> 민들레 긴 목 들어 붓씨를 뿌리면
> 사방의 잎들과 풀들은 재빨리 엄습한다.
>
> 지나온 길은 풀로 덮여 있고
> 나아갈 길은 잎으로 숨겨 있다.

— 송세헌, 「5월 첫날에」 전문

이 작품에서 "지나온 길은 풀로 덮여 있고", "나아갈 길은 잎으로 숨겨 있다"는 발상은 삶을 바라보는 시인의 근본 태도와 맞물린다. 또 근원적으로는 모든 인간에게 짙게 드리워져 있는 욕망을 다스려가는 방식일 수도 있을 것이다. 아주 뻔한 회의와 의문임에도 불구하고 이러한 문제 제기가 의미 있는 것은 그것이 이번 시집에서 시인이 추구하는 근본 함의와 맞물려 있기 때문이다. 그렇다면 시인이 던지는, '잎으로 덮여진 나아갈 길'이란 무엇이란 말인가. 이러한 질문에 대한 답이야말로 이번 시집이 추구하는 근본 목적일 것이다.

송세헌은 이번 시집에서 지금 여기의 현실에서 빚어지는 여러 모순들에 대해 의미 있는 진단을 한 바 있다. 시인은 일상의 구체적 진실을 시화한다든가 자본과 같은 거대 담론의 문제 등을 거론하기도 했고, 인간에게 근원적으로 배태되어 있는 욕망의 문제에 대해서도 이해의 폭을 넓혀 왔다. 그럼에도 그런 거대 담론들에 대한 뚜렷한 인식과 그 해결의 실마리를 시인이 명쾌하게 제시한 것처럼 보이지는 않는다. 몇몇의 시 속에 나타나 있는 것처럼, 시인은 아직 모색의 과정에 놓여 있는 까닭이다. 아직까지 시인에게 시는 자신의 삶을 살아가는 매개 정도에 불과한 것은 아닐까. 아니면 어떤 궁극적 목적을 모색하는 장으로 기능하는 것은 아닐까. 다음의 시는 시에 대한 시인의 생각을 어느 정도 알게 해주는 좋은 시사점이 되는 작품이다.

詩는 혈압계이다
청진기이다
내시경이다
x-레이이다

詩人은 약손이다
알약이다
메스이다
活命水이다

詩集은 신호등 없는 푸른 십자로
모든 이들이 사방에서 들어왔다가
soul直한 기호의 회랑을 돌곤 팔방으로 나간다.

— 송세헌, 「진찰실에서」 전문

인용시는 시인에게 시란 무엇이고, 또 시인이란 무엇이 되어야 하며, 또 시집이란 어떤 기능을 해야 하는 것인가를 알게 해준다. 시는 현재를 진단하고 판단케 해주는 장치이며, 시인은 거기서 얻은 진단을 치료해주는 기능인이다. 뿐만 아니라 시집은 모든 이들의 정신세계를 곧게 세우고 치유해주는 매개체이다. 이를 요약하면 시란 시인의 삶의 존재방식인 것을 알게 된다. 이러한 발상은 서문에서 밝힌 "詩는 나의 창과 방패였다. 그래야만 했다. 雲海를 건너는 나룻배였다. 또, 그래야만 할 것이다."라는 발언과 동일선상에 놓인다. 송세헌에게는 시가 시인이었고, 시인은 시가 된다. 그러한 함수관계가 시인이 세상을 살아나가는 이유이며, 삶의 존재요건이었던 것이다.

시인의 시들은 근대의 제반 여건들에 대해 예민한 감수성으로 반응해 왔다. 그러한 문제의식들이 근대성의 사유에서 직조되는 이미지즘과 같은 경향의 시들을 자연스럽게 생산해 냈을 것이다. 이런 맥락에서 그의 시들은 1920~30년대뿐 아니라 그 이후에 진행된 근대의 제반 사조들과 긴밀히 연결되어 있다고 할 수 있을 것이다. 그러한 그의 시적 경향들이 완벽하게 잘 짜인 사조 속에서 거침없이 산출되어 왔음은 이미 보아온 터이다.

그런데 시인은 근대의 제반 맥락에 대해 거대 담론을 동원하여 발언하면서도 그에 대한 명쾌한 해법을 제공해주지는 않는다. 그는 문제를 인식하고 이를 사유하는 정도에서 마무리하고 있는 것이다. 결론을 유보하고 있는 것인데, 이런 관점에서 보면 그는 과정 중에 있는 시인처럼 보인다. 그는 현실에 대해, 삶에 대해, 혹은 존재에 대해 모색하고 있는 주체가 아닐까. 만일 그러하다면, 시는 시인에게 세상과 소통하고 교유하는 장이 될 수밖에 없을 것이다. 그의 시 쓰기가 그런 방향으로 열려있는 것처럼 보이는 것도 이런 이유 때문일 것이다. 그 지향점이 어디로 향할 것인지는 관심 있게 지켜볼 일이긴 하지만, 이번 시집에서 그 편린을 추적해본다면 다음과 같은 세계가 아닐까 조심스럽게 진단해 본다.

회복실
金銀玉(72세, 여)
뇌경색

동공 ; 눈꺼풀을 열면 조리개를 조인다.
허파 ; 봄바다 술렁이는 고래 숨소리가 인다.
심장 ; 봄바람 상경하는 기차바퀴 소리가 난다.
복부 ; 고드름 녹아 내리는 또랑물 소리가 난다.

실내엔 쪼그라들고 막힌 것들이
돌아서며 움트는 소리
청진기에도 온기가 돌아 북소리가 난다.
창 밖엔 3월이 서둘러 2월의 꼬리를 자르며 서 있고.

—송세헌, 「2월 28일」 전문

죽은 자를 회복시켜주는 것은 인위적 의학의 힘이 아니다. 이를 가능케 하는 것은 시에 드러나 있는 것처럼, 우주의 이법이나 자연의 순리와 같은 그 어떤 세계이다. "실내엔 쪼그라들고 막힌 것들이/ 돌아서며 움트는 소리"처럼 그러한 자연의 소리가 구경적 삶의 조건이 되는 것은 아닐까. 꽉 막힌 '2월의 꼬리'를 자르는 생생한 '3월의 소리'야말로 시인이 궁극적으로 추구하는 생명의 소리일 것이다. 이는 파편화된 인식의 완결을 위해 모더니스트들이 추구했던 사유와 동일하다는 점에서 그러하다.

역사 영웅을 통한 민족사의 새로운 각성

김파의 『천추의 충혼 안중근』

1. 인물 '안중근'에 대한 시대적 관심

김파 시인의 장편 서사시 「천추의 충혼 안중근」을 재미있게 읽었다. 이 작품이 흥미롭다는 것은 어떤 희극적 요소 등이 작품 속에 내포되어 있어서 그런 것이 아니라 답답하고 우울한 현 세태에 일종의 청량제 역할을 해주었다는 뜻에서이다. 무덥고 짜증스러운 요즈음의 날씨 탓도 있지만 광우병 파동으로 날마다 펼쳐지는 촛불시위를 보고 있노라면 그 갑갑증이 점증할 수밖에 없는 것이 요즈음의 현실이다. 따라서 근대 민족사의 한 획을 그은 안중근의 시원스러운 일대기를 작품 속에서 다시 만나는 것은 여간 통쾌한 일이 아닐 수 없는 것이다.

「천추의 충혼 안중근」은 작품의 표제대로 장편 서사시이다. 머리시와 맺음시를 포함하여 총 9장으로 되어 있으니 꽤 긴 시에 속하는 셈이다. 서사시의 현대적 가능성 여부를 떠나서 이 작품은 안중근이라는 한민족의 영웅을 담아냄으로써 한편의 서사시라 부르는 데 손색이 없다. 서사시의 일차적 성립요건이 등장인물의 영웅화에 있기 때문이다. 그러나 여기서 서사시의 제반 요건과 그 미학적 특질에 대해 자세히 논하는 것은 적절치 않다. 보다 더 시급한 것은 왜 이 시점에서 안중근이라는 역사 영웅이 작품화될 수밖에 없었는가 하는 근거를 밝히는 일이기 때문이다. 실상 안중근을 소재로 한 작품들은 장르적 특성을 초월하여 매우 많이 창작되어 왔다. 소설과 시로 형상화되었는가 하면 영화로 상연되기도 하였고 연극으로 무대에 오르기도 했다. 이렇게 안중근을 소재로 하여 다양한 장르적 실험이 있어 왔다는 것은 그 소재의 중요성 여부를 떠나서 작품의 참신성이 담보되지 않을 수 있다는 뜻도 된다. 따라서 「천추의 충혼 안중근」 속에서 어떤 새로움을 밝히는 일이야말로 이 작품을 평가하는 중요한 시금석이 될 것이다.

작가는 '시인의 말'을 통해서 이 작품을 쓴 동기에 대하여 다음과 같이 말하고 있다. 즉 이 작품은 "안중근 의사에 대한 일본관동도독부법정의 역사적 오판을 포기하고 현시점에서 국제적으로 재평가함으로써 안중근 의사의 명의, 곧 항일구국영웅, 동양평화투사의 명의를 회복해야" 하는 데 그 목적이 있다는 것이다. 안중근의 거사를 테러리즘이나 우발적 혹은 일시적 행위로 인식하는 것에 대한 역사적 재평가를 요구하고 있는 것이다. 이러한 요구가 이 작품이 추구해나가는 새로움의 단초가 되는 것은 아닐까.

2. 민족통일 혹은 통일문학의 꽃으로서의 '안중근'

작가는 장편서사시 「천추의 충혼 안중근」에서 안중근 의사에 대한 기존의 시각과는 약간 다르게 접근한다. 하나가 대외적인 것이라면, 다른 하나는 대내적인 것이다. 작가는 우선 안중근 의사를 소재로 작품화한 이유를 우리 역사와 민족의 내부에서 찾고 있다.

―김 파, 「맺음시」 부분

　역사를 통해 지금의 현실을 반추해보는 것은 역사의 방향성을 위해서 좋은 일이 아닐 수 없다. 역사에 대한 되새김질 행위가 미래의 방향타 역할을 한다는 점 때문이다. 일차적으로 시인이 우리 근대사를 탁월한 영웅이었던 안중근을 통해서 읽어내고자 했던 것도 이 부분과 관련된다. 민족을 통합시키고 이를 하나로 묶어내고자 하는 비원(悲願)의 차원인데, 실상 이 부분은 기존의 안중근 상에서 쉽게 얻어낼 수 있는 부분이 아니었다. 과거의 남북 정권이 보였던 안중근 의사에 대한 태도를 보면, 이는 금방 확인되는 사항이다. 지난 시절 남북한의 정치 주체들이 안 의사에 대해 보였던 지속적 관심과 그의 유해에 대한 집착은 익히 알려진 일이다. 안중근 의사의 유해 반환이 안 의사 개인의 유언 차원에서 촉발된 것이긴 하지만, 그 이면에는 깔린 정치적인 의도 역시 무시할 수 없는 것이 현실이었다. 그러나 시인의 안 의사에 대한 접근방법은 어떤 정치적인 동기와도 거리가 멀다. 작가가 안중근 의사를 서사시의 화폭에 담아낸 것은 어떤 정치적인 목적이 있어서 그런 것이 아니다. 안 의사와 비견할 만한 애국애족의 심정 때문에 그러하다. 한민족이라면 동일한 함량으로 다가올 수밖에 없는 안중근 의사의 거사와 순국이 "어느덧 저물어 가는 한 세기"도 지났지만, 살아남은 자들인 우리는 "무엇을 했는가?"와 같은 자문은 작가의 그러한 소회의 일단이라 할 수 있다. 그런데 이 물음에 어떤 긍정적인 답을 내리기가 사실상 불가능하다. 그것은 바로 지금 여기에 처해 있는 조국의 현실 때문인데, "피 나던 민족상잔의 상처도/ 터전 다지던 건설의 웅도도/ 력사의 폐지우에 새긴 사시/ 허지만, 아직도 허물지 못한/ 저 ≪38선≫ 장벽－/ 아직도 마련하지 못한/통일의 강산"이 우리 앞에 우뚝 서 있기 때문이다.

실상 작가가 안중근 의사를 작품화하면서 가장 표나게 강조하고 싶었던 부분도 여기에 있을 것이다. 나라와 민족에 대한 안 의사의 충절과 비교할 때, 지금 남아있는 현존재들이 조국과 민족에 대해 갖는 마음 자세란 어떤 것인가를 물을 때 이에 대해 자신 있게 답할 사람은 아무도 없을 것이다. 시인의 의도가 이런 것이기에 작품의 전반부에 묘사된 안 의사의 비범한 출생과 성장과정은 예외적 국면이나 사족으로밖에 비춰지지 않는다. 중요한 것은 이런 신비화된 안 의사의 모습에 있는 것이 아니라 그가 행하는 조국에 대한 봉사와 희생의 정신에 있다. 이러한 정신만이 현재 한반도가 처해있는 위기의 본질에 접근하는 것이고 또 그 탈출구 역할을 할 수 있을 것이다. 남북분단이라는 넓어진 반목의 골을 메우려면 똑같은 함량의 그 어떤 것이 필요하지 않을까. 작가는 그 함량을 안 의사와 같은 역사 영웅을 통해 채우려한다. 이질화된 민족 혹은 분단된 남북을 하나로 묶어내려면 이를 아우르는 숭고한 어떤 힘이 필요하지 않겠는가. 작가는 안 의사와 같은 함량이면 그러한 골을 얼마든지 메우고 꿰맬 수 있다고 보는 것이다. 그러기 위해서는 안 의사와 같은 애국충절의 상들은 더더욱 고양되어야 한다. 7천만 민족이 공인하고 수용할 수 있는 거대한 함량으로 말이다.

> 문명개화 불지펴
> 나라 백성 깨우치고
> 강국 일떠세우리라
> ―무지는 치욕이다
> ―아는 것이 힘이다
> ―힘 기르려면 배워야 한다
>
> 하여, 여기 진남포에
> 백년대계의 주추―
> 세운다, 학교를 세운다
> 돈의학교
> 삼흥학교
> 교육터전 굳게 다져
> 나라 떠멜 동량 길러내련다
>
> ― 김 파, 「제4장」 무문

조국에 대한 안중근 의사의 애국정신은 두 가지 국면에서 살펴볼 수가 있는데, 하나가 준비론이라면 다른 하나는 투쟁론이다. 일제 강점기 민족주의 진영을 이끌었던 항일 지도노선이 이 두 가지였음은 잘 알려진 일이거니와 안중근은 초기에 준비론 사상에 입각하여 항일운동을 전개한다. "아는 것이 힘이다"나 "힘 기르려면 배워야 한다."는 논리는 계몽적인 것이고, 준비론적인 것이다. 이 사상이 도산 안창호에 의해 설파된 것임은 잘 알려진 일이다. 그러나 준비론은 온건한 것이고, 이것이 더 이상 뻗어나갈 힘을 잃을 때, 그것은 한갓 심정적인 부르짖음에 그칠 공산이 크다. 이는 곧바로 현실로 나타나는 바, 안중근은 자신이 세운 돈의학교와 삼흥학교가 일제에 의해 해산되자 이런 식의 독립운동이 더 이상 가능하지 않음을 깨닫게 된다. 그리하여 그는 심정의 차원에서가 아니라 보다 확실한 논리의 차원에 기대게 되는데, 그것이 곧 무장투쟁에의 길이다. 안 의사가 벌인 항일무장투쟁의 진정한 가치는 바로 여기에 있다.

> 적수공권 어찌 원쑤 족치랴
> 오직 유일한 길―
> 의군 무장 꾸려야 한다
> 떠나자, 어서 떠나자―
> 안중근은 동지를 찾아
> 떠나리란다, 기어이 떠나리란다

―김 파, 「제4장」 부분

안중근에게 항일무장투쟁은 선택적인 문제가 아니었다. 그것은 준비론의 한계와 좌절에서 오는 것이었고, 항일을 위한 유일한 출구였다. 그러나 중요한 것은 안중근의 독립운동이 철저한 애국애족의 사상을 떠나서는 성립할 수 없다는 것이다. 그가 무장투쟁에서 거둔 성공이나 그 투쟁의 최종 귀착지였던 이토 히로부미의 사살은 애국주의의 정점이라 할 수 있는데, 안중근에 대한 작가의 이러한 해석은 지금 여기서 벌어지고 있는 현실에 대한 반추 없이는 그 설명이 불가능하다. 작가는 안중근의 거사를 표나게 강조하면서 그의 애국행위를 천추의 충혼으로 거듭거듭 강조해서 표현했다. 작가의 안중근에 대한 이러한 가치고양은 안중근이라는 커다란 깃발 아래 한민족을 하나로 묶으려는 의도 때문으로 이해된다. 그렇기 때문에 안중근은 한민족에게 그 이상도 그 이하도 아닌 불멸적 영혼의 존재로 남아있어야 한다. 뿐만 아니라 그의 거사는 불구화된 한반도의 현실에서 다시 올곧게 되살아나야 한다. 그가 보여주었던 진정한 민족사랑, 나라사랑만이 현재의 위기를 극복할 수 있는 지름길이기 때문이다. 이것이 「천추의 충혼 안중근」을 집필한 작가의 기본 의도가 아닐까.

그리고 작가가 안중근을 소재로 서사시화한 또 다른 이유는 대외적인 문제에서 기인한다. 안중근 의사의 거사에 대해 일본은 이를 단순한 살인행위로 평가절하 해왔다. 그 연장선에서 그들은 조선의 식민통치에 대해서도 어떤 반성이라든가 사과의 제스처 역시 적극적으로 보이지 않은 것이 사실이다. 작가가 안중근을 작품화하면서 가졌던 의도도 여기서 찾을 수 있다. 이토 히로부미의 사살을 전쟁의 연장선에서 보는 안중근의 항변을 거듭 강조하는 이유도 이와 동일한 맥락이라 할 수 있다.

> 동방의 령마루에 올라서 웨치노라
> 사대양의 격정 휘감아 울리는가
> 오대주의 뇌성 추겨들었는가
> 세계를 떨치는 저 웨침
> 20세기 아침 뒤흔드는
> ―조선독립 만세!
> ―아시아 평화 만세!

―김 파, 「제6장」 부분

인용한 부분은 안중근 의사가 이토 히로부미를 사살한 장면을 묘사한 것이다. 작가는 안중근의 거사가 단순한 살인행위가 아님을 "조선독립 만세!"라든가 "아시아 평화 만세!"라는 안 의사의 외침을 통해서 알리고 있다. 이러한 감각은 안 의사를 심판하는 재판정을 '무형의 전쟁마당'으로, 그리고 재판 받으러 가는 안 의사의 모습을 "조선의 의군 안중근/ 이렇게 전쟁터로 나선다!"로 인식하는 데에서도 드러난다. 게다가 안 의사를 심문하는 재판관을 향해 일갈하는 안 의사의 서릿발 같은 담론에서 이 부분은 최고조에 달한다. "나는 피고 아닌 전쟁포로다/ 전쟁마당에서/ 조선의군 참모총장의 자격으로/ 이등박문을 쏘았다!"고 함으로써 안중근 의사의 거사가 한 개인의 감정에 의한 것이 아님을, 그리하여 그것이 단순한 살인행위가 아님을 주지시키고 있는 것이다.

3. 역사에 대한 경계로서의 '안중근'

『천추의 충혼 안중근』이 펼쳐 보인 또 다른 문제는 일본에 대한 경계에서 찾아진다. 일본은 조선의 식민지 지배에 대해 철저한 반성과 보상을 행하지 않았다. 조그만 계기가 있을 때마다 식민지 지배에 대한 이벤트성의 반성은 있었을지라도 진정한 반성 행위는 현재까지 이루어지지 않고 있는 것이다. 작가는 그러한 일본국의 행태에 대해 안 의사의 거사가 주는 의미의 자장을 현재화시켜 경고의 메시지를 보내려 했던 것으로 보인다.

      력사의 오판 바로잡고
      짓밟힌 이름 주름 펼치리니—
      들으라, 바다 건너 후지산이여

불 저지른 지난날의 망동
피의 력사를 반성하라!
법정의 천평 공정하노니
재평하라―
회복하라―
구국독립의 조선의군
동양평화의 영웅무사
안중근의 명의를!

―김 파, 「맺음시」 부분

안중근의 거사는 개인 간의 감정도 한일 간의 문제도 아닌 전쟁의 일환으로 일어난 것이며, 조선의 입장으로서는 독립의 한 방편일 수밖에 없었다. 또한 아시아의 평화를 지키기 위한 고뇌의 결단이었기에 안 의사의 거사는 정당한 것이었다는 것이다. 그럼에도 일본은 조선에 대한 진정한 반성이 없을 뿐만 아니라 안중근 의사의 정당한 행위에 대해서도 죄악시하고 있다. 작가는 이러한 일본의 태도에 대해 엄중히 항의한다. 안중근의 거사가 그러했던 것처럼, 그 정당한 힘의 자장으로 또다시 준엄한 항의의 메시지를 일본에게 전하고 있는 것이다. 이들이 진정으로 반성을 할 경우에만 안중근의 거사가 한국 내에서만이 아니라 국제적으로도 그 정당성을 확보하게 된다는 것이다. 그 정당한 외침을 전하고자 했던 것, 그것이 작가가 안중근을 작품화한 두 번째 의도였다. 요컨대 작가는 안중근이 단순한 국수주의자나 테러리스트가 아니라 진정한 평화주의자였음을 알리고 싶었던 것이다.

4. 『천추의 충혼 안중근』의 시사적 의미

『천추의 충혼 안중근』은 재만 동포가 썼다는 예외성뿐 아니라 근래 보기 드문 장편 서사시라는 점에서도 매우 의미가 큰 작품이다. 이 작품은 안중근을 영웅화하기 위한 신비적 요소들이 필요 이상으로 많이 설정되어 있고, 또 그러한 요인들이 작품의 흥미를 반감시키는 원인들로 작용하는 한계를 갖고 있다. 이러한 특성들은 아마도 북한 시에서 흔히 유행하는 송가의 형식으로부터 받은 영향이 아닌가 한다. 북한의 송가들이 칭송의 차원을 보다 더 높이기 위해 인물들 간의 갈등이나 주인공의 심리적 갈등을 의도적으로 사상시켜왔기 때문이다. 이러한 요소들의 배제는 서사시에서는 바람직한 일도 아니고 또 작품의 맛을 떨어뜨리게 하는 원인으로 작용한다.

그러나 이러한 단점에도 불구하고 『천추의 충혼 안중근』은 매우 뜻 깊은 문학적 성과라 할 수 있을 것이다. 우선, 서사시가 쉽게 창작될 수 없는 현실에서 농 깊은 서사시의 맛을 느끼게 해준 점이 그 하나이다. 영웅을 부각시킬 수 없는 시대에, 칭송할 대상을 쉽게 찾을 수 없는 시대에 안중근 같은 역사 영웅을 찾아서 이를 소재로 서사화했다는 것 자체만으로도 이 작품은 큰 강점이라 할 수 있을 것이다. 그리고 다른 하나는 안중근에 대한 새로운 해석과 그것의 현재적 의미화이다. 여기서 안중근에 대한 새로운 해석이란 지금까지 그에 대해서 알려지지 않은 어떤 면모에 대한 발견이 아니라 그것이 갖는 의미의 방향성에 관해서이다. 작가는 안중근을 민족의 깃대 위에 높이 올려놓고 이를 통해 지금 여기에 처해 있는 불구화된 한반도의 현실에 대해 새롭게 조명하려 하고 있다. 분단 60여 년, 전쟁 50여 년이 흐르면서 깊어만 가는 한민족의 분열의 골을 메울 수 있는 적절한 매개로 시인은 안중근 같은 인물을 직시하고 있다.

그리하여 그는 남북이 함께 공유할 수 있는 진정한 역사 영웅을 통해서
이 간극을 메우려든다. 이것이 이번 서사시집 『천추의 충혼 안중근』이
보여준 작가의식의 궁극적 의미이라 할 수 있다.

자아를 찾아가는 말의 풍경들

김완하의 『허공이 키우는 나무』, 정진규의 『껍질』, 정호승의 『포옹』

1. 김완하의 『허공이 키우는 나무』

김완하의 네 번째 시집 「허공이 키우는 나무」가 추구하는 전략적 이미지는 '길'과 '시간' 그리고 '허공'이다. 시인이 자신의 문학에서 지금껏 일관되게 추구해왔던 자아에 대한 올곧은 탐색과 그 지난한 여정에 비추어보면, 이번 시집에서 보인 이러한 이미지들은 그의 시세계에서 예외적인 것이라고 할 수는 없을 것이다. 아니, 오히려 그 탐색의 기나긴 여로의 마지막 단계인 종착역 부근에 온 듯한 느낌을 받기까지 한다. 어떤 종착역인가.

일상적인 의미에서 '길'은 경험의 영역이고, '시간'은 관념의 영역에 속한다. 그런데 김완하의 시에서는 이 두 이질적인 영역이 하나의 추상으로 흡수되면서 동일한 영역으로 포섭된다. 그런 다음, 이것은 '허공'으로 외화되는 변증법적인 질의 변화를 겪게 된다. 따라서 그러한 질의 변

화인 '허공'의 의미를 묻는 것이야말로 김완하 시의 핵심에 이르는 길이
될 것이다.

자주 가는 뒷산
산책길에도 지름길이 생겼다
억새 숲 가르며 어제 없던
또 하나의 시간이 그쪽으로 흘러간다

시간이 깊어 가면
길속에 또 하나의 길이 트이는가
어느 새 미루나무 정수리에는
까치둥지 하나 들어앉아 있다

—김완하, 「길 속의 길」 부분

「길 속의 길」은 숲에 난 작은 '길'과 '시간'을 접목시켜 형이상학적 의
미 세계를 펼쳐 보이고 있는 명상시이다. '길'은 "자주 가는 뒷산"의 일
상적 경험의 차원에 놓이는 것인데, 시인은 여기에 '시간'을 덧씌움으로
써 그것을 또 다른 의미 세계로 낯설게 만들어버린다. '시간'이 개입된
'길'이란 더 이상 그냥 그저 놓여있는 선험적인 어떤 것이 아니라 어떤
깊은 이야기가 내재된 살아있는 무엇이 되기 때문이다. '시간'과 함께 있
는 '길'이란 인간들의 흔적이 있고 흐름이 있으며 새로운 변화가 있다.
"시간이 깊어가면", "어느 새 미루나무 정수리에/ 까치둥지 하나 들어앉
아 있다"는 발견도 '길'과 '시간'이 겹쳐져 만들어낸 의미 있는 결과일
것이다.

김완하의 시에서 '길'은 이렇듯 '시간'이라는 관념이 결부되면서 인간
적이고 경험적인 영역에 놓이게 된다. 시인의 작품에서 '길'과 '시간'은

서로 분리되지 않는 불가분의 관계에 있는데, 진정한 자아를 찾는 시인의 새로운 '길'이 시간에 대한 천착과 무관하지 않는 것도 이 때문이라 할 수 있다. 실상 『허공이 키우는 나무』에서 가장 많이 발견되는 단어가 '시간'이다. 시인은 시간 속에 구속되어 있는데, 그것도 아주 단단하게 옭매여 있다. 그리하여 시인은 시간의 늪 속에서 헤쳐 나오려고 하고, 시간의 울타리를 벗어나려 하고, 시간의 제약을 극복하려 하고, 시간의 한계를 뛰어넘으려 한다. 도대체 시간이란 것이 무엇이기에 시인이 여기서 벗어나려고 이토록 괴로워하는 것일까.

시간이 의미 있는 것은 아마도 그것이 죽음과 결부되어 있기 때문일 것이다. 생명 있는 존재라면 어느 누구도 시간으로부터 자유롭지 못하다. 시간에 대한 초월과 극복이야말로 인간의 최대 과제일 터이다. 시인의 시간에 대한 고민도 여기서 비롯된다.

> 시간과 시간 사이를 밟고
> 항시 시간의 벼랑을 타고 달리던 그
> 언제나 시간의 공백을 딛고
> 시간의 그림자도 밟지 않기 위해
> 동분서주하던 그 사내
>
> 시간의 손아귀보다 더 빨리 뛰고
> 시간을 죽이지 않기 위해
> 새벽에 나갔다 한밤중에야 돌아오던 그가
> 오늘, 시간의 난간에서 추락했다
>
> 아침 일찍 역 광장 가로지를 때
> 갑자기 다리 힘이 풀리고
> 시멘트 모서리에 걸려 쓰러졌다

한마디 말도 남기지 못한 채, 그는
시간보다 서둘러 떠나버렸다

조금 뒤 그가 기다리던 KTX
태연히 경적을 울리며
어둠의 골목에 와 닿았다

—김완하, 「KTX」 전문

시간은 본디 신의 영역이었다. 시간을 만든 것도 신이었고, 이를 전유해온 것도 신이었다. 시간에 대한 이러한 인식들은 모두 영원성의 사유에서 유효한 것이어서, 영원성이 인간의 사유 속에 자리하고 있을 땐, 관념 이상의 것에 지나지 않았다. 그러나 영원성을 상실한 근대적 인간형들에게 시간이란 초월할 수 없는 난공불락의 성채였다. 시간을 넘어서 영원으로 가는 길이란 너무도 아득했기 때문이다. 그것을 초월하기란 어쩌면 불가능에 가까운 일일지도 모른다. 그럼에도 인간은 그러한 불가능을 가능으로 바꾸려 한다. 단지 영원으로 가는 길을 위해서, 곧 존재론적 완성을 위해서 말이다. 「KTX」는 시간을 에두르고 초월하고자 하는 인간의 몸부림을 잘 보여주고 있는 시이다. 시적 자아는 시간과 시간 사이를 밟으며 살아간다. 그는 여느 인간과 마찬가지로 시간으로부터 자유롭지 못할뿐더러 이를 자각하지 않으려 하고, 경우에 따라서는 이를 초월하려고까지 한다. 그러나 그는 시간을 뛰어넘지 못한다. "아침 일찍 역 광장 가로지를 때/ 갑자기 다리 힘이 풀리고/ 시멘트 모서리에 걸려 쓰러졌다/ 한마디 말도 남기지 못한 채, 그는/ 시간보다 서둘러 떠나버렸기" 때문이다.

시간을 초월코자 하는 김완하의 시적 자의식은 대단히 경험론적이다. 그의 시가 관념의 유희로부터 멀리 비켜서 있는 것은 아마 이 때문이다.

존재의 완성이라는 거대한 형이상학적 사유를 경험적 차원에서 풀어내는 것은 그의 시적 역량에 속하는 문제이긴 하지만, 그러한 매개를 제공해 주는 것이 바로 '길'이라는 경험의 영역이다. 그렇기 때문에 '길'은 김완하에게 매우 중요한 시적 전략이 되는데, 특히 '시간'의 의미가 덧씌워진 '길'이기에 더욱 그러하다.

> 다시 벼랑에 선다
> 가파른 벼랑 위로 나를 밀어올리고
> 절벽 아래 꽃잎 하나 묻는다
> (———)
> 이제 시간을 풀어버린다
> 바투 잡았던 시간의 끈 놓고
> 잠시 암벽에 서본다
> (———)
> 산중에 홀로 바라보는 비
> 벼랑을 타고 내리는 수직의 시간 속에서
> 그늘과 그늘 사이가 넓어지는
> 내 안의 빈터
>
> ―김완하, 「벼랑에 서다」 부분

시간이란 흐름을 그 기본 속성으로 한다. 시간이 흐르는 것이기에 인간은 이로부터 자유롭지 못하다. 시간을 뛰어넘으려면 그것을 전유해야 한다. 어떻게 전유할까. 그 방법을 김완하는 일단 벼랑에서 찾는다. 시인의 지난한 탐색의 '길'은 벼랑에 이르러 멈추기 때문이다. 시인이 이내 찾은 길이 '벼랑'인 셈인데, 왜 하필 벼랑일까. 그것은 모든 것의 극한지대가 아닌가. 시인이 찾아 나선 '길' 역시 극한인 벼랑에서 끊어진다. '시간'의 끈 또한 마찬가지로 풀어진다. "이제 시간을 풀어버리고", "바투 잡았던 시간의 *끈*"을 놓아 버리기 때문이다. 그런데 시인에게 '벼랑'은 끝이 아니고 '시작'이라는데 그 시적 특징이 있다. 거기서 '빈터'를 발견해내고 있기 때문이다.

　시간은 수평으로 흘러야 한다. 수직으로 가게 되면 그것은 시간이 아니다. '벼랑'에서 '길'과 '시간'의 형이상학적 결합이 해체되는 이유도 여기에 있다. 그 결합은 벼랑 속에 흩어지고 분리되어 결국에는 증발하기 때문이다. 그러한 과정 속에서 '빈터'가 생겨나오게 된 것이다. 따라서 시간을 초월하고자 하는 것이 김완하가 탐색하는 궁극의 길이고, 그 길은 '빈터', 곧 허공을 향한 것이었다는 결론을 얻게 된다.

　　새들의 가슴을 밟고
　　나뭇잎은 진다

　　허공의 벼랑을 타고
　　새들이 날아간 후,

　　또 하나의 허공이 열리고
　　그곳을 따라서
　　나뭇잎은 날아간다

　　허공을 열어보니
　　나뭇잎이 쌓여 있다

　　새들이 날아간 쪽으로
　　나뭇가지는,
　　창을 연다

　　　　　　　　　　　　―김완하, 「허공이 키우는 나무」 전문

김완하의 시에서는 '길'과 '시간'이라는 이 두 이질적인 영역이 하나의 추상으로 흡수되면서 동일한 영역으로 포섭되고, 이것이 결국은 '허공'이라는 변증법적인 질의 변화로 나타나게 된다. '허공'은 시간의 영역을 초월한 저 너머의 세계에 존재한다. 그곳은 시간에 얽매인 조급함이라든가 시간과 줄타기하는 초조함도 없고, 새들이 여유롭게 날며, 나뭇잎이 날아가 차곡차곡 쌓이는, 자연의 순리가 깃든 차분하면서도 열려있는 공간이다. 이런 뜻에서 보면, '허공'은 시인에게 윤리이고 실존에 가까워 보인다.

김완하 시에서 '허공'의 이미지는 '길'과 '시간'이라는 두 이질적인 영역이 하나의 관념으로 결합된 후, 변증법적인 질의 변화 속에 얻어진 시인만의 득의의 영역이다. 그것은 섭리이자 이법이고 무(無)의 사상이다. 존재론적 완성을 갈망하는 인간들이 궁극적으로 추구하는 이상적 모델이란 바로 이와 같은 상태가 되는 것이 아닐까. 시인의 시가 의미 있는 것도 이 때문이다.

2. 정진규의 『껍질』

정진규의 시집 『껍질』은 몇 가지 점에서 기존 시들에 대해서 가졌던 관념들을 뒤집는다. 우선 정진규의 시들은 경험적인 것에 토대를 두고 있다는 점이 그 하나이고, 어떤 꽉 잡힌 틀이나 규격을 벗어나고자 하는 것이 다른 하나이다. 특히 후자의 경우는 정진규 특유의 산문시 형태와 마침표가 없는 시의 형태를 낳게 한다.

정진규는 시의 소재를 '만남'으로 규정해 놓고 그가 체험한 구체적인 것 속에서 시를 피워 올린다. 그는 그것을 시의 '연기본성'(緣起本性)이라 부르는데, 모든 시는 그것을 탄생케한 실마리 내지 근거가 있다는 것이

다. 시가 상상력의 산물이라는 문학관에 기대게 되면, 정진규의 이 같은
생각은 매우 예외적으로 비춰진다. 그럴 경우 시는 한갓 저속한 리얼리
즘에 빠질 위험이 있기 때문이다. 그러나 정진규는 일상적인 체험에다가
상상력을 가미함으로써 그런 오류를 적절히 비껴간다. 시인만의 독특한
시작법인 셈인데, 『껍질』의 경우도 여기서 예외가 아니다. 시집 속의 몇
몇 작품을 읽어보면 금방 알 수 있는 것처럼, 대부분의 시들이 체험에 근
거를 둔 시들로 채워져 있기 때문이다. 그리고 정진규 시의 또 다른 형식
미는 꽉 잡힌 틀이나 규격에서 벗어나 자유를 추구하는 데에서도 찾아진
다. 이러한 특성들은 그만의 보증수표인 산문시 형태의 시와 마침표 없
는 시를 낳게 한다.

  우리 시에 마침표가 줄어들고 있다 세로쓰기에서 가로쓰기로 바뀌면
서부터 쓰이기 시작했던 온점 마침표, 그래 서양 나라말 피리어드 그건
이제 옛말이다 대부분 종적이 묘연해졌다 나는 놀란다 내가 시에서 처
음 그짓을 할 무렵엔 동그라미 까만 점들이 단단한 쥐눈이콩알들이 세
상 가득 반짝거려, 생쥐 떼들의 눈알들로 반짝거려 발길 놓을 틈이 없
어서였는데 숨이 막혀서였는데 곳곳이 길이 막혀서였는데 어디로 몽땅
수거시켜 가버렸나 휑하다 할 수 있다 나는 놀란다 문제는 나날이 길이
새로 막히고 있다는 사실이다 안팎으로 막힌다는 사실이다 내가 죄를
지었다는 생각이 든다 벌써 한참 되었다 밤마다 하늘 가득 찍고 있었던
빛의 마침표들 그것들마저 이젠 잘 보이지 않게 되었다 그걸 몰랐다 그
것들이 우리네 길라잡이였음을 모르고 있었다 대청봉이나 올라 하늘 바
로 아래 신발 벗고 누우면 모를까 별 없는 하늘이 되었다 이때부터 나
날이 길이 새로 막히게 되었다

—정진규, 「별 없는 하늘」 전문

  정진규는 인용시에서 보듯 시의 자율성을 옹호한다. 그런데 여기서의

자율성은 '무목적이 합목적성'이라는 근대 이후의 자율적 문학적 체계를 말하는 것은 아니다. 오히려 그보다는 구애받지 않는 어떤 자유로움을 추구한다는 편이 옳을 것이다. 그 연장선에서 시인은 산문적 호흡에 깊이 매료되어 있다. 그의 산문율에 대한 옹호는 가령, 안과 밖의 모순 대립의 상태를 동시 수용코자 하는 데서 오는 시의식의 확대가 보다 여유로운 산문의 형식을 택하게 했으며, 지시적인 언어가 지니는 서정적 억양으로서의 리듬과 암시적인 언어가 지니는 이미지로서의 리듬 같은 것을 접합시킬 수 있는 생체적인 호흡률이 산문 고유의 리듬에 있음을 발견했기(정진규, 「'몸'시에 대하여」) 때문이라는 그의 문학론에서 발견할 수 있다. 산문정신은 열린 정신이고 개방된 정신이다. 마침표 역시 동일한 논리가 적용된다. 말 그대로 마침표인 까닭에 그것이 있으면 어떤 흐름을 방해한다는 것이다. 그리하여 시인은 산문정신을 추구하면서 마침표 역시 배제시키는데, 이러한 행위들은 '자연스러운 흐름과 소통'이라는 정진규 시를 해석하는 하나의 형식적 단초라는 점에서 주목을 요한다.

정진규 시의 요체는 '흐름'과 '막힘'이라는 역설적 구조 속에서 탄생한다. 그 가운데 시인이 일차적으로 주목하는 것은 '막힘'의 사유이다. 그에 의하면, '흐름'이 방해되고 '본질'이 현시되지 못하는 것은 그것들이 우선 막혀 있기 때문이라고 한다. 인용시 「별 없는 하늘」의 후반부가 말하고자 하는 것도 이 부분이다. 시인은 나의 환경뿐만 아니라 세상의 삼라만상들이 모두 소통되지 못하고 있는 사실들을 새삼 발견하고 놀란다. 그런데 그러한 막힘은 한 순간만의 일이 아니라는 데에 문제의 심각성이 있다. "나날이 길이 새로 막히고 있다는 사실이다 안팎으로 막히고 있기" 때문이라는 것인데, 시인은 그러한 막힘의 단적인 발견을 어느 한순간 밤하늘의 별을 통해 읽어낸다. 그의 표현대로 별은 빛의 마침표이다. 시

에서 구사되는 마침표라면 소통에 방해가 되지만 여기서는 그 반대의 경
우라는 것이다. 이 마침표는 오히려 소통의 빛이 되는 까닭이다. 여기서
도 이중의 의미를 함의하는 정진규만의 독특한 역설을 읽을 수 있다.

> 새지 않으면 소리가 되지 않는다 음악이 되지 않는다 노래가 되지 않
> 는다 구멍으로 새어야 소리가 된다 막히면 끝장이다 한 소식도 들을 수
> 없다 새는 게 上策이다 새지 않으면 사랑도 되지 않는다 몸을 만들지
> 못한다 새끼를 만들지도 못한다 막히면 끝장이다 새는 게 上策이다 달
> 도 뜨지 않는 그런 여자 하나가 바다가 출렁대지도 않는 그런 여자 하
> 나가 오지도 않는 보름사리 때를 부르며 슬피 울고 간다 새는 게 上策
> 이다

—정진규, 「새는 게 上策이다」 전문

새는 것은 소통이다. 새지 않으면 막히는 것이고 그렇게 되면 소리도
되지 않고 음악도 되지 않으며 노래도 되지 않는다. 뿐만 아니라 새지 않
으면 사랑도 되지 않고 새끼도 만들지 못하며 몸도 만들지 못한다. 곧 막
히면 모든 것이 기능을 정지하는, 이른바 끝장이 나는 것이다. 새는 것은
일종의 배설이고, 자연스러움이다. 만약 그러한 배설행위가 없다면, 그것
은 억압에 가깝게 된다.

이런 면에서 정진규의 자연스러운 배설행위는 프로이트의 배설 욕망과
어느 정도 맞닿아 있는 듯이 보인다. 배설을 통해서 쾌감과 욕망의 성취
를 느끼고 있기 때문이다. 그러나 정진규의 '새는 전략'은 프로이트의 그
것과 매우 다르다. 프로이트의 배설행위는 본능이긴 하지만 충동이나 욕
망과 밀접히 연결되어 있는 까닭이다. 그러나 정진규의 배설은 욕망과도
무관하고 본능과도 거리를 두고 있다. 시인의 배설행위는 자연스러움에
있다. 여기에는 어떤 욕망의 전략도 닿아 있지 않다. 그저 막힘이 없는

자연스러움 그 자체, 억압이 없는 자유 그 자체로 만족된다. 그래서 나는 정진규의 이런 전략을 '본질'에의 육박으로 부르고자 한다. 있는 그대로의 '본질' 말이다. 오늘날 제반의 여러 현상들은 '본질'이 올곧게 작동하는 것을 막아 왔다. 개발이라는 미명 하에 공해를 유발시켜 하늘의 마침표인 '별'을 가렸고(「별 없는 하늘」), 생명의 탯줄인 '갯벌'(「뻘」)을 파괴해 왔다. 뿐만 아니라 허위의 언어와 거짓의 담론으로 자연스런 의사소통 역시 방해해 왔다(「옹알이」). 이러한 막힘이나 허위, 거짓이 무화되려면 자연스러운 소통이나 있는 그대로의 본질이 드러나야 한다. 그렇기에 정진규의 시에서 '흐름'이나 '소통' 등은 그러한 부정성에 대한 대항담론이 된다. 물론 그러한 담론 가운데에서 핵심은 '본질'이라 할 수 있다. 모든 것을 아우르는 본질, 그러한 본질이 올곧게 작동되는 세계, 본질이 본질 그 자체로 드러나는 자연스러움이야말로 정진규 시가 추구하는 궁극이다.

어머니로부터 빠듯이 세상에 밀려 나온 나는 또 한번 나를 내 몸으로 세상 밖 저쪽으로 그렇게 밀어내고 싶다 그렇게 나가서 저 언덕을 아득히 걸어가는 키 큰 내 뒷모습을 보고 싶다 어머니가 그러셨듯 손 속에서 손을, 팔다리 속에서 팔다리를, 몸통 속에서 몸통을, 머리 털 속에서는 머리털까지 빠뜨리지 않고 하나하나 빼곡하게 꺼내어서 그리로 보내고 싶다 온전한 껍질이고 싶다 준비 중이다 확인 중이다 나의 구멍은 어디인가 나갈 구멍을 찾고 있다 쉽지 않구나 어디인가 빠듯한 틈이여! 내 껍질이 이다음 강원도 정선 어디쯤서 낡은 빨래로 비를 맞고 있는 것이 보인다 햇살 쨍쨍한 날 보송보송 잘 말라주기를 바란다 흔한 매미 껍질같이는 싫다 그건 너무 낡은 슬픔이지 않느냐

—정진규, 「껍질」 전문

「껍질」은 자아라는 본질, 곧 진정한 자아를 찾기 위한 시인의 겸허한

자세가 잘 드러난 시이다. 뿐만 아니라 그러한 본질이 작동하는 원리 또한 잘 표명되어 있다. '틈'과 '구멍'이 바로 그것이다. 그러나 이 두 가지 전략이 서로 분리되어 있지는 않다는 것이 필자의 판단이다. 진정한 자아를 찾기 위한 시인의 탐색과정이 소통과 밀접한 관계에 놓여 있는 까닭이다. 시인은 "저 언덕을 아득히 걸어가는 키 큰 내 뒷모습을 보기" 위하여 "어머니로부터 빠듯이 세상에 밀려 나온 것처럼 그렇게 나를 세상 밖 저쪽으로 밀어내"려고 한다. 어머니로부터 밀려 '나오고' 나를 '밀어내'는 데에서 알 수 있는 것처럼, 자아에 대한 모색 행위도 '새는 행위'에 의거하고 있다. 진정한 자아 역시 '새는 행위' 없이는 불가능하다고 보는 것이다.

시인은 진정한 자아, 곧 본질을 확인하기 위하여 온전한 껍질이 되고자 노력한다. 이를 위해 시인은 끊임없이 구멍을 찾는다. 본질을 찾기 위한 구멍이다. 그러나 그것을 찾아내기란 쉬운 일이 아니다. 너무 '빠듯한 틈'인 까닭이다. 이러한 과정을 거쳐서 찾은 것이 '껍질'이다. 그러나 시인이 그렇게 빠듯한 틈을 지나 찾은 자아가 일상적 자아와 다른 자아라든가 전연 다른 어떤 것이라고는 볼 수 없다. 시인에게 '껍질'은 단지 또 다른 자아일 뿐이기 때문이다. '본질'과 상이한 "흔한 매미 껍질"은 너무 멀리 떨어져 있기에 그러하다. 이렇게 본다면 시인에게 '껍질'과 '본체'는 하나이다. 그것은 단지 소통하는 관계이고 순환하는 관계일 뿐이다. 시인에게 중요한 것은 '본질'과 '껍질'이 분리되는 계기적 원리나 의장이 아니라 그것을 생성시키는 매개인 '소통'이다. '소통'을 통해서 이루어지는 본질의 회복, 그것이 시집 『껍질』이 전하는 함의가 아닐까.

3. 정호승의 『포옹』

'주조'를 상실한 시대에, 특히 집단의 담론을 운위하기가 어려운 때에 시에서 사회적 맥락을 읽어내는 것은 쉬운 일이 아니다. 더구나 그러한 담론들이 하강기에 접어들 경우에는 더더욱 그러하다. 장르상의 한계도 있긴 하지만, 이러한 때에 시에서 사회적 의미를 담아내거나 추출하기란 대단히 난감한 일이 아닐 수 없다. 리얼리즘이란 것이 현실에 매우 민감한 것이어서 현실의 촉수들이 사라지면 그 예민성은 금방 날아가 버린다. 모든 첨단의 사조들이 휘발적 속성을 갖고 있긴 하지만 리얼리즘의 경우가 더 빠른 이유도 여기에 있지 않은가. 그렇다고 현실의 문제들이 희석되었다고 해서 갈등이 없어지거나 어떤 유토피아가 도래했다고 보는 것은 아니다.

문학의 존재영역 가운데 하나가 사회적 긴장 관계를 담아내는 일이다. 상상력이 강조되긴 하지만, 문학이란 어차피 사회적 산물이 아닌가. 이런 측면에서 문학과 사회의 긴장관계란 난수표와 같은 것이어서 쉽게 풀리거나 이해될 성질의 것은 아니라고 본다. 따라서 그러한 총체적인 문제들을 모두 짚어내거나 해결하는 것은 불가능하고 또 그렇게 노력할 필요도 없다고 본다. 중요한 것은 당대를 얼마나 성실하게 이해하고 살아나갔나에 있을 것이다. 삶의 사회적 책임을 문제 삼을 경우 아무도 자유롭지 못함은 이러한 이유 때문이 아닐까.

정호승의 시들은 그러한 측면에서 많은 위안을 준다. 깔끔한 그의 시들을 읽고 나면, 상당한 위무를 받는 것이 사실이다. 이러한 감각은 지금도 유효하다. 사회가 윤리적 감각을 요구하던 시절에 정호승의 시들은 '따뜻함'에 주안점이 주어져 있었다. 가령, 억눌린 자, 압박받는 자, 가난한 자 등에 대해서 갖는 안온한 시선들이 바로 그것이다. 그의 그러한 시

선들은 이데올로기의 첨예한 촉수들이 넘실되던 때에도 쉽게 포기되지
않았다. 그러면서도 그의 시들은 집단의 이념에 휘말려들거나 민중들의
편향된 세계관들에는 적당한 거리를 두었다. 시인은 민중이라는 마차를
선두에서 이끌지 않고 항상 옆에서 따뜻하게 보듬고 있었다. 이른바 민
중들에 대한 긍정적 시선들만을 성실하게 일구어냄으로써 '민중적 서정
시'라는 독특한 영역을 선보이고 있었다. 민중민주주의가 기승을 부릴 때
에도, 베를린 장벽이 무너지는 이념의 혼돈 시대에도 그의 민중에 대한
애정은 조용히 그리고 부드럽게 끊임없이 지속되어 왔다. 그런데 20여 년
이라는 시간의 간극에도 불구하고 그의 기조는 아직도 유효해 보인다. 이
번에 상재된 『포옹』에서도 그러한 시선들은 여전히 남아있기 때문이다.

> 벗이여
> 소가 가죽을 남겨 쇠가죽 구두를 만들듯
> 내가 죽으면 내 가죽으로 구두 한 켤레 만들어
> 어느 가난한 아버지가 평생 걸어가고 싶었으나
> 두려워 갈 수 없었던 길을 걸어가게 해다오
> 벗이여
> 내 가죽의 가장 부드러운 부분으로 가죽소파 하나 만들어
> 저녁마다 독거노인이 소파에 앉아
> 드라마를 보다가 울다가 웃다가 잠들게 해다오
>
> ─정호승, 「다시 벗에게 부탁함」 부분

　정호승의 윤리는 이렇듯 여전히 사회적인 데에 닿아 있다. '가난한 아
버지'나 '독거노인' '노숙자' 등에 대한 포옹의 자세를 여전히 간직하고
있기 때문이다. 민중들에 대한 애정이 이렇게 오랜 세월동안 변치 않고
지속되는 것은 놀라운 일이 아닐 수 없다. 민중에 대한 항상적 애정을 이

렇게 끊임없이 보인 사례를 찾아보기 힘들기 때문이다.

그럼에도 정호승의 시에 등장하는 민중들의 모습은 초기의 경우와 비교할 때 몇 가지 다른 점이 발견된다. 이러한 차이들은 세월의 간극으로 설명할 수도 있고 세계관의 변화에서도 찾을 수 있겠지만, 무엇보다도 사회적 변화에 그 원인이 있지 않은가 한다. 우선 '가난한 아버지' 등은 경제적 소외가 그 원인이 된 것이긴 하지만, 여기서 어떤 사회의 모순관계를 읽어내는 것은 쉽지 않다. 가령 80년대의 경우처럼 노동자나 도시빈민과 같은 사회의 구조적 모순에 의해 만들어진 인물들이 아닌 까닭이다. 그런데 정호승의 시에서 그러한 모순관계의 끈이 약화될수록 개인의 윤리성은 오히려 강화되는 특성을 보인다. 말하자면 사회적 모순과 시인 개인의 윤리성은 교묘한 시소 관계에 놓여 있는 것이다.

정호승의 시에서 개인의 윤리성의 강화는 인용시 「다시 벗에게 부탁함」에서 쉽게 읽어낼 수 있다. 이 작품에서 민중에 대한 사랑은 거의 매저키스트적인 것에 가깝다. 나의 일방적 희생과 상대방에 대한 절대적 사랑이 이 시의 근간을 이루고 있기 때문이다. 나를 희생시켜 남을 살린다는 희생정신은 아주 고전에 속한다. 하지만 정호승의 시에서 그것이 갖는 의미는 사뭇 다르다. 그것은 사회적 비의를 갖고 있기에 그러하다.

> 흙 묻은 감자를 씻을 때는
> 하나하나씩 따로 씻지 않고 한꺼번에 다 같이 씻는다
> 물을 가득 채운 통 속에 감자를 전부 다 넣고
> 팔로 힘껏 저으면
> 감자의 몸끼리 서로 아프게 부딪히면서 흙이 씻겨나간다
> 우리가 서로 미워하면서 서로 사랑하는 것도
> 흙 묻은 감자가 서로 부딪히면서
> 서로를 깨끗하게 씻어주는 것과 같다

나는 오늘도 물을 가득 채운 통 속에
내 죄의 감자를 한꺼번에 다 집어넣고 씻는다
내 사랑에 묻어 있는 죄의 흙을 제대로 씻기 위해서는
죄의 몸끼리 서로 아프게 부딪히게 해야 한다
흙 묻은 감자처럼
서로의 죄에 묻은 흙을 깨끗하게 씻어주기 위해서는

—정호승, 「감자를 씻으며」 전문

인용시는 사회의 윤리의식과 개인의 윤리의식의 상관관계를 아주 극명하게 보여주는 시이다. 전자가 약화되면 후자는 승한다. 게다가 그러한 개인의 윤리의식은 한걸음 더 나아가 종교적 염결성까지 요구하기에 이른다. 그렇다면 어떤 윤리의식과 종교적 태도인가. 그것은 시에 나타난 것처럼 '죄'의 세탁 내지는 정화이다. 일종의 속죄의식인 셈이다. 그런데 여기서 그러한 '죄'들은 어디에서 온 것이고 무엇에 근거한 것인가에 대해서는 명확히 말해주고 있지 않다. 가령, 오이디푸스 콤플렉스에서 오는 심리적 죄인지, 성서적 원죄인지 혹은 사회적, 도덕적 죄인지가 불분명한 것이다. 그러나 그것이 어떠한 것이든 '죄'를 없애기 위해서는, 혹은 '죄'를 짓지 않기 위해서는, 그것을 씻어내야 하는 행위가 전제되어야 한다. "물을 가득 채운 통 속에서" 씻어내야 하고, "사랑에 묻어 있는 죄의 흙"까지 모두 닦아내야 하는 것이다. 속죄는 어찌 보면 지극히 개인적인 행위이다. 죄란 은밀한 내면에 관계되는 문제이다. 그런데 시인의 그러한 속죄 행위가 개인만의 행위로 국한되지 않는다는 데 그 시적 특색이 있다. "우리가 서로 미워하면서 서로 사랑하는 것도/ 흙 묻은 감자가 서로 부딪히면서/ 서로를 깨끗하게 씻어주는 것과 같다"에서 보듯 속죄행위가 우리 모두의 것이기 때문이다. 그것이 집단이 되어야 하는 이유는 간단하다. "흙 묻은 감자를 씻을 때 한꺼번에 씻어야" 흙이 잘 씻겨 나가는 것처럼, 나의 죄를 포함한 인간의 죄 역시 감자의 경우처럼 집단으로 씻어야 '죄'가 잘 씻어지기 때문이다. 이는 아직도 정호승의 시선이 집단을 완전히 포기하지 않고 있음을 보여주는 하나의 예라 할 수 있다.

어제 하루 일하지 않았으므로
오늘 하루를 굶겠습니다
어제 하루 사랑하지 않았으므로
오늘 또 하루를 굶겠습니다

굶겠습니다
오늘 하루도 일하지 않았으므로
내일 하루도 굶겠습니다
오늘 하루도 사랑하지 않았으므로
내일 하루도 굶겠습니다

—정호승, 「하늘에게」 부분

인용시는 시인의 구도 자세가 완전히 개인의 윤리차원으로 돌려져 있음을 일러주고 있는 시이다. 그것은 자기가 지금껏 살아온 삶이 '누더기'(「누더기」)였다는 인식과 동궤에 놓이는 것이고, 또한 자기가 걸치고 살아온 옷들이 전부 '수의'(「수의」)에 불과했다는 사유와 동일한 것이라 할 수 있다.

정호승에게 사회가 떨어져 나가면 나갈수록 그 자신에게는 이렇듯 개인의 윤리만이 남아 있게 된다. 이것이 정호승의 모랄일 것이다. 그의 시선은 사회에서 개인으로 옮아오는 과정이었던 바, 인용한 「다시 벗에게 부탁함」이 사회적 윤리의식이라면, 「감자를 씻으며」는 그 중간단계이고,

214

「하늘에게」는 개인의 윤리의식이었다. 이번 시집에서 정호승이 지향한 구경의 세계는 개인의 윤리의식에 더 다가가는 과정이었다고 할 수 있을 것이다. 그의 시들은 80년대 이후, 그리고 『포옹』에서 보여준 것처럼 시선의 축소과정이었지만, 그렇다고 그러한 과정이 개인의 소시민적 자의식에 기반을 둔 것은 아니다. 그에게 사회는 영원한 자의식의 거울이었기 때문이다.

삶의 진정성을 찾기 위한 끝없는 여로

문정희의 『나는 문이다』, 유자효의 『여행의 끝』,
이시영의 『우리의 죽은 자들을 위해』

1. 문정희의 『나는 문이다』

문정희의 '나는 문이다'라는 선언에서는 강렬한 실존의 목소리가 들려온다. 이 명제는 문정희 시인의 강렬한 이미지만큼이나 뜨겁게 느껴진다. 아마도 그것은 여성에게 가해지는, 인간에게 가해지는 억압에 부딪혀 온몸으로 싸우려는 시인의 열정이 고스란히 배어있기 때문일 것이다. 우리는 이를 정치적 부조리를 비판하는 「나는 도끼」라든가, 가족 제도의 모순을 다룬 「밥상 이야기」, 도시의 빈민을 소재로 하고 있는 「멕시코에서의 새벽 울음」, 「서울역의 철학자」 등 여러 시편들에서 확인할 수 있다. 때문에 나는 '나는 문이다'의 함의를 시인으로 하여금 세상과 대결하게 하는 접점 내지 매개라 보고 싶다. 즉 '나'라는 '문(門)'은 세상과 구분되지만 동시에 세상을 향해 나아가게 하는 통로가 되므로 여기에는 세상의 광정(匡定)을 위한 시인의 의지가 담겨있다 할 것이다.

216

빈 몸에 도끼 하나 들고
젊은 강도처럼 숨어들어와
십수 년을 눌러 산 압구정을 떠나려고
이삿짐을 싼다
누구는 이곳을 부자 동네라 하고
누구는 이곳을 유식하게 천민자본의
한 상징쯤으로 치부하지만
이곳에는 부자도 천민도 아닌
눈부신 갈증, 그건 아무 데나 흔한 것이어서
충혈된 불면으로 부유한 노예들이
긴 숟가락으로 서로가
제 입에다가 밥알을 떠 넣는
그건 어디서든 다반사여서
이 가을 이삿짐을 싸며
그냥 사방을 휘 둘러본다

— 문정희, 「압구정을 떠나며」 부분

　인용시에는 세상 속에 살고 있으나 그 속에 동화된 채 안주하며 살기
보다는 세상의 올바름에 대해 늘 판단의 날을 세우고 있는 시인의 초상
이 잘 엿보인다. 시인은 시에서도 언급한 것처럼, 한국의 졸속 자본주의
를 상징하는 '압구정동'에 둥지를 틀고 살았지만 그것은 그곳이 '부자동
네'여서 혹은 자본주의 발전의 중심에 놓여 있어서 그런 것이 아니었다.
시인은 소비적 삶을 즐기는 이가 아니고 오히려 '몸' 속에 '도끼 하나'를
품고 '젊은 강도'처럼 살았던 사람, 즉 만일 그곳의 문화가 오류와 부조
리를 지니고 있다면 그것을 향해 '도끼'질을 감행코자 하였던 비판자의
한 사람이었다. 시인은 자신이 몸담고 있던 세상에 대해 예리한 시선을
놓지 않는다. 세상은 그녀 앞에서 가장 본질에 속하는 그의 모습을 드러

낸다. 그녀는 세상을 이유 없이 과장하지도 포장하지도 않는다. 또한 세상의 모순에 무임승차권을 부여하지도 않는다.

요컨대 그녀는 날카로운 시각으로 세상을 계도하는 이가 된다. 이러한 그녀의 시각에 따르면 '압구정동'에는 '부자도 천민도 아닌' '충혈된 불면으로 부유한 노예들'이 살고 있는 곳이다. 그곳에는 별 특별할 것도 없는 이 시대의 한 군상들이 살고 있다는 것이다. 이는 시인의 시선이 피상적이지도 않고 그렇다고 무비판적이지도 않다는 것을 보여준다. 이러한 시선은 세상의 가장 정확한 본질과 대면함으로써 그 속에 인간적 삶을 위한 터전이란 무엇인가에 대해 생각할 여지를 마련해보이겠다는 그녀의 지향을 드러내는 것이라 할 수 있다. 시인은 세상 속에서 그것에 길들여진 채 살아가는 것이 아니라 세상의 한복판 그곳에서 올바른 세상이 어떠해야 하는가에 관해 자리매김하고자 한다. 이러한 삶의 태도는 그녀를 세상을 향해 나있는 '문(門)'으로 보게끔 하는 계기가 될 것이다.

그렇다면 그녀가 놓여있는, 바라보는, 그리고 만들고자 하는 세상의 범주는 무엇일까? 그것은 비단 정치 경제학적인 차원의 문제만은 아니다. 그녀가 광정하고자 하는 세계의 범위는 우리가 쉽게 파악할 수 있는 사회적인 이슈에만 한정되지 않는다. 그녀는 보통 사람들이 부르짖는 정치적 부조리라든가 사회적 모순, 경제적 빈곤의 문제만 다루는 것이 아니다. 시인의 시선은 세상의 보다 섬세한 곳, 감추어져 있어 잘 보이지 않는 부분, 혹은 소외된 이들의 문제이므로 일반인들이 잊고 지나치는 부분들에까지 드리워져 있다. 작은 담론에 해당한다고도 말할 수 있을 그러한 부분들에 그녀는 치밀하게 접근해간다. 그리고 그곳에서 벌어지고 있는 억압과 아픔의 양상을 날카롭게 드러낸다.

여기가 역사의 발원지 같다
옹달샘처럼 빙 둘러앉은 밥상에
숟가락들 가지런히 놓여 있는
저 예사롭지 않은 풍경을 보라

남편과 아내가 있고
그 아래 자식들이 딸린 구조
그래서 이곳을
흔히 행복의 원천으로 오해하기도 한다

철사로 동여맨 분재 나무처럼
혈연으로 꽁꽁 얽힌
우리들의 홈 스위트 홈
한 이상주의자가
지상에다 작은 천국을 만들려다
끝내 완성을 보지 못한 곳인지도 모른다

날마다 사랑을 파내려가는
길고 긴 인내와 습관의 밭고랑
행복을 실습하기 알맞은
어쩌면 가장 민감한 정치 1번지

가끔 희망처럼 아이가 태어나지만
빙 둘러앉은 숟가락들이
서로를 파먹다가
하나 둘 흩어져
결국 서로의 가슴에 깊이 매장된다

이 밥상의 이야기는
지상이 끝나는 날까지 지속될 것이고

　　아마도 우리는 그것을 역사라 부를 것이다

— 문정희, 「밥상 이야기」 전문

　「밥상 이야기」는 흔히 '행복의 원천'으로 인정되는 가족의 모습을 그리고 있는 시다. 남편과 아내, 그들의 자식들로 구성되어 있는 단란하고 따뜻한 가정의 모습, 그것은 현재를 살고 있는 모든 선남선녀들의 꿈이자 목표일 것이다. 그러한 점에서 가정은 소중하고 절대적인 영역이다. 남자와 여자가 일부일처를 이루어 가정을 형성하는 것은 문명의 시작과 더불어 이어져 내려오는 불변의 관습이 되었다. 이러한 가정을 두고 시인이 '역사의 발원지'라 하는 것은 이 때문이다.

　그렇다면 시인이 시에서 가정이 지니고 있는 가치와 숭고함을 두고 '어쩌면 가장 민감한 정치 1번지'라고 하는 까닭은 무엇일까? 시인은 가정의 행복을 액면 그대로 받아들이지 않는다. 사회적인 관점에서 가정이야말로 사회를 위한 절대적 요소임은 물론이다. 노동력을 생산하는 가정이 없다면, 그리고 사회를 유지시켜줄 재원(財源)을 각 가정이 내놓지 않는다면 사회는 무슨 수로 굴러가겠는가. 사회의 문화를 운영하는 데에 있어 가정이라는 단위체가 없다면 사회의 통제는 가능키나 하겠는가. 이 점들은 가정이 구성원들의 정서적 만족 이외에 전략적 차원에서 얼마나 중요한가를 상기시킨다.

　그러나 역으로 이러한 중요성들은 가정을 유지하기 위해 사회가 세울 수 있는 전략들이 어느 정도인지를 암시하기도 한다. 실제로 우리 사회에서 권장되고 있듯 가정을 결속시키는 데 필요한 법적, 관습적 규제들은 치밀하다 못해 숨이 막힐 정도이다. 이러한 억압들은 특히 여성에게 가해진다. 여성에게 부과되는 출산과 육아, 가사 노동, 남편 내조 및 시부모 봉양, 경제적 자립 기회의 박탈과 사회로부터의 소외, 가정 내에서의 지위, 나아가 성의 억압 등의 문제는 문명과 가족 제도의 시작 이래로 지금까지 변하지 않는 여성 삶의 조건이자 굴레에 해당된다. 수천 년간 이들 문제는 가정의 숭고함이라는 아름다운 '빛'에 가려진 그늘이 되어 왔고 이 그늘 속에서 여성들은 헤아릴 수 없는 고통과 '인내'의 삶을 살아온 것이다. 여기에는 가정이란 '스위트 홈'이 되어야 하며 또한 '지상의 천국'이 되어야 한다는 이념, 여성은 가정을 떠나 사회적으로 존립할 수 없다는 이데올로기가 가로놓여 있다.

가족제도를 둘러싼 여성의 억압이 그러한데도 특별히 페미니즘을 말하지 않는 한 여성 시인들이 이들 문제를 거론하는 경우는 극히 드물다. 그렇다고 문정희에게 페미니스트라 이름 붙이고 그녀를 그러한 사상가의 코드로 재단하는 것 또한 어울리지 않는다. 다만 우리는 문정희가 세상의 모든 부면들을 치열하게 탐색해가며 그것들과 맞서는 이임을, 따라서 세상의 모든 총체적 부면들은 시인의 시선 앞에 그 본질을 속속들이 드러내게 됨을 확인할 따름이다. 다름 아니라 문정희 시인은 세상을 향해 끊임없이 나아가는 '문(門)'인 것이다.

2. 유자효의 『여행의 끝』

유자효 시인이 열 번째 시집 『여행의 끝』을 상재했다. 이 시집은 시인에게 두 가지 측면에서 의미가 있다. 하나는 회갑과 동시에 이 시집이 나왔다는 것, 다른 하나는 방송인의 삶을 접는 시점에서 이 시집이 출판되었다는 것이다. 그런데 이 두 가지 계기는 한 인간으로서의 자기 정립이나 자기성찰의 의미를 갖는 것이기에 매우 특별한 것이라 할 수 있다. 시인 역시 머리말에서 이 시집이 갖는 특별한 의미를 말하고 있는 바, "나는 회갑을 맞이했고, 그동안 살아온 60년은 교육받은 27년과 사회적으로 활동한 33년이었으며, 이제 30여 년의 여행을 끝내고 나의 내면으로 관심과 시선을 옮기려” 한다고 했다. 또 그 연장선에서 시집의 제목을 '여행의 끝'으로 붙였다고도 했다. 시인이 말한 의미를 충실히 되살려 보면, 이 시집이 함의하고 있는 뜻은 다음 두 가지로 모아진다고 할 수 있을 것이다. 하나는 '30여 년의 여행 끝에 탐색한 시인의 내면으로의 관심과 시선'에 관한 것이고, 다른 하나는 그가 그러한 내면에의 탐색의 결과, 곧 그 '여행의 끝'에서 얻어낸 것은 무엇인가에 대한 것이다.

자신의 시가 지향하는 근본 동기가 내면에 있다고 한 것처럼, 『여행의 끝』에서 읽을 수 있는 주제들은 성찰이나 반성적 사유 같은 소위 '내부의 문제'들이 중점적으로 다루어지고 있다. 그러한 문제들 가운데 가장 극점에 위치하는 것은 아마도 자기 자신에 관한 것이 아닐까 한다.

매미야 매미야
너는 자꾸 울어쌓고
지루한 한여름
해는 기울지 않고
헐떡이며
숨 헐떡이며
돌아온
안타까운 날
흐르는 땀 속에
눈물처럼 떠오르는
"아, 잘못 살았구나"
매미야 매미야
너는 자꾸 울어쌓고

—유자효, 「여름」 전문

　이러한 철저한 자기인식은 일반화된 담론을 뛰어넘는다. 가령, 평화나 사랑, 용서와 같은 거대 담론과는 차원이 다른 경우이다. 이를 바꾸어 말하면, 매우 소소한 구체성의 담론이라 할 수 있겠는데, 그만큼 시의 진정성 내지 진솔성이 짙게 묻어나온다. 반성이란 구체성과 불가분의 관계에 있는 것이다. 시인의 시들이 형이상학적인 어떤 담론이나 난해한 영역과 거리를 두고 있는 것도 이와 밀접한 관련이 있다. 그렇기에 시인의 시는 소소하면서도 깊고 난해하지 않으면서도 사유의 넓이가 있다.

　시인은 자신의 삶을 정리한다는 뜻에서 이 시집의 제목을 '여행의 끝'이라고 했다. 통상 '끝'이라고 하면 어떤 종착점에 이른 상태를 지칭하는 것이어서, 그로부터 어떤 역동성이 쉽게 감지되지 않는다. 종점이란 더 이상 갈 곳이 없는 까닭이다. 그러나 유자효 시인의 '끝'은 통상의 그러한 개념들을 위반하는데서 출발한다. 그에게 여행은 '끝'이 아니라 그 시작에 해당하기 때문이다. "아, 잘못 살았구나."라는 반성적 사유는 그러한 대항적 상태의 지향 없이는 성립하지 않는다. 그렇기에 이를 추동해 나가는 강한 힘이 느껴진다. 그러한 힘들은 "사랑한다면서 아프게 하고/ 사랑한다면서 울리고/ 사랑한다면서 괴롭히는/ 사랑의 실체는 무엇입니까"(「사랑의 실체」)하는 의문으로 나아가기도 하고, "자식은 부모 가슴에 못을 박는다/ (― ― ―)/ 그 못이 삭아갈 때쯤 자식의자식이 다시 못을 박는"(「못」) 경험적 실체로 나타나기도 한다. 뿐만 아니라 "아직도 무뎌지지 않는 칼끝/ (― ― ―)/ 아직도 제대로 감추지 못하다니"(「칼」)라는 구도적 자세로 구현되기도 한다. 내면에 대한 이러한 성찰은 "60년 동안/ 시는 나의 변명이었고/ 위장이었다"(「고백」)는 자기 고백의 결과이다. 이러한 진솔한 고백이 있기에 그의 시들은 진정성이 있다. 삶에 대한, 인생에 대한 진정성 말이다.

그리고 다른 하나는 '여행의 끝'에서 얻은, 혹은 '여행의 끝'에 도달한 그의 행로는 무엇인가 하는 점이다. 자기반성이란 통상 어긋남에서 비롯된다. 반성이 완전한 모양새를 갖추기 위해서는 본연의 모습을 찾아내서 회복해야 한다. 어긋나기 전의 모양으로 되돌아가는 것인데, 시인은 내면에의 성찰과 반성을 통해서 그 본연의 모습에 대한 밑그림을 이 시집에서 어느 정도 암시해준다. 있는 본연 그대로의 모습, 삶의 원형질에 대한 그림이 바로 그것이다.

> 도약
> 다시 도약
> 끊임없는 시도
> 떼지어 줄지어
> 몸이 으깨어지는 시도 뒤에
> 마침내 폭포 위로 뛰어오른 연어는
> 알을 낳고 사정하고 이내 죽는다
> 알에서 깨어난 새끼는
> 부모를 먹고 자란다
>
> 저 거룩한 본능

—유자효, 「연어」 전문

연어의 모천회귀나 그것의 생존본능에 관한 것은 대단히 일반화된 관념이고 사실이다. 따라서 이러한 담론 밑에 숨겨진 함의에 대해서 어떤 의미부여를 하는 것은 부질없는 일일지도 모르겠다. 그럼에도 시인의 경우에는 이러한 영역이 매우 낯설고 소중해 보인다. 그것은 본연의 상태, 삶의 원형질에 대해서 시인이 그냥 '뛰어 넘어 들어온 것'이 아니라 '연어가 꾸준히 힘차게 포기하지 않고 거슬러' 왔듯이 그렇게 올라왔기 때문이다. 따라서 근원에 대한, 본능에 대한 시인의 회귀의지는 진지하고 성스러워 보인다. 또한 대단히 가열차다. 시인이 일반화되고 통상적으로 알려진 지상의 낙원보다 자신의 집을 더 낙원화시킨다거나(「샹그릴라」) "돌아갈 고향이 있는 자들은 행복"(「몽골」)하다고 발언하는 것도 여기에 그 원인이 있다.

시인의 여행은 끝이 아니고 이제부터 시작이다. 내면으로 옮아온 시선이 뿌리내리고 자라서 이제 더 큰 줄기로 뻗어 나올 것이다. 그 일단이 본능에 대한 그리움, 삶의 원형질에 대한 그리움이다. 훼손되지 않는 삶의 뿌리들에 대한 그의 여정들이 기대되는 것도 이 때문이다.

3. 이시영의 『우리의 죽은 자들을 위해』

모더니즘의 정신사를 드러내는 데 가장 흔한 것 가운데 하나가 모자이크 기법이다. 그것은 일명 콜라주라고 알려진, 프랑스 아방가르드 계열의 시인들이 쓰던 시적 의장이다. 현대의 분열된 모순을 여러 국면에서 보여주는 데 이 의장만큼 효과적인 것도 없어서 대부분의 모더니스트들이 이 방법을 즐겨 사용한 것은 잘 알려진 일이다. 그런데 관념을 충실히 대변해 보이는 이 방법도 그 정신사를 꼼꼼히 꿰뚫고 들어가 보면 현실적 토대 위에 아주 굳건히 뿌리를 내리고 있음을 알게 된다. 그렇기에 있는 그대로의 사실을 이 방법만큼 적나라하게 잘 보여주는 것도 없다고 판단된다.

이시영의 시세계는 모더니즘이라든가 그 정신적 뿌리라 할 수 있는 분열된 자의식의 세계와는 거리가 멀다. 이전 시집도 그러했지만, 지금 말하려고 하는 『우리의 죽은 자들을 위해』에서도 그러한 세계관을 읽어내는 것은 거의 불가능하다. 그럼에도 모더니즘의 시적 의장을 여기서 언 표화한 것은 이번 시집에서 선보인 시인의 담화법이 모더니즘의 시적 의 장과 어느 정도 닮아 있기 때문이다. 시인의 그러한 시적 전략은 시집의 말미에 붙여진 '시인의 말'에서도 쉽게 확인할 수 있는데, 가령 시인은 "이 시집엔 다른 분의 글이나 기사에서 인용한 것들이 많다. 때론 한 줄 의 기사가 그 숱한 '가공된 진실'보다 더 시다웠다"로 분명히 말하고 있 는 것이다. '가공된 진실'이 아니라 '실재하는 진실'이 시를 직조해내는 데 더 시답기 때문에, 이를 방법적으로 원용하고 있다는 것이다. 실상 '실재하는 진실'을 드러내기 위해서 '객관화된 근거'만큼 좋은 예도 드물 것이다. 그렇기에 『우리의 죽은 자들을 위해』에서는 서정적 자아의 역할 과 기능이 현저하게 축소되어 나타난다. 서정시가 자아의 독립적 표현이 나 자기 고백의 목소리가 강한 장르라는 통상의 관념은 이시영의 이번 시집에서는 거의 적용되지 않는다.

이시영의 『우리의 죽은 자들을 위해』에서 서정적 자아의 소멸은 크게 두 가지 각도에서 이루어진다. 하나가 통사법에서 이루어지는 것이라면, 다른 하나는 객관화된 사건이나 담론의 제시를 통해서 성취된다. 그의 시에서 종결어들은 흔히 "~있었다", "~닮았다", "~이었다"에서 보듯 단정형이거나 과거형, 혹은 사실제시형으로 나타난다. 이는 추측이나 정 서의 표현과는 거리가 먼 것이다. 이렇게 되면 서정적 자아와 대상은 합 일되지 않고 일정한 거리를 두게 된다. 두 번째는 객관화된 사건이나 사 실제시 등과 같은 것이 시로 되는 경우이다. 가령, 그의 시에서는 풍경묘 사(「잔양」)가 있는가 하면, 소설적 담론 제시(「우리의 죽은 자들을 위해」)도 있 다. 이뿐 아니고 방송 인터뷰(「카길중학교에서」)가 시화되는가 하면, 타인의 칼럼(「고 박홍주대령」)이 있기도 하고, 사건이 직접 제시(「친견」)되어 시가 만들어지기도 한다. 독자들은 이러한 담론이나 사건 등을 엿듣게 됨으로써 어떤 암시를 받거나 행간을 읽어낼 수 있을 뿐이다. 어떤 암시나 행간들을 읽어낼 수 있을까.

> 달라이 라마께서 인도의 다람살라에서 중국의 한 감옥에서 풀려난 티베트 승려를 친견했을 때의 일이라고 한다. 그동안 얼마나 고생이 심했느냐는 물음에 승려가 잔잔한 미소를 띠며 대답했다고 한다. "하마터면 저들을 미워할 뻔했습니다그려!" 그러곤 무릎 위에 올려놓은 승려의 두 손이 가만히 떨렸다.
>
> — 이시영, 「친견」 전문

인용시는 시인의 표현대로 '가공된 진실'이 아니다. 실재하는 사실을 바탕으로 쓰인 시이다. 시인은 여기서 아무런 주장을 하지 않기 때문에, 서정적 자아의 어떤 호소나 정서적 감각을 찾아내기란 쉽지 않다. 현실에 뿌리를 두고 있는 시들에서 인식 주체가 감각되지 않을 경우, 부정적 현실에 대해 추동해나갈 힘들이 떨어지는 것이 사실이다. 그럼에도 인용시에서 현실에의 유효성 여부를 묻는 것은 우문에 불과하다. 주장이 아니라 제시를 통해서도 현실의 본질에 육박할 수 있는 방법은 가능하기 때문이다.

「친견」에서 읽을 수 있는 행간은 '사랑과 용서' 정도일 것이다. 물론 그러한 감수성들은 개인들 사이의 실존적인 자기 결단에서 오는 것일 수도 있고, 집단 간의 이해관계에서 오는 것일 수도 있다. 그러나 어떤 것이든 이시영의 시가 지향하는 그러한 감수성들은 결코 개인 간의 소소한 문제로 한정되지 않는다는 점이다. 시인은 그러한 영역을 외연적으로 확대시켜나감으로써, 시의 폭과 넓이를 확보해나가는데, 시인의 시가 의미

있는 것은 아마도 이 때문일 것이다. 그러한 감각은 "가족 간은 사랑"(「고향」)에서 시작하여, "동료애와 인간애"(「하싼」), 그리고 "범지구적 사랑"(「석유문명의 붕괴」)으로까지 다양하게 변주되어 나타난다.

> 어렸을 적 방아다리에 꼴 베러 나갔다가 꼴은 못 베고 손가락만 베어 선혈이 뚝뚝 듣는 왼손 검지 손가락을 콩잎으로 감싸쥐고 뛰어오는데 아버지처럼 젊은 들이 우렁우렁한 목소리로 다가서며 말했다. "괜찮다 아가 우지 마라! 괜찮다 아가 우지 마라!" 그 뒤로 나는 들에서 제일 훌륭한 풀꾼이 되었다.
>
> ─이시영, 「풀꾼」 전문

이러한 사랑들은 「풀꾼」에 이르면, 자연과 인간의 궁극적 조화의 상태에 이르게 된다. 자연과 인간의 조화라는 시인의 내포는 거의 주술적 차원에 가깝긴해도 그 끝없는 조화와 사랑에 대한 의지만은 아무리 강조해도 지나치지 않을 것으로 판단된다.

이시영의 시들은 무엇에 대해 항변하거나 주장하지 않는다. 시인은 어떤 '사실'이나 '사건', '담론' 등을 통해서 독자로 하여금 은근히 알게 하고, 행간을 읽도록 하는 독특한 시적 방법을 구사한다. 시인은 '실재하는 진실'을 매개로 시를 직조해내기 위해 그의 세계관으로부터 저 멀리에 떨어져 있는 모자이크 기법을 일정 정도 차용했다. 그러나 여기서의 모자이크 기법은 모더니스트들처럼 의미론적 불연속을 위한 것이 아니다. '있는 진실'을 매개로 시적 진정성을 알리기 위한 방법으로 차용하고 있을 뿐이다. 그러한 까닭에 그의 시에서 서정적 자아는 거의 감각되지 않으며, 독자는 다만 그 행간을 암시받을 뿐이다.

그러한 암시들은 거칠게 보면, 사랑과 조화에 바탕을 둔, 삶의 공존과 같은 사유들이다. 인간들의 공존, 자연과 인간의 공존, 세계의 공존 등이다. 공존이란 서로의 존재를 위한 어울림이고 가장 일반화된 담론으로 말하면 평화와 같은 것이다. 시인이 아마도 가장 염두에 둔 것 역시 조화와 사랑이 가능한 평화의지가 아니었을까. 이렇게 판단하는 근거는 평화를 강조한 시편들에서 그의 서정적 자아가 가장 확연한 모습으로 나타나기 때문이다. 거의 감각되지 않던 시인의 서정적 자아가 아래의 시에서만큼은 아주 강하게 느껴지는 이유도 여기에 그 원인이 있는 것은 아닐까.

> 내가 만약 바람이라면
> 세상에서 가장 부드러운 미풍이 되어
> 저 아기다람쥐의 졸리운 낮잠을 깨우지 않으리
>
> —이시영, 「평화」 전문

'바람'이미지의 변증법적인 승화로서의 시

이은봉론

시를 읽을 때마다 항상 떠오르는 문제 가운데 하나는 시의 존재 이유에 대해서이다. 시의 정의와 그 존재 이유는 물론이고, 시에 반영된 삶의 양태들이란 무엇이고, 철학적 사유의 깊이는 무엇인가가 언제나 머릿속에서 해결되지 않는 난수표처럼 괴롭히는 것이다. 이러한 의문들은 시의 본질과 상관되는 것이어서, 문학관이나 세계관에 의해서 좌우될 성질의 것이기도 하다. 문학에 관한 가장 원초적인 질문이 그 정의에 있는 만큼 여기서 시나 문학에 대해 어떤 규정을 내리는 일은 우문에 속할 것이다. 다만 시가 만들어지고 생산되는 일은 어느 하나의 계기에서가 아니라 여러 주변적인 여건들의 복합에 의해서 가능하다는 점이다. 곧 인접한 사회적 상황이나 환경이 시를 만들어내는 가장 중요한 일차적인 요건이라는 사실이다.

그렇다고 사회적 의미를 많이 담아낸 기능적인 시들이 반드시 좋다는 뜻은 아니다. 시란 그 본질상 개인의 영역과 주관적인 정서에 의해 만들어지는 것인 만큼 사회적 영역으로 무한히 뻗어나가는 일은 불가능하기 때문이다. 주관적 정서가 지나치게 표현된 작품도 좋은 시라 볼 수 없지만, 객관적 정서에 너무 치우친 작품도 좋은 시라고 할 수 없다. 문제는 균형 감각이다. 어느 하나로 현저하게 기울어지지 않는 감각. 이 감각을 어떻게 잘 유지하느냐에 따라 문학사적으로 의미 있는 시의 생산 여부가 결정된다. 존재론적인 의미나 삶의 복합적 모습들을 담은 시들이 그렇지 않은 시들보다 많은 정서적 효과를 불러오는 것도 이와 관련이 깊다. 가령 서경을 읊은 시라든가 이미지가 산만하게 나열된 시, 언어의 유희에 바탕을 둔 시보다는 심혼을 읊은 시나 존재론적 깊이를 보여준 시들이 훨씬 정서의 폭을 넓게 해준다. 시가 단형의 형식을 지향하긴 하지만, 그 형식적 한계에 비하여 많은 철학적 사유를 담아내는 이유도 여기에 있다.

이은봉은 우리 시대에 보기 드문 이야기꾼이다. 그런데 이야기의 보따리가 많다고 해서 그를 서사적 산문을 지향하는 시인으로 오해해서는 안 된다는 점이다. 이은봉의 시에 인접한 사회적 삶들이 많이 담겨져 있는 것은 사실이다. 이는 시인의 문학관에서 오는 것일 수도 있고, 그가 평소 지향해왔던 세계관에서 오는 것일 수도 있다. 그러나 그것이 어떤 것이었든 간에 그의 시에서는 지루함이라든가 주관의 나열과 같은 비시적(非詩的) 특성이 크게 느껴지지 않는다. 이러한 시적 특징들은 시인의 시가 개인적 고립주의에서가 아니라, 생활 속에서 얻어지고 있기 때문이다. 그러한 까닭에 그의 시를 읽으면 재미가 있고 또한 시를 읽는 참 즐거움이 느껴진다.

이은봉의 시에서 각인되는 이러한 재미는 어디서 오는 것일까. 이은봉은 자신의 작품에서 생활을 포기하거나 방기한 적이 없다. 그의 시는 언제나 생활 속에 묻어 있었고, 또 생활 속에서 길러져 왔다. 말하자면 인접한 사회적 상황 속에서 이은봉은 시를 생산해 왔고 의미화했던 것이다. 그러나 시인의 시에서는 그러한 작품들에서 흔히 볼 수 있는 언어의 도구화라든가 관념화라든가 하는 등의 냄새가 전혀 나지 않는다. 시인은 언어를 기능화시키지 않고 정서의 깊이를 담아내는 등 시인으로서의 임무를 결코 잊은 적이 없기 때문이다. 그러한 사례들을 그의 시들이 단적으로 보여주고 있지 않은가.

매미가 베란다 밖 방충망에 붙어서 운다
어제그제 허물 벗어 마음 급한 수매미겠지
만해마을로, 백담사로, 속초로……
사나흘 넘게 사람들 섬기다가
겨우 돌아온 집이다 온갖 행사들 치르느라고
너무 지쳐버린 탓일까
읽던 문예지 끌어안은 채 그만 잠에 빠진다
신혼 무렵 원고료 대신 받은
고물 선풍기 아직도 잘 돌고 있잖은가
꿈속에서도 이번 세상
그런대로 괜찮지, 괜찮지 자꾸 되물어 본다
온갖 높은 마음 다 버려버린 뒤
묵언정진으로 얻은 것
너무 많지, 너무 많지 다짐해 본다
선풍기 바람 너무 뜨거워 거듭 눈 뜨는 한낮
견디기 너무 힘든 마음
자꾸 에어컨 쪽으로 발 뻗는다
매미는 아예 베란다 안 방충망에 붙어서 운다
어제그제 허물 벗어 마음 급한 암매미겠지.

—이은봉, 「낮잠」 전문

「낮잠」은 일상의 생활들이 이은봉의 시 속에서 어떻게 의미화되는가를 잘 보여주고 있는 작품이다. 시의 표현대로 '매미가 베란다 밖 방충망에 붙어서 우'는 행위는 지극히 일상적인 일이다. 게다가 '시인이 만해마을로, 백담사로, 속초로…… 사나흘 넘게 사람들 섬기다가' 지쳐서 집에 돌아와 자는 행위 역시 일상적이고 '신혼 무렵 원고료 대신 받은/ 고물 선풍기' 역시 생활 속에 바탕을 둔 것이다. 이렇듯 이은봉의 시는 생활 속에서 길러지고 생산되고 있지만, 전혀 서사적이라든가 설명적이라든가 하는 느낌이 들지 않는다. 이를 긍정적 시각에서 보면 열려있는 것이고 비관념화된 것이라 말할 수 있을 것이다. 물론 이러한 시적 특징이 시 일반의 전반적인 속성이라고는 말할 수 없다. 시에는 시 나름의 고유한 영역이 있는 까닭이다. 이은봉의 시는 생활 속에서 직조되고 있지만, 이를 넘어서는 다른 무엇이 있다.

나는 그것을 '생활 속에서 얻어진 존재의 의미'라고 부르고 싶다. 물론 생활 속에서 얻어지는 모든 것들이 곧바로 시가 되는 것은 아니다. 그것이 시가 되려면 시적 의장이라는 가면을 써야 한다. 이은봉의 시적 특성이 돋보이는 부분도 바로 여기에 있다. 그는 시의 장치로서 비유라든가 퍼소나를 아주 잘 이용한다. 시인은 그 퍼소나를 통해서 산문적 함정을 비껴가는 것은 물론이거니와 존재의 의미에까지 육박해 들어간다.

「낮잠」에는 두 종류의 퍼소나가 있다. 하나가 매미라면, 다른 하나는 일상의 삶을 반성하는 서정적 자아이다. 그런데 실상 이 둘은 결국 하나이기도 하다. '매미'란 무엇인가. 나는 그것의 상징적 의미를 욕망이라 부르고 싶다. 특히 '매미'는 '무당', '뱀'과 함께 욕망의 3대 표상이 아닌가 한다. 미친 듯이 춤을 추어대는 '무당'과 날름거리는 '뱀'의 혓바닥, 그리고 여름철 끊임없이 울어대는 '매미'야말로 무한한 정열과 욕망의 상징이 아니겠는가. 시인은 창문가에서 끊임없이 울어대는 매미의 울음 속에서, 곧 욕망과 정열의 틀 속에서 '온갖 높은 마음을 다' 버리는 고행을 수행한다. 그러면서 시인은 '신혼무렵' 받은 고물 선풍기를 쐬면서 꿈 속에서나마 '이번 세상/ 그런대로 괜찮지, 괜찮지 자꾸 되묻'는다. 다른 한편으로는 계속 솟구치는, '매미'의 울음으로 표상되는 욕망에의 정열을 내밀화한 채 말이다. '숫매미'와 '암매미'의 교묘한 수미쌍관적 배치가 빚어내는 음양의 조화와, 그 음양이 파생시키는 욕망, 그리고 억제. 이 얼마나 멋들어진 긴장이며 훌륭한 가락인가.

제가 바람인지 모르는 바람이 있다
정오가 가까워질 때까지 질펀하게 그는 퍼져 잔다
잠들어 있으면 허공에 떠 있는
독수리처럼 고요한 바람
공허가 무엇인지 체험하고 있는 걸까
죽음이 무엇인지 깨닫고 있는 걸까
마른 수건처럼 구겨진 채
침대 위 함부로 팽개쳐져 있는 바람
극장식 커튼이 내려져 있는
어두운 방에 그는 지금 유폐되어 있다
제가 바람인지 모르기 때문일까
때 절은 베개에 얼굴을 묻은 채
시간 밖의 시간에 그는 취해 있다
존재하지 않는 공간에서 살고 싶기 때문일까
아무렇게나 널브러져 있는 바람의 몸이 차다
머리와 가슴과 손과 배와
허벅지와 종아리와 발바닥이 차다
여기저기 푸른 정맥을 드러낸 채
세상 밖의 세상을 살고 있는 바람

쉰이 넘도록 제가 누구인지 모르는 철부지 바람이 있다.

—이은봉, 「제가 누구인지 모르는 바람」 전문

　인용시에서 시인은 자신을 '바람'에 비유했다. 시의 퍼소나가 곧 바람인 셈이다. '바람'이라는 소재 역시 '매미' 등과 마찬가지로 생활의 일부이다. 시인은 이 생활 속의 소재를 가지고 자신을 비유하고, 거기서 존재의 의미를 파악해낸다. 이러한 점에서 인용시는 「낮잠」과 비슷한 상상력을 보여주고 있다고 하겠다.

　우선 시인은 자신을 '바람'이라 규정해 놓고, 그 스스로를 '바람'인가 아닌가에 대해 자문한다. 그런데 이러한 문답의 형식들은 그리 낯선 차원에 놓이지 않는다. '나'가 누구인지, 그 존재와 이름을 설명하고 규정하기란 매우 어려운 것이긴 하지만 늘 던져 왔던 질문이기 때문이다. 가령 포스트모던적인 사고를 가진 이 시대에 '나'에 대한 반성적 질문이야말로 가장 일반화된 의문 형식 가운데 하나일 것이다. 도대체 '내'가 누구인지 몰라서 끊임없는 자기회의와 의문을 던지는 시대에 "제가 바람인지 모르는 바람이 있다"라는 인식은, 따라서 매우 자연스러워 보인다. 그럼에도 이 시에서 보이는 '나'에 대한 자기규정의 방식이나 '나'에 대한 성찰의 방식들은 「낮잠」보다는 상당히 구체화되어 있다. "제가 바람인지 모르는 바람"으로 '나'를 객관화시키는가 하면, "정오가 가까워질 때까지 질펀하게 자는 그"로 거리화시키면서 보다 분명한 '나'의 이미지를 만들어내고 있기 때문이다.

　「낮잠」의 경우, '매미'와 '꿈'이 빚어내는 정열과 몽상의 역동적 이미지가 이 작품을 이끌어가는 힘이었다면, 「제가 누구인지 모르는 바람」의 경우 역시 그러한 역동성에 의해 이끌려진다. 가령 '바람'의 이미지와

'바람' 이미지의 변증법적인 승화로서의 시　**235**

'잠'의 이미지가 빚어내는 역동성이 바로 그러하다. 시인은 이 작품에서 자신을 '바람'이라 비유해 놓고, 다른 한편으로는 '잠이 든 존재'로 규정해 놓고 있다. 이 두 이미지는 매우 상반되면서 두 가지 다른 특성을 가지고 있다. 물리적 이미지와 심리적 이미지가 바로 그러하다. 우선 물리적 특성을 보면, '바람'은 흔들림이나 떠돎과 같은 유동성을 그 특징으로 한다. 반면 '잠'은 고요나 정지와 같은 비유동적 속성을 갖고 있다. 따라서 이 두 이미지 사이에서는 흔들림과 정지라는 긴장 속에서 미묘한 역동성이 느껴지는 것이다. 여기에 심리적 이미지가 더해진다. '바람'은 움직인다는 물리적 속성 이외에도 허영과 같은 욕망의 이미지가 내재되어 있다. 반면 '잠'은 경우에 따라서는 비욕망의 이미지이면서 죽음의 이미지가 되기도 한다. 이 역시 갈등하는 욕망들의 멋들어진 조화가 아닐 수 없다. 이 작품은 이러한 긴장들이 더해지면서 그 의미가 더욱 배가되는 경우이다.

> 구름이었으면 좋겠네
> 쓰고 싶은 모자를 쓰고
> 입고 싶은 바지를 입고
> 바람 불면 휙 떠났다가
> 바람 불면 휙 돌아오는

—이은봉, 「구름이었으면」 부분

앞에서 이은봉 시인이 우리 시대의 훌륭한 이야기꾼이라고 했고 그의 그러한 시적 특성이 생활 속에서 길러진 것이라 했다. 그러한 가운데 그의 시들이 적절한 퍼소나를 가지면서 산문적인 위험으로부터 어느 정도 벗어나 있다고 했다. 실상 이번 이은봉 시인의 신작 소시집의 기본 특징이 여기에 있다고 해도 과언이 아닐 정도로 그의 시에서 퍼소나들은 확연한 모습을 띠고 나타난다. 그 가면들이 앞의 경우에서 보듯 다양한 모습으로 현상되긴 했지만, 아마도 그들 가운데 가장 중요한 것은 구름(바람)의 이미지가 아닌가 한다. 시인은 여러 작품들을 통해서 자기규정과 자기반성을 피드백 시스템처럼 오갔다. 그 가운데 시인이 도달한 것인 인용시의 경우처럼 '구름'(바람)이다.

물론 여기서의 '구름'이미지는 앞의 '바람'이미지와는 거리가 있다. 이 작품에서의 '구름'은 허영이나 욕망과는 무관한 것이다. 또한 앞의 시들에서 보였던 역동적 긴장관계로부터도 자유롭다. 이 작품의 '구름'이미지는 욕망이 거세된 상태라 할 수 있다. 작품에서 보듯 시인은 '구름'이 되었으면 좋겠다고 했다. 또한 "쓰고 싶은 모자를 쓰고/ 입고 싶은 바지를 입고/ 바람 불면 휙 떠났다가/ 바람 불면 휙 돌아오는" 그런 구름이었으면 한다고 했다. 얼마나 자유로워졌는가. 역동성도 사라졌고, 팽팽한 긴장관계도 '구름'의 이미지 하나로 통합되었다. 말하자면 욕망이 거세된 것이다. 아마도 시인이 희구하는 궁극적인 삶의 형태는 이렇듯 '구름'과 같은 비욕망적 사유였을 것이다.

돌, 달, 둘은 무겁다 덜 수 없다 무겁게 가라앉는다 바람, 부럼, 보람은 가볍다 덜 수 있다 솟구쳐오른다

바람은 돌을 바라고, 돌은 바람을 바란다 바람은 모여 구름이 되고, 구름은 부서져 물이 된다 돌은 부서져 모래가 되고, 모래는 부서져 흙이 된다 흙은 모여 금이 되고……

돌과 달 사이 둘이 있고, 바람과 보람 사이 부럼이 있다 돌과 바람 사이 불이 있고, 바람과 돌 사이 물이 있다

> 물이여 불이여 너희들 사이에서 흙이 태어난다 흙 속에서 돌이 태어
> 난다 돌이여 바람이여 너희들 사이에서 시가 태어난다 보아라 시는 금
> 이다, 반짝이는 보석이다.
>
> ─이은봉, 「돌과 바람의 시」 전문

이 작품은 시론시(詩論詩)이면서 이번 신작 소시집의 핵심이 되는 작품
이다. 시에 대한 탄생 배경이나 자신의 문학관이 배어 있는 시를 시론시
의 범주에 넣을 수 있다면, 이 작품은 그러한 성격에 매우 잘 들어맞는다
고 판단된다. 따라서 이 작품의 의미내용이야말로 이번 소시집의 기본 특
징뿐 아니라 시인의 문학관에 대한 방향성 역시 잘 일러준다 할 것이다.

이 작품의 기본 구도 역시 이분법적이다. '돌'과 '바람' 등이 직조해내
는 무거움과 가벼움이 그렇고, 솟구침과 내려앉음 또한 그러하다. 여기서
도 역동성내지 긴장이 느껴진다. 그럼에도 이 작품의 의미내용은 앞의
경우들과 달리 다분히 변증법적이다. 가령 2연을 보자. "바람은 돌을 바
라고, 돌은 바람을 바란다 바람은 모여 구름이 되고, 구름은 부서져 물이
된다 돌은 부서져 모래가 되고, 모래는 부서져 흙이 된다 흙은 모여 금이
되고……"에서 보듯, 바람(가벼운 것, 솟구치는 것)과 돌(무거운 것, 가라앉는
것)은 그 자체로 머물러 있지 않고, 몇 번의 질과 양의 변화를 겪는다. 그
런 다음 '바람'은 '물'이 되고, '돌'은 '금'이 된다. 이를 두고 질과 양의
변화에 의한 제3의 실체로의 탄생, 곧 정과 반의 인정투쟁을 통한 변증법
적인 승화의 논리로 설명할 수 있을 것이다. 그렇다면 시인은 왜 이러한
변화의 과정을 초현실적 연상 작용에 가까운 기법을 동원하여 설명하고
있는 것일까. 이에 대한 답이 이 작품의 핵심에 접근하는 것일 터이다.

그 궁극적인 귀결은 아마도 마지막 연이 아닌가 한다. 이 연을 보면,
"물이여 불이여 너희들 사이에서 흙이 태어난다 흙 속에서 돌이 태어난

다 돌이여 바람이여 너희들 사이에서 시가 태어난다 보아라 시는 금이다, 반짝이는 보석이다.”라고 했다. ‘물’과 ‘불’의 변증법적인 변화가 ‘흙’을 만들고 ‘돌’을 만든다고 했고, ‘돌’과 ‘바람’ 사이에서 ‘시’가 태어난다고 했다. 역시 질과 양의 변화를 거친, ‘흙’과 ‘돌’로의 탄생이고, ‘시’라는 실체의 탄생인 것이다. 이렇게 보면 이은봉 시인에게서의 ‘시’란 ‘바람’의 변증법적인 변화과정에서 태어난 것이 된다. 곧 ‘바람’은 이은봉 시인에게 있어 시의 씨앗인 셈이다.

앞에서 나는 ‘바람’이 시인의 작품에서 자기성찰의 매개 혹은 결과라고 했다. 역동적 긴장 관계 속에서 얻어진 삶의 과정으로서의 매개, 혹은 그 결실이 곧 바람의 이미지였던 것이다. 이은봉 시인에게 있어서 시란, 이 이미지의 변증법적인 승화로 해석하는 것도 크게 무리가 없어 보이는 것은 이 때문이리라.

생태적 담론으로서의 자연의 의미

임영조론

1. 언어의 꽃으로서의 서정시

임영조의 시들은 난해한 시적 의장이나 현란한 수사법을 가지고 있지 않다. 그렇다고 시의 내용이 시대를 앞서 있다거나 당대의 예민한 촉수들을 건드리고 있지도 않다. 어찌 보면 대단히 중립적이고 평범해 보인다고 할 수 있겠다. 이러한 그의 시들이 어떻게 문단의 주목을 이끌어내고, 시평론가들의 시선을 붙잡았을까. 이에 대한 물음이 임영조 시에 대한 올바른 접근일 터, 우선 나는 그것을 그의 성실성에서 찾고자 한다. 여기서의 성실성은 육체적 부지런함이 동반된 근면함과는 구분된다. 또한 꾸준히 시를 창작해내는 양적 풍부함과도 거리가 먼 것이라 하겠다.

잘 알려진 것처럼 임영조는 많은 시집을 상재하지 않았다. 등단 시기가 빠른 편도 아니었고, 무엇보다도 첫 시집이 매우 늦게 나온 것이다. 이러한 여건 때문에 임영조는 과작에 머물렀고, 그 연장선에서 자신만의 거대한 문학적 완성을 이루지 못하고 세상을 떠났다. 기발한 시의 형식이나 시대의 예민한 내용을 담아내든가 하여 문단의 주조로 우뚝 서지 못한 채 무대의 전면에서 사라진 것이다. 그럼에도 그의 문학적 유산들은 그의 사후에도 많은 관심이 되어 왔다. 저자의 퇴장과 더불어 그 문학적 자산들이 역사의 퇴적물로 전락하는 현실에 비추어 보면 이는 매우 예외적인 현상이라 할 수 있다. 나는 그 적층화로의 진행을 막은 것이 임영조의 성실성, 아니 그의 문학이 보여준 성실성이 아닌가 한다.

임영조는 어느 문학적 정파에 소속되는 것을 거부했다. 그리고 그는 시가 내용에 편중되거나 형식에 치우치는 창작 태도에도 관심을 두지 않았다. 시적 자아를 거칠게 압박해 들어오던 리얼리즘의 세례에도 임영조는 꿈쩍하지 않았고, 시의 은유를 파괴하고 이를 지나치게 남용하는 모더니즘의 세례에 대해서도 흔들리지 않았다. 그는 리얼리즘과 모더니즘의 양극단에서 어느 한쪽에 치우치지 않고 서정시의 흐름을 올곧게 지켜내었다. 이를 시의 또 다른 중요한 한 축이라 한다면, 임영조는 그 중심에 우뚝 서 있었던 것이다. 다음의 글은 문학에 대한 임영조의 그러한 입장을 대변해주고 있다.

나는 우리 시의 맥을 이어온 전통적 시를 서구 모더니즘의 난해성을 빙자하여 고의로 파괴하거나 비약이 지나친 메타포의 잦은 남용과 우회적 진술방법으로 자신을 기만하고 독자를 깔보는 투의 시를 멀리해 왔다.(중략)나는 내 시가 현실참여로 사회개혁에 이바지할 수 있다거나 우리네 삶의 방향을 거창하게 제시해주는 철학이나 사상적 메시지가 내포되길 강요하지 않았다. 다만 이 시대를 사는 모든 이웃과 함께 나누는 감흥과 아픔이며, 열정과 정서이며, 언어의 꽃이 되기를 소망하며 앞만 보고 걸어온 외길이었다

—임영조, 「늦깎이의 얼룩진 초상화」, 『시와시학』, 1993년 가을

임영조는 인용문에서 보듯 시의 유기적 구조를 파괴하는 모더니즘의 전략에도 거리를 두었고, 시가 사회적 테마의 도구가 되는 리얼리즘의 전략에도 거리를 두었다. 임영조가 관심을 두었던 것은 형식과 내용의 찬란함이 아니라 지금 여기의 일상이 반영된 언어의 꽃에 있었다. 형식의 화려한 치장이나 내용의 현란한 포장이 아니라 이웃과 살아 숨 쉬는 소박한 열정이 임영조 시의 근간이었던 셈이다. 시인의 이러한 소박한 열정은 문단을 이끌어가는 주도적 전략에의 관심이 아니라 인간들 사이에서 펼쳐지는 미세한 전략에의 관심으로 표명되기에 이른다. 그것이 곧 자신에 대한 면밀한 관찰과 반성, 그리고 이를 통한 대사회적 발언으로의 확대이다.

한국 시단에서 임영조만큼 자기성찰과 내면적 사유를 깊이 있게 천착한 시인을 찾는 것은 쉬운 일이 아니다. 그만큼 임영조는 자신의 내면을 누구보다도 진지하게, 그리고 면밀하게 탐색하고 관찰해 왔다. 나는 시인의 그러한 자세를 성실성으로 보고자 했던 것이고, 그것이 그의 시가 인구에 회자되는, 영원성으로 나아가는 회로라고 생각했던 것이다. 이것이 임영조 시의 우월성이자 매력이다.

2. 세속과 탈속의 길항관계

지금까지 임영조 시에 대해서는 크게 두 가지 관점으로 연구가 진행되었다. 하나가 임영조 시에 드러나는 소시민의 자아반성에 주목한 것이라면, 다른 하나는 그의 시에서 드러나는 자연이 주는 의미에 대해서이다. 전자가 욕망의 발산에 의한 통속의 차원이라면, 후자는 욕망의 억제라는 탈속의 차원이다. 임영조 시에서 이 두 가지 관념은 상호 길항관계를 이루면서 그의 시를 이끌어가는 역동성이 된다. 그러나 이들이 고유의 질

적 차별성을 지키면서 서로 넘나들 수 없는 경계를 형성하고 있는 것은
아니다. 상호 벌충하는 관계로 생각될 정도로 이들은 *끈끈한 점액질*로
엉겨있다고 보는 것이 옳을 듯하다. 이 둘 사이에 형성되는 줄다리기 혹
은 마주보기가 임영조 시의 힘이라 할 수 있다.

임영조는 스스로 고백하고 있는 것처럼 늦깎이 시인이다. 그런데 한발
뒤졌다는 시간적 절박감이 인간을 초조하게 만드는 것이 일반적 상식임
에도 불구하고 임영조는 오히려 이상할 정도로 차분한 면을 보여주었다.
타인에게는 볼 수 없는, 그만의 독특한 자의식적 가역반응이라 하지 않
을 수 없다.

① 나도 그 섬에 가고 싶다
　가서 동서남북 십리허에
　해골표지 그려진 금표비(禁標碑) 꽂고
　한 십 년 나를 씻어 말리고 싶다

　옷 벗고 마음 벗고
　다시 한 십 년
　볕으로 소금으로 절이고 나면
　나도 사람 냄새 싹 가신 등신(等神)
　눈으로 말하고
　귀로 웃는 달마(達磨)나 될까?

—임영조, 「고도를 위하여」 부분

② 청량한 가을볕에
　피를 말린다
　소슬한 바람으로
　살을 말린다
　(중략)

> 말리면 말린 만큼 편하고
> 비우면 비운 만큼 선명해지는
> 홀가분한 존재의 가벼움
> 성성한 백발이 더욱 빛나는
> 저 꼿꼿한 노후(老後)여!
> (중략)
> 그리하여 이 가을
> 볕으로 바람으로
> 피를 말린다
> 몸을 말린다
> 홀가분한 존재의 탈속을 위해.

— 임영조, 「갈대는 배후가 없다」 부분

인용시들은 임영조의 대표작일 뿐만 아니라 많은 사람들의 입에 오르 내리는 절창들이다. 이 시들은 시의 유기적 구조를 파괴하는 모더니즘의 경향도, 사회적 도구의 위험성이 있는 리얼리즘의 경향과도 거리가 멀다. 평소 시인이 피력했던 문학관처럼, 지금 여기의 일상이 반영된 언어의 꽃 으로 채색되어 있다. 뿐만 아니라 늦깎이라는 심리적 초조감이 아니라 인 생의 달관을 맛볼 수 있는 여유 있는 삶의 자세만이 표명되어 있다. 임영 조만이 가질 수 있는 성실한 자기성찰의 자세가 녹녹히 배어있는 것이다.

임영조의 시는 이렇듯 내부에의 응시에서 시작된다. 대사회적 발언이 나 현란한 형식미에의 치중에서가 아니라 그 대항적 담론으로서의 자기 성찰이 임영조 시가 갖는 일차적 함의이다. 임영조는 자기반성에 철저한 시인이었다. 이러한 자세가 그만이 갖는 독특한 솔직성이자 성실성이 아 니겠는가. 임영조는 그러한 자기반성을 인용시에서 보듯 두 가지 경로를 통해서 만들어간다. 첫 번째 경로는 시인 스스로 인간이라는 경계를 지

우는 행위를 통해서이다. 시인은 인간임을 인정하고 그 흔적을 없애려
한다. 물론 인간임을 인식한다는 것 자체가 어불성설이다. 존재 그 자체
가 인간이 아닌 경우는 없기 때문이다. 문제는 인간적인 것은 무엇이고
그 대타적인 것은 무엇인가 하는 데에 있을 것이다.

시 ①을 보면 인간적인 것이 무엇인가를 대번에 알게 된다. '사람냄새'
가 바로 그것이다. 그러나 이것이 딱히 무엇이라 규정해서 말한 만한 근
거는 이 시에 나타나 있지 않다. 다만 그 근저에 숨어 있는 것으로 유추해
보자면 그것은 자연이다. 임영조는 인간의 특색을, 인간이라는 존재를 자
연을 통해서 무화내지는 소멸시키려 하고 있다. 즉 자연으로의 회귀를 통
해서 나를 지우고, 인간이라는 경계를 지워서 자연과 하나 되는 존재로
만들어가려 하고 있는 것이다. 실상 모더니즘의 세례를 받은 세대에 비추
어보면 이러한 전략은 매우 고전적으로 비춰질지도 모른다. 그러한 시적
모색들은 이미 정지용이나 김광균에서 볼 수 있는 것이었고, 또 당대의
많은 모더니스트들에게서도 볼 수 있는 것이기 때문이다. 그럼에도 이것
이 의미 있는 것은 그 은유적 깊이 때문이 아닌가 한다. 여기서 '사람냄
새'란 문명이 은유화된 형태이다. 근대적 의미에서 자연은 개발의 논리와
분리시켜 생각할 수 없는 까닭이다. '사람냄새'를 지우는 것, 곧 문명의
냄새를 지워서 자연의 냄새로 승화시킬 줄 아는 이러한 시적 의장이야말
로 임영조 시인만의 득의의 영역이 아닌가. 그리고 그것이 임영조 시의
빼어남이 아닐까.

시 ①이 '인간의 탈속'을 통해 자연에 합일하려는 시인의 성실한 자세
가 드러난 작품이라면, 시 ②는 욕망의 제어를 통해 존재의 탈속을 이루
려는 시인의 자세가 잘 드러난 작품이다. "말리면 말린 만큼 편하고/ 비
우면 비운 만큼 선명해지는" "홀가분한 존재의 가벼움"이 궁극의 목표인

셈이다. 이는 자기수양에 관련된 문제일 뿐만 아니라 존재론적 숙명이라는 인간의 근원을 문제 삼고 있는 것이기도 하다. 똑같은 자기성찰이면서도 시 ①과 시 ②는 많은 점에서 차이가 난다. 하나가 사회적 의미망과 불가분의 관계가 있다면, 다른 하나는 이와 무관한 존재론적 특성과 관계되기 때문이다. 그러나 이런 차이에도 불구하고 이 두 작품들은 자연을 매개하고 있다는 공통점을 가지고 있다. '섬'과 '볕', '소금'이 그렇고, '청량한 가을볕'과 '소슬한 바람'이 또한 그러하지 않은가. 이런 관점에서 볼 때, 자연은 임영조 시의 틀을 규정하는 중요한 분기점이 된다. 그것은 그의 시에서 세상 안으로 들어오는 문과 세상 밖으로 나아가는 문의 경계에 해당되기 때문이다. 이를 다른 말로 하면 자연으로부터 분리되면 세속의 세계가 펼쳐지고, 자연과 합일하면 탈속의 세계가 펼쳐지는 것과 같다. 즉 탈속과 세속의 경계에 자연이라는 세계가 우뚝 솟아 있는 것이다. 임영조의 시에서 자기수양과 그 탈피의 과정들이 자연을 매개로 피드백화되는 이유가 바로 여기에 있을 것이다.

> 하늘 가장 가까운 영봉(靈峰)
> 고요한 명경(明鏡) 하나 품고 있을 뿐
> 저 홀로 고고한 민대머리다
> 맑고 찬 심연에 자신을 비춰
> 명성(名聲)을 지우고 제 육신을 허문다
> 누구도 감히 깃들 곳 없는
> 예가 바로 공(空) 일까?
> (중략)
> 세상과 먼 영산에 오르니
> 세상으로 내려갈 길밖에 없다.
>
> —임영조, 「백두산에 오르다」 부분

시인에게 탈속의 경지는 공(空)의 세계이다. 그것은 "명성을 지우고 육신을 허문" 자리에서 피어난다. 욕망의 억제가 만들어낸 세계, 그것이 세상을 초월한 경지이고, 공의 세계이다. 그리고 그 매개는 자연이다. 그런데 그 탈속의 극점에서 떨어져 나오게 되면, 곧바로 세속의 세계로 틈입하게 된다. "세상과 먼 영산에 올랐다"는, 세상과의 단절 혹은 간격을 인식하는 순간 시적 자아는 세속의 세계로 곧바로 넘어오게 된다. 그가 공에서 색으로 그 기울기가 흔들릴 때, "세상으로 내려갈 길 밖에 없다"로 인식하는 것은 바로 이 때문이라 할 수 있다. 이렇듯 자연은 시인에게 탈속과 세속을 넘나드는 경계에 놓여 있다. 그 양극단의 중심에서 임영조가 어느 곳으로 넘어갈 것인가는 순전히 실존적 고뇌와 자기수양에 관련되는 문제일 터이다.

3. 탈속된 자연의 몇 가지 의미

앞서 언급한 것처럼, 임영조 시를 떠받치고 있는 두 축은 자아성찰과 자연세계에의 탐닉이다. 그런데 임영조의 시에서 이 두 테마는 시세계의 변모 속에서 길러지는, 전혀 다른 차원의 세계가 아니라 동일한 차원의 문제라는 것이 필자의 판단이다. 임영조 시의 보증수표인 자아성찰의 문제는 자연과 분리될 수 없는 것이고, 그 자연에의 회귀 내지 기투가 시인의 마지막 종점에 해당되기 때문이다.

임영조는 자아를 자연의 일부러 인식하려는, 지난한 형이상학적 노력을 보여주었다. 나는 자연의 일부이고, 그 거대한 담론 속의 작은 이야기에 불과하다는 우주일원체나 우주공동체의 사유를 펼쳐나간 것이다. 임영조의 시에서 생태학적 담론이나 그 인식론적 사유를 간취하거나 엿볼 수 있는 근거도 여기에 있다. 그는 굳이 표 나지 않게, 또 빛나는 이론을 빌리지 않고도 현대 문학의 큰 줄기를 구성하고 있는 생태학적 사유를 이렇게 담담히 그리고 조용히 표현해 온 것이다.

> 소요하는 은자(隱者)의 처소로 남아
> 오랜 침묵으로 품(品)을 세울 뿐
> 어깨는 좁고 엉덩이만 큰 보살
> 도량이 워낙 넓고 깊으니
> 별의별 짐승까지 다 받아주는
> 이승의 마지막 대자대비여!
>
> —임영조, 「겨울산행」 부분

자신 속에 남아있는 비자연성을 스스로 탈각해나가면서 임영조가 도달한 세계는 이렇듯 자연이다. 물론 시인이 발견한 자연은 모더니즘 일반의 사유에서 발견되는 자연의 의미와는 어느 정도 거리를 두고 있는 경우이다. 소위 문명과 반문명의 대립 속에서 부각되는 자연이 아니라 자기수양의 극점에서 틈입해 들어오는 자연이기 때문이다. 그렇다고 임영조의 시에서 근대라든가 문명의 파탄과 같은, 근대성의 사유 속에 편입될 수 있는 담론들이 전혀 없는 것은 아니다. 가령, 시인이 "낯선 사람들이 구름같이 몰려와/ 원주민을 내쫓고 산과 들을 지웠다/ 그날 마을을 등진 까치 부부는/ 이 강산 어디로 가 깃을 쳤을까"(「까치집」)에서 보듯, 근대적 사유 구조 속에 편입된 인식의 틀들을 얼마든지 읽어낼 수 있기 때문이다.

그럼에도 임영조의 시에서 근대적 사유구조 속에 편입된 자아들은 지극히 제한적으로 나타난다. 문명의 잣대를 들이대기에는 인식의 폭과 사유의 틀이 매우 한정되어 있는 것이다. 그의 자연은 문명보다는 실존적 결단에 의한 탈속의 경지에 가깝다. 여러 평론가들이 지적한 것처럼, 임영조의 자연이 일상과 불가분의 관계로 현상되는 것은 바로 이 때문이 아닐까.

이 세상 무슨 말이
애무보다 진하고
간절할 수 있으랴

마주보면 볼수록 그리운 사람
사랑에 눈먼 내외가
지루한 외설처럼
온몸으로 칭칭 껴안고 돌자
삼삼칠 박자로 등꽃이 핀다

어화둥둥 내 사람
청사초롱 자잘하게 켜놓고
참을 수 없는 욕정의 덩굴손으로
어지러운 세월을 틀어올리는
저 낯뜨거운 일심동체여,

열락과 아픔이 함께 꼬이는
금슬지락의 격렬한 합궁(合宮)
몸을 엮고 사는 일이 그리 좋은지
낄낄낄낄 등꽃이 흐드러지고
문득 풍문처럼 퍼지는 향긋한 몸내
인근에 자자하다.

—임영조, 「등나무 아래서」 전문

　인용시는 꼬불꼬불 올라가는 등나무의 모습을 성적 이미지로 치환시킨 작품이다. 등나무의 성장과 그 교태로운 모습이 자연이라면, 성애는 인간의 일상에 가까운 것이다. 임영조의 시에서는 이렇게 일상과 자연이 결합되어 나타난다. 그는 대지 속에서 뿌리를 박고 공기를 흡입하면서 새의 노래를 음악으로 간주하여 청취하고 있다. 뿐만 아니라 자연의 주는 향기로 오염된 자신의 육체를 씻어내기까지 한다. 말하자면 임영조는 자연 속에서 호흡하고 숙면하고 먹고 마시는, 자연과 완전히 합일한 존재가 되고 있는 것이다. 그럼에도 임영조 시에서의 자연은 근대의 인식 틀에서 사유되는 자연이 아니다. 그보다는 일상적이고 실존적인 결단에 의해 길러지는 자연에 가깝다. 그의 자연들이 문명의 사유를 비껴가고 있는 까닭이다.

　욕망이 발산되는 곳에 세속이 있다면, 욕망이 제어되는 곳에 탈속이 있다. 임영조의 시에서 자연은 그러한 욕망이 제어될 때 탄생한다. 그러면 이렇게 탄생되는 자연의 의미란 과연 무엇일까. 이 물음에 대한 답이야말로 임영조 시세계의 본질에 닿을 것이다. 시 「등나무 아래서」는 우선 성적 이미지가 우리를 압도하고 현란케 한다. 격렬하고 뜨거운 사랑의 이미지, 참을 수 없는 욕망의 발산, 열락의 향연 등이 바로 그러하다. 실상 성으로 연상되는 이미지는 여러 가지가 있을 수 있다. 생산성과 쾌락성, 건강성과 자연성 등. 그런데 이 작품은 그러한 성적, 혹은 자연적 이미지를 일상으로부터 끌어오면서도 다시 일상을 위무하는 기제로 사용하고 있다는 점이 특이하다. 가령, "삼삼칠 박자"나 "어화둥둥 춤을 추는" 축제라든가, "어지러운 세월을 틀어올리는" 승화의 이미지, "몸을 엮고 사는" 공동체의 이미지가 바로 그러하다. 임영조는 자연을 단지 자연 그대로 놓아두는 신화적 이미지나 선험적 이미지로 남겨놓지 않고 이렇듯 일상의 갈등 등을 평정하는 시적 의장으로 승화시키고 있는 것이다. 이러한 자연관이야말로 근대적 인식구조에서 사유되는 자연과는 무관한, 임영조만의 고유한 자연일 것이다.

> 나도 보았다
> 태초에 신이 지상에 숨긴
> 신성한 자궁을 보아버렸다
> 이승에서 숨쉬는 생은 일체
> 관람불가! 접근근지!
> 아찔한 옹벽 빙 둘러치고
> 죄짓듯 가슴 두근 산정에 올라
> 멀거니 훔쳐본 건 거대한 표주박
> 퍼렇게 일렁이는 양수다
> 하늘을 희롱하는 청동거울 속
> 장엄하고 빛부신 경악이다
> 사방으로 힘껏 밀어올린 산봉들
> 한창 물오른 젖무덤 같다
> 눈오로만 만져도 금세 터질듯
> 차라리 눈을 감는다
>
> ─임영조, 「天池를 보다」 부분

이 작품은 시인이 천지를 보고 그 감흥을 노래한 시이다. 이 시의 자연도 앞의 경우와 마찬가지로 일상과 분리된 자연이 아니다. 즉 일상과 분리된 어떤 선험적 자연의 의미로서만 다가오지 않는다는 뜻이다. 우선 이 작품에는 자연과 완전히 합일되지 않는 '나'가 존재한다. 어찌 보면 나와 천지로 대변되는 자연은 분리되어 있다고 보는 편이 옳을지도 모르겠다. 완전무결하면서 우주의 섭리나 이법이 구현되는 자연과 그렇지 못한 인간적 자아가 이 작품에서는 이렇게 분리되어 나타난다. 자연에 기투하고 그 섭리나 이법에 동화하려는 욕망과 의지를 가진 작품들에서 흔히 볼 수 있는, 그러한 적극적인 자세를 가진 시적 자아를 여기서는 찾아 볼 수가 없는 것이다. 그런 측면에서 매우 예외적이라 하지 않을 수 없다. 가령 자기의 자아나 본질을 서서히 소멸시켜 가면서 자연에 동화하고자 했던 정지용의 「백록담」의 경우를 예로 들어보자. 이 작품에서 '시적 자아'는 백록담 정상으로 올라가면서 거의 감각되지 않는다. 실상 근대의 불안을 해소하고 자연과 합일하려는 자가 스스로에 대해 자각한다면, 자연과의 일체화된 사유란 불가능한 일이 아닌가.

반면 「천지를 보다」는 「백록담」의 경우와 매우 다르다. 여기서 '나'는 자연(천지)을 그냥 바라본다. 천지는 나의 의지와 욕망과 분리된 채, "태초에 신이 지상에 숨긴 신성한 자궁"으로 선험적인 그 어떤 것으로 남아 있다. 또한 천지는 태초의 그 어떤 현상이라는 선험성뿐 아니라 원형적 의미의 모성성 역시 가지고 있다. '자궁'이나 '양수' '젖무덤' 따위에서 보듯 대단히 여성화되어 있는 것이다. 자연에서 이러한 모성적 이미지를 읽어내는 것은 그리 어려운 일이 아니지만, 이 작품에서는 그러한 모성성조차도 대단히 신성화, 선험화되어 있다. 따라서 나와 천지 사이에는 "관람불가! 접근근지!"라는 금기어가 성립하게 된다. 이러한 금기의 이면에는 존재론적 미완성이라는 시적 자아의 결핍된 인식이 자리 잡고 있다. 존재론적 관점에서 보면, 인간이란 불구화된 존재가 아니던가. 시적 자아가 천지를 대면하면서 "죄짓듯 가슴 두근거리는" 심적 요동을 느끼는 것도 바로 이 때문이다.

자연과 일체화되지 못하는 임영조의 시적 방식은 매우 독특한 것이다. 그러나 그의 시들이 세속과 탈속의 경계에 서 있다는 점을 감안하면, 이는 어느 정도 수긍이 간다. 앞에서 그러한 경계에 자연이 놓여 있다고 했는데, 여기서도 동일한 논리가 적용된다. 임영조의 시에서 서정적 자아는 끊임없이 탐색하는 존재이다. 존재론적 완성을 이룬 자아도 아니고, 탈속의 완벽한 경지를 이룬 자아도 아니다. 그는 꾸준히 성실하게 자기를 탐색하고 반성하고 성찰할 따름이다. 그러한 성실성이 임영조 시의 진정한 매력이다.

4. 생태학적 국면으로서의 자연의 새로운 의미

임영조의 시들은 일상과 자아의 진지한 탐색에서 비롯되었고, 그러한 성실성이 그의 시의 매력이다. 또한 그러한 자아에의 탐색을 자연과 연결시켜 탈속의 경지라는 혜안도 제시해주었다. 세속과 탈속의 경계에 자연이 있었던 것인데, 임영조는 이 양 끝단에서 그것들이 갖는 의미망이 무엇인지를 올곧게 대변해주었다. 즉 우주공동체로서의 나의 의미 혹은 인간의 의미와, 그 일탈로서의 그것의 의미를 동시에 제시해 준 것이다.

임영조는 공동체로 편입되는, 곧 생명공동체는 편입되는, 그러한 인간의 숙명을 선험적 어떤 것에 대한 막연한 기투가 아니라 '인간냄새'로 표명되는, 욕망의 제어에 의해 가능하다는, 그 구체적인 방법론을 일러주었다. 우리 시대의 주조 가운데 하나인 생태학적 상상력이야말로 결국은 인간자신의 문제로 귀결된다는, 그 소중한 교훈을 임영조는 일깨워준 것이다.

경계 혹은 교차점이 주는 상상력의 힘

　일상적 관점에서 경계란 한 곳과 다른 곳이 만나는 지점을 가리킨다. 가령 나라와 나라 사이는 국경이라는 이름으로, 한 국가 내에서는 시계(市界)나 도계(道界)라는 이름으로 불리는 것이 경계이다. 그리고 경계는 가시적인 이런 유형(有形)의 형태뿐만 아니라 보이지 않는 관념 속에서도 존재한다. 흔히 상상력이라는 이름으로 직조되는 무형(無形)의 경계들이 바로 그러하다. 그렇다면 경계란 왜 가치가 있는 것이고 또 그것이 문학에서 갖는 의미는 무엇일까.

　우선 경계는 예민한 곳이라는 데 그 일차적 특색이 있다. 이곳엔 서로의 영역에 대해 쉽게 넘나들 수 있는 자유도 있지만 동화를 거부한다는 점에서 자유롭지 않은 구석도 있다. 소속과 반소속이 주는 팽팽한 긴장 관계라고나 할까. 그러하기에 이곳에는 긴장이 상존해 있고, 경우에 따라서는 감시의 눈길 또한 있을 수 있다.

경계가 이런 미종결의 상태라 한다면, 이는 문학의 기능적 관점을 설명하는 데 좋은 단서가 된다. 문학이란 다른 무엇보다도 열린 가능성을 지향하는 장르적 특성을 갖고 있기 때문이다. 경계란 하나의 지점이 끝나면서 다른 지점이 시작되는 곳이다. 그런데 한 지점의 끝이 곧바로 새로운 것의 시작을 알리는 것은 아니다. 가령 저 멀리 끊어진 오솔길을 상상해 보자. 혹은 반쯤 가려진 인간의 육체를 생각해보면 이는 금방 확인된다. 보이는 것보다는 보이지 않는 것에 대한 상상의 골이 더 깊은 것은 당연한 것이 아니겠는가. 무엇과 무엇 사이에서 오는 경계가 상상력을 촉발시키는 매개가 된다는 것은 이런 뜻에서이다.

따라서 상상력의 힘이 가장 발휘되는 것은 이 경계의 지점에서이다. 만약 그 경계를 넘어서게 되면, 관념보다는 현실이, 상상보다는 실재가 펼쳐지게 된다. 시인들은 이 경계의 넘나듦을 통해서 자신의 상상력을 실험하고 인식의 장을 펼치려고 한다. 비록 그것이 미정형의 어떤 것이라 해도 역동적인 힘에 있어서는 그 어떤 것보다도 강렬하기 때문이다. 그 경계 위에서 시인들은 이를 위반하거나 그렇지 않거나 하는 상상력의 나래를 펼친다. 경계를 침범함으로써 혹은 인정함으로써 위반과 동화의 감수성을 획득하는 것이다.

어머니 병원생활하면서
어머니 빨래 내손으로 하면서
칠순어머니의 팬티
분홍 팬티라는 걸 알았다
어머니의 꽃피던 이팔청춘
아버지가 나눈 사랑의 은밀한 추억
내가 처음 시작된 그곳
분홍 팬티에 감추고 사는

어머니, 여자라는 사실 알았다
어느 호래자식이
어머니는 여자가 아니라고 말했나
성을 초월하는 거룩한 존재라고
사탕발림을 했나
칠순을 넘겨도
팔순을 넘겨도
감추고 싶은 곳이 있다면
세상 모든 어머니는 여자다
분홍 팬티를 입고 사는
내 어머니의 여자는
여전히 핑크빛 무드
그 여자 손빨래 하면서
내 얼굴도 같은 색깔로
분홍꽃물이 든다

—정일근, 「분홍팬티」 전문(『시와정신』 2008년 여름)

근래 들어 어머니를 소재한 시들이 제법 많이 쓰인다. 얼마 전 어머니의 육체를 대상으로 쓴 이승하의 「어머니의 아랫배를 내려다보다」(시작, 2008년 봄)를 본 바 있다. 이 시의 기본 특색은 어머니로부터 흔히 유추될 수 있는 어떤 보편화된 감수성을 거부하는 데 있다. 신비화 된, 그리하여 금기시 된 어머니의 육체에 대한 위반의 상상력이 바로 그러하다. 정일근의 「분홍팬티」 역시 그 상상력에 있어서는 이승하의 그것과 똑같은 위치에 있다는 점에서 주목을 끄는 시이다. 이 작품의 기본 발상 역시 이승하의 그것처럼 위반의 상상력을 통해 기존의 어머니 상을 뒤집고 있기 때문이다.

우선, 인용시의 출발은 '분홍팬티'라는 경계를 통해서 이루어진다. 어머니는 어떤 병에서인지 몰라도 병원에 입원해 있고, 나는 그 어머니의 병간호를 하게 되면서 어머니의 육체 속으로 육박해 들어간다. 타부시되던 금지의 영역에 자연스럽게 이르게 되는 것이다. 여기서 자연스럽다는 것은 위반하려고 하는 시인의 자의식과는 어느 정도 거리가 있다는 뜻에서 그러하다. 화자는 이 과정을 통해 어머니의 '분홍팬티'를 보게 된다. 그런데 '분홍팬티'는 시적 화자에게 어머니의 일부라든가 단순히 신체의 중요한 부분을 가리는 장치로 다가오지 않는다. 그것은 어머니와 여자를 분기시키는 경계의 지대에 놓여있는 사물로 인식되기 때문이다. 이 점이지대에서 시인의 상상력은 펼쳐지게 되는데, 그것은 어머니의 분홍팬티를 통해서 그녀에 대해서 놓여 있는 기존의 관습들을 완벽하게 전복시킨다. 이런 전복을 통해서 어머니는 더 이상 성스러운 존재도 아니고 영원한 안식으로서의 모성적 이미지로 다가오지도 않는다. 어머니는 그저 하나의 여자에 불과할 뿐이다.

그리하여 여자로 본연의 모습으로 되돌아간 어머니는 '아버지가 나눈 사랑의 은밀한 추억'의 대상이 되는가 하면, '내가 처음 시작된 그곳'이 되기도 한다. 어머니는 시적 화자가 성장하면서 가졌던 관습적인 모성상과는 전혀 무관한 존재로 바뀌게 되는 것이다. 따라서 시적 화자가 "분홍팬티에 감추고 사는/ 어머니, 여자라는 사실 알았다"는 인식의 전환은 전혀 놀라운 일이 못된다. 어머니를 "성을 초월하는 거룩한 존재라고/ 사탕발림을 했나"며 타부시된 담론에 대한 일갈이나 "칠순을 넘겨도/ 팔순을 넘겨도/ 감추고 싶은 곳이 있다면/ 세상 모든 어머니는 여자다"는 자기확신적인 말들 역시 어머니에 대한 외의의 인식이나 가치관으로 비춰지지 않는다.

이 시는 '분홍팬티'를 통해서 금기시되던 어머니의 육체를 담론화했다는 데 그 일차적 의미가 있다. 그러한 금기를 깬 것은 시인에게 어느 날 자연스럽게 다가온 어머니의 '분홍팬티'였다. 이런 뜻에서 '분홍팬티'는 경계의 지점에 놓인 사물이고 시인의 상상력은 또한 여기서 강렬히 촉발된 것이라 할 수 있다. 나아가 시인의 상상력은 단지 어머니라는 대상에 덧씌워진 터부의 족쇄를 풀어헤치는 것에서 그치지 않고 이를 자기화하는 데 그 시적 특질이 있다. 마치 프로이트가 말한 어머니와 나와의 이자적(二者的) 관계로 말이다. "내 어머니의 여자는/ 여전히 핑크빛 무드"라는 것과 "그 여자 손빨래 하면서/ 내 얼굴도 같은 색깔로/ 분홍꽃물이 든다"의 관계가 바로 그것이다. 이러한 관계의 복원이야말로 무의식적 억압 속에서 뛰쳐나오는 본능적 자아의 참 모습이 아닐까. 시인은 그러한 관계로의 복원 혹은 모색을 '분홍팬티'가 주는 경계의 상상력과 그 위반을 통해서 만들어내고 있다.

바닷물이 숭어 떼처럼 파닥파닥 밀려올라오다 허리쯤에서 기진해 멈춘다 날숨과 들숨으로 강물과 혼몽히 몸을 섞는다 썰물을 내려 보내는 갯벌이 그리움으로 구멍이 숭숭 뚫려있는 곳, 그녀와 나 사이 매일 보이지 않는 선이 그어진다 내 그리움도 그곳까지, 그 선까지만 밀물져 가다가 해매다 돌아오고 만다 어느새 손가락 사이로 빠져나가버리는 물금, 그녀가 사는 곳이 곧 물금이다 대추나무 잎에 반짝이는 햇살처럼 영혼에 일렁이는 물결무늬처럼 떠있는 물금, 물금 한복판에서 찾아 헤매이게 되는 물금, 농익은 감이 제 무게를 이기지 못해 철퍼덕 맨땅에 떨어져 산산이 흩어지는 곳, 초로의 적막이 물푸레나무 회초리로 자신의 종아리를 후려치는 그곳이 물금이다.

— 최서림, 「물금」 전문(『애지』 2008년 여름)

최서림의 「물금」은 바닷물과 강물이 만나는 곳을 배경으로 쓰인 시이다. '물금'이란 민물과 바닷물 혹은 그 섞인 바닷물이 그어놓은 땅과의 경계이다. 우선, 시인은 바닷물이 숭어 떼처럼 파닥파닥 밀려올라오다 허리쯤에서 멈춘다고 했다. 그리고 그곳에서 강물과 만나 혼몽히 몸을 섞는다고도 했다. 이 두 가지 물은 혼몽히 합쳐진 후 긴 유선호를 남기면서, 곧 물금을 남기면서 사라져간다고 인식했다. 시인은 그렇게 형성되고 있는 물금을 가만히 응시한다. 그 응시의 끝인 시인의 상상력이 이르는 곳은 어디일까. 우선 바닷물과 육지가 만나는 경계는 시인에게 그리움이 싹트는 시원의 공간으로 사유된다. 뭍이 한없이 이어졌더라면, 혹은 바닷물이 계속 연속되었더라면, 물금의 존재는 찾아볼 수 없을 것이고, 시인의 그리움 또한 없었을 것이다. 그러나 현실은 그 반대의 경우로 진행된다. 그 연속의 끝자락을 위하여, 그리움의 아쉬움을 토해내듯 바닷물은 갯벌 위에 구멍이라는 생채기를 남겨놓았기 때문이다.

최서림의 「물금」은 앞의 시처럼 위반을 딛고 길어 올려진 상상력은 아니다. 시인은 바닷물의 남겨진 자취를 통해서 삶의 의미를 읽어내고 여기서 자신의 체험을 길어 올린다. 바로 그리움의 정서를 이끌어내는 것이다. 시인은 자신의 삶에서 그러한 물금의 존재를 자각하고 그 인식적 지평을 확대시켜나간다. 뭍으로만 향하고픈 그리움이 물금을 남겼듯이 그녀를 향한 시인의 마음속에도 하나의 선이 만들어졌다는 것이다. 이 선은 시인과 그녀를 잇는 연속의 선이 아니다. 그렇다고 완전히 단절된 선이라고 할 수도 없다. 긴장에 가까운 정서이기에 삶의 윤활유나 건강성에 가까운 그 무엇이 아닐까. 매일같이 똑같은 일상이 반복되고, 똑같은 정서가 균일하게 지속된다고 가정해 보면, 그런 균일화된 일상성이 얼마나 비생산적이고 비정서적인가. 시인은 그러한 일상을 벗어버리고 긴장을 느끼려 한다. 그리고 그것으로부터 삶의 활력을 구가하려고 한다.

나와 너를 갈라놓는 차단의 선, 긴장의 선을 만들고 다시 그 선을 넘나들면서 시인은 자신의 삶의 에너지로 삼고 싶었던 것은 아닐까.

최서림은 이 작품에서 경계의 상상력을 어떤 시인보다 매우 효과적으로 인유하는 솜씨를 보여주었다. 그는 이 정점에서 어떤 것을 위반하거나 동화됨으로써 자신의 사유의 폭을 재는 통상의 수법을 뛰어넘는다. 최서림은 경계 그 자체에서 자신의 삶의 동력을 추구하고 있기 때문이다. 물금이 주는 역동적 힘을 자신의 일상적 무력감을 초월하는 매개로 인식하고 있기에, 그곳은 자신의 힘을 축적해주는 무의식의 저장소와 같은 곳이다. 따라서 시인이 그것을 "대추나무 잎에 반짝이는 햇살처럼 영혼에 일렁이는 물결무늬처럼 떠있는 물금"으로 미화하는가 하면, "초로의 적막이 물푸레나무 회초리로 자신의 종아리를 후려치는 그곳이 물금이다"에서처럼 물금을 자기 확인의 수단으로 인식하는 것은 자연스러운 일이라 하겠다.

경계는 사물과 사물이 만나는 끝이 아니다. 그것이 만약 종점이라면 그것은 단지 일상적 진실에 불과할 뿐이다. 그러나 그러한 일상적 진실이 문학의 영역으로 넘어오게 되면 사정은 매우 달라진다. 경계만큼 인간의 상상력을 깊게 자극하는 것도 없기 때문이다. 최서림은 인간의 일상적 무력감이 어떻게 극복되는가를 물금이 주는 상상력을 통해서 보여주었다. 시인에게 이 물금은 바다와 육지의 경계이면서 나와 그녀의 경계이기도 했다. 또 그 선은 시인 자신을 각성시키는 채찍의 줄이기도 했다. 시인은 경계가 주는 그러한 상상력을 자신의 일상적 무력감을 이끌어가는 무의식의 힘으로 이끌어가고 있는 것이다. 일상적 진실 속에서 삶의 동력을 자연스레 읽어낸 것이 이 작품이 갖는 궁극의 가치이다.

원래
지상에는 길이 없었는데
걸어다니는 사람이 많아지자
길이 된 것이라고
루쉰은 말했었지

하지만 길은
한번 생겨났다고 해서
언제까지나 끊어지지 않는 선으로
이어져 있는 건 아니지

밥 짓는 연기 피어 오르는
이웃 마을로 불어가는
마음의 바람이 일지 않는다면,

개 짖는 소리 들리는
이웃 마을로 밀물져가는
마음의 물결이 일지 않는다면
언제든 그 실낱 길은
지워지고 마는 것이지

원래
지상에는 길이 없었는데
걸어다니는 사람이 많아지자
길이 된 것이라고
루쉰은 말했지만

내가 내딛는 이 한 걸음이야말로
오솔길의 시작
그 처음인 것,

내가 뒤 돌아 보자마자
영원히 사라지고 마는 흔적
그 마지막인 것

하늘에
새의 길이 남아 있지 않듯
지상에도
언제나 사람의 길은
남아있지 않는 것이지

— 이가림, 「길」 전문(『시작』 2008년 여름)

이가림의 이 시는 교훈적 성격이 묻어나는 작품이다. 시인이 어떤 진리 같은 것을 독자에게 알려주어서 주장하려들기 때문이다. 그렇다고 근대 이전의 시가에서 볼 수 있었던 교조성 같은 것이 짙게 풍기는 것은 아니다. 시인은 다만 인생의 진리를 전하려 할 뿐이다. 그렇다면 그가 말하고자 하는 진리란 무엇일까. 이 물음에 답하는 일이야말로 이 작품의 본질에 다가가는 일인데, 여기에는 다음 두 가지 답이 준비될 수 있을 것이다. 하나가 정신적인 차원의 것이라면, 다른 하나는 문화사적인 차원의 것이다.

우선 전자의 경우를 보자. 시인은 루쉰의 말을 빌어 길의 생성 의미를 "원래/ 지상에는 길이 없었는데/ 걸어다니는 사람이 많아지자/ 길이 된 것"으로 보고 있다. 식별 가능한 이러한 길이 물질의 영역에 속하는 것임은 두말할 필요도 없다. 그러나 이 길은 그리 항구적인 것이 못된다. 길이란 것이 "한번 생겨났다고 해서/ 언제까지나 끊어지지 않는 선으로/ 이어져 있는 건 아니"기 때문이다. 길이 계속 길로 남기 위해선 "밥 짓는 연기 피어 오르는/ 이웃 마을로 불어가는/ 마음의 바람이 일"어야 하고,

"개 짖는 소리 들리는/ 이웃 마을로 밀물져가는/ 마음의 물결이 일"어야 하는 것이다. 곧 인간들 간의 정신적인 교류나 소통이 없으면 길이란 의미가 없는 것이고 한갓 물질에 불과하다는 것이 시인의 기본 인식이다. 중요한 것은 마음의 길과 같은 정신적 영역의 길이란 것이다.

물질적 현상으로서가 아니라 마음의 길이 소중하다는 시인의 언설은 시의 후반부에 이르면, 문화사적인 차원으로 갑자기 국면 전환을 하는 듯한 느낌을 받는다. "하늘에/ 새의 길이 남아 있지 않듯/ 지상에도/ 언제나 사람의 길은/ 남아있지 않는 것이지"라는 구절이 바로 그것이다. 사람의 길이 남아있지 않는다는 것은 얼핏 보면 앞의 사유의 연장선에 놓여 있는 듯이 보인다. 인간에 의해 길이 일단 만들어져도 그것이 정신의 영역과 교융되지 않는다면 길로서 가치를 상실한다는 의미와 동일한 것이기 때문이다. 그럼에도 이 해석으로 마지막 연의 선언적 의미가 다 이해되지 않는 것은 어떤 이유에서 일까. 후기산업사회를 대표하는 문화의 전략 가운데 대표적인 것이 인간 중심주의에 대한 반항임은 익히 알려진 일이다. 가령, 무의식의 논리가 강조되거나 의미 중심의 사유가 부정되면서, 그것의 중심에 서 있던 주체의 위치 역시 위협받기 시작했다. 그 결과 반이성의 사유가 강조되던가, 저자의 죽음이라는 논리가 첨예하게 부각되어 온 것은 잘 알려진 일이다. 이를 대표하는 것이 소위 인간에 대한 익명화 작업이다. 가령 푸코가 말한 다음의 구절을 상기해 보자. "바닷가에 쓰인 인간의 이름이 파도에 밀려 사라지듯이 인간의 이름은 지구상에서 사라질 것"이라는 그의 선언인데, 이 말은 후기산업사회의 인간의 익명성을 일러주는 대표적인 담론이다. 이가림 시인의 "하늘에/ 새의 길이 남아 있지 않듯/ 지상에도/ 언제나 사람의 길은/ 남아있지 않는 것이지"라는 메시지가 문화사적 맥락으로 의미화되는 것은 이런 이유에서이다.

시인은 물질이나 실질보다는 인간의 마음이라는 정신적 가치를 높은 차
원에 올려놓으면서도 궁극에 가서는 인간적인 것 — 그것이 물질적이든
비물질적인 간에 — 을 부정하고 있는 것이다.

　이가림의 「길」은 정신과 물질, 혹은 인간적인 것과 비인간적인 간에
교묘한 넘나들기 속에서 직조된 가작이다. 이 작품 또한 경계의 영역에
서 출발하고 있음은 앞의 시들과 동일하다. 시인은 인간에 의해 만들어
진 유형의 길과 그것의 실질적 가치를 담보하는 무형의 길속에서 자신의
상상력을 길어올리고 있기 때문이다. 그 경계의 상상력에서 시인은 또다
시 인간적인과 비인간적인 것이 갖는 함의를 묻고 있다. 그러한 이중적
경계의 상상력에서 울려나오는 다중의 목소리가 이 시가 포지하는 기본
자세라 할 수 있을 것이다.

　　내 몸에는
　　아무에게도 보여줄 수 없는 상처로 가득하다

　　그 상처를 볼 때마다 나는 문득
　　한 마리 파리가 되고
　　외삼촌의 손을 떠올린다

　　새벽 네 시 통행금지 해체 사이렌이 불면
　　파리채가 나를 사정없이 후려쳤다
　　파리채는 힘이 세다
　　나는 재빨리 하인천 수산시장 경매장으로 날아가
　　스무 살 펄펄 끓는 내 심장을
　　바다에서 길을 잃나 끌려온 생선들과 포개었다

　　파리채에 파득거리는

내 삶에
상처는 옹이가 되고
소중한 삶의 둥치를 키워 나갔다

나는 지금도 파리를 보면 삶을 생각한다
비상을 꿈꾼다
세상을 뚫어나가는 큰 빛을 본다
외삼촌의 손이 가리키는 내 삶의 우듬지를 본다

내 몸의 싱싱한 상처를 본다

— 박무웅, 「파리채」 전문(『현대시』 2008. 7)

박무웅의 파리채는 자기교훈의 시이다. 스스로에 대한 고백이나 성찰의 주제를 담은 시를 내성의 시라 한다면, 이에 머물지 않는 시들, 가령 그러한 내성을 자신의 삶의 활력소로 만드는 시들을 이렇게 부르는 것은 어떨까 생각해 본다. 특히 교훈의 성격이 타자에게 향하지 않고 자기 스스로에게 거냥한 것을 이렇게 명명하는 것은 큰 무리가 없어 보인다.

이 작품의 기본 발상 역시 경계의 상상력에 두고 있다. 파리채가 가하는 상흔과 그 이후의 상태가 그것이다. 그 정점은 물론 파리채가 서정적 자아에게 다가오는 순간이다. 시인은 그 정점을 통해서 생에의 본질적 전환을 추구한다. 다름 아닌 각성의 상태가 되는 것인데, 파리채가 내려쳐지는 순간 시적 자아는 삶의 역동성으로 나아가는 활력 있는 존재가 되는 것이다.

시적 자아에게 내려진 자아각성의 촉매는 결코 일회적인 것이 아니다. 어느 한 순간의 계기에 의해 단발적으로 있어온 것이 아니라 계속 반복되어 온 것인데, "내 몸에는 아무에게도 보여줄 수 없는 상처가 가득하"

다는 구절에서 이를 확인할 수 있다. 이는 그러한 단련의 행위가 계속 진행되어 왔고, 결국엔 서정적 자아의 일상으로 굳게 자리매김 되어 있음을 말해주는 것이기도 하다. 시인을 각성시키고 삶의 실천적 주체로 거듭나게 한 채찍은 그러나 과거의 멍울에서 그치는 것이 아니라는 데 이 작품의 근본 함의가 숨겨져 있다. 그것은 현재 진행형이면서 미래진행형으로 시인에게 전일적으로 남아 있기 때문이다. 가령, 파리채가 시적 자아에게 사정없이 내려쳐지면서 나선 새벽길이 지난 과거의 일이라면, 그 채찍에 의한 상처의 옹이는 현재의 일일 것이다. 그리고 시적 자아는 여기서 멈추지 않고 "비상을 꿈꾸기도 하"고, 이를 통해 "세상을 뚫어나가는 큰 빛"을 보면서 미래로 추동시킨다. 말하자면 과거의 상처는 시인을 만들었고, 현재에도 만들고 있으며, 미래에도 만들어나가는 일종의 마스터키와 같다. 즉 나는 상처에 의해 만들어진 존재이며, 그 상처 없이는 존립이 불가능하다는 의미를 담아내고 있는 것이다.

이러한 특성을 더욱 배가시켜 주는 것이 이 시에서 풍겨나는 이미지의 강렬성이다. 그러한 의장은 아마도 이 시의 중요한 형식적 장치 가운데 하나가 될 것이다. 이미 지적한대로 시인에게 삶의 활력을 준 매개는 외삼촌의 손에 달려있는 파리채이다. 이는 두 가지 의미에서 그러하다. 하나는 파리채 그 자체에서 느껴지는 역동성에서 그러하고, 다른 하나는 그것이 준 상흔이 매우 강렬하다는 점에서 그러하다. 먼저 전자의 경우를 보면, 이 채에 맞아 퍼득거리면서 삶에 대한 집착을 보이는 파리의 역동성과 그 역동성이 나의 삶에도 그대로 이어지는 모양새를 취한다는 사실이다. 생에의 욕구로 몸부림치는 파리처럼 나의 육신 또한 "스무 살 펄펄 끓는 심장"처럼 매우 생동적인 것이 되는 것이다. 이런 강렬성이 느껴지기에 시인의 삶이 활력 있는 것이 된다. 뿐만 아니라 그러한 상처는 나

에게 무수히 남아있고, "내 몸에 싱싱하게" 살아남아 있기도 하다. 싱싱
하게 푸른 상처야말로 지울 수 없는, 아니 지워지지 않는 항구적 에포크
를 우리에게 심어주는 것이 아니겠는가. 이런 힘찬 근육 감각적 이미지
와 색채적 이미지가 어우러져서 건강한 자아로 거듭 나려는 시인의 의지
를 한층 더 배가시키는 역할을 한다.

> 엠파스에서
> '이문재 내 젖은 구두'하고 검색을 하면
> 지금 입력하신 검색어 '이문재+내+젖은+구두'(는)은 19세 미만의
> 청소년이 이용할 수 없는 성인인증 대상의 검색어입니다.
> 라는 경고가 뜬다
> 이문재가, 그럴 줄은 몰랐다
> 성인인증이 필요한 그런 시를 쓰다니
> 이 경고문을 보고
> 내 젖은,
> 내 젖은,
> 하고, 발음해보니, 정말
> 마른 내 젖가슴에 젖이 도는 느낌이다
> 내 젖은
> 바지를 타고 흘러 내려
> 구두에 철철 넘친다
> 하, 내 젖은 구두

—박현수, 「이문재 내 젖은 구두」 전문

이 작품은 박현수가 최근에 쓴 재미있는 시이다. 경계를 넘어서 위반
을 할 경우 어떤 의외의 결과가 되어 돌아오는가 하는 것을 이 작품은
잘 보여준다. 일상적 관점에서 볼 때, 경계를 넘어버리는 순간 사람들은
그럴 수 있다는 가능성 혹은 정말 그렇다는 일반화의 법칙으로부터 자유

롭지 못한 것이 사실이다.

이 작품을 이끌어가는 경계는 두 가지 의미역에 있다. 하나는 검색엔진이고, 다른 하나는 시인 자신의 것이다. 먼저 검색엔진의 경우를 보자. 이 속에는 많은 명령어들이 내재되어 있고, 그 언어들은 상황에 따라, 혹은 필요에 따라 분류되어 있다. 이들은 기계어들이기에 인간의 언어처럼 어떤 융통성이나 적응성이 현저히 떨어지는 것은 당연할 것이다. 컴퓨터에 확장검색이라는 항목이 있긴 하지만, 그러한 기능 자체가 어떤 유연성을 담보하고 있지는 않기 때문이다.

이 작품의 기본 구상은 이러하다. 시적 화자가 어떤 필요에 의해 '이문재 내 젖은 구두'라는 작품을 검색엔진에서 찾고자 했지만, 이에 접근하기 위해서는 성인인증이라는 절차가 필요함을 알게 된다. 그것은 써 넣은 문구 중에 '젖은'이라는 단어가 문제시되었기 때문이다. 사전적 의미에서 '젖은'은 단순히 '물에 젖다'라는 뜻 이외에 별다른 것이 없다. 그럼에도 왜 이 말이 성인인증의 절차가 필요한가에 대해서는 긴 설명이 필요치 않다. 속된 관점에서 볼 때, '젖은'에는 어떤 성적인 함의가 내포되어 있어서 이에 접근하려면 성인인증이라는 절차가 필요하기 때문이다. 실제로 이문재의 작품이 그러한 내용을 담고 있는가 그렇지 않은가는 별개의 문제이다. 중요한 것은 컴퓨터의 분류어에 '젖은'이 성인들 사이에서만 오가는 은어 비슷한 어떤 것이기에 쉽게 접근이 허용되지 않고 있다는 점이다.

그런데 문제는 그 다음 부분이다. 시적 화자가 성인인증이라는 문구를 보고 "내 젖은, 내 젖은"하고 몇 번 반복해서 발음해 보니, "정말 마른 내 젖가슴에 젖이 도는 느낌"이 든다는 상황설정이다. 이런 상태는 거의 희극적 상황에 가까워보인다. 기계는 '젖은'이라는 단어를 단지 성적 의미로만 받아들이는 반면, 인간의 육체는 이 단어를 물질적 국면 그 자체로 받아들이고 있기 때문이다. '젖은'이라는 똑같은 단어를 두고 하나는 성적인 의미로, 다른 하나는 직접적인 기호의 의미서 그 편차를 달리하여 받아들이고 것이다. 이런 차이는 어디에서 오는 것일까. 실상 시인이 관심을 갖고 있는 것도 여기에 있을 터이다.

기계는, 곧 컴퓨터의 검색엔진은 하나의 사실이나 단어를 일반화시키는 데 아주 익숙하다. 아니 익숙한 것이 아니라 그 이상의 다른 대안에 대해서는 생각하지 못한다. 반면 인간의 언어란 어떠한가. 하나의 경계를 넘어서 의미화를 시도할 때, 그 언어적 마술은 현실적 가능성을 담보 받을 개연성이 매우 높아진다. 이를 두고 유연성이나 혹은 개연성으로 불러도 좋을 것이다. 기계어는 다만 그것일 뿐 그 이상도 그 이하도 되지 않는다. 그러나 인간의 언어는 그 이상도 되고 그 이하도 된다. 경계의 자유로운 넘나듦, 그것이 인간 언어의 특성이기 때문이다. 따라서 내 '젖은'이 실제의 젖도 될 수 있는 것이다. 이를 동화의 상상력이라고 부르면 어떨까. 마치 "열려라 하면 열리는 사동문"처럼 말이다. 그러나 기계어에는 그러한 것이 가능하지 않다. 경계를 넘을 수 없는 까닭이다. 이 언어 속에서는 기계적 인과관계 이외의 다른 어떤 의미망을 생각하는 것은 어렵다. 그것인 인간 언어와 기계어의 근본 차이점이 아닐까 한다.

시를 만들어내는 기억의 기능들

인간의 사고 작용 가운데 무시할 수 없는 것이 기억의 작용이다. 이것이 있기에 인간은 현재를 진단하고 미래로 나아갈 수가 있다. 만일 기억이 없다고 하면 어떤 상황이 벌어질까. 우선 꼽아볼 수 있는 것이 시간관념의 무색일 것이다. 시간이란 과거와 현재, 그리고 미래로 이어지는 계기적 질서에 의해 이루어지기 때문이다. 뿐만 아니라 인간자신에게는 매우 중요한 학습효과란 것이 거의 유명무실해 질 것으로 보인다. 이 효과란 인간이 삶을 영위하기 위한 방향타 역할을 하기에 그러하다.

기억의 중요성에도 불구하고, 그것이 인간에게 꼭 좋은 모습으로 존재하는 것은 아니다. 이른바 대타 효과란 것이 있어서 좋지 않은 기억 역시 인간의 삶에 있어 꼭 필요한 기제이다. 이러한 기억이 있어야만 그렇지 않은 것들이 보다 가치 있는 것으로 현현하기 때문이다. 그럼에도 대부분의 사람들은 좋지 않은 기억을 갖지 않으려 하고, 가급적 이를 피하려

든다. 삶에 대해 나쁜 영향을 끼친다는 이유에서이다. 이런 류의 기억은 대부분 병적인 것으로 간주되는데, 정신분석학적 관점으로 보면 거의 억압에 가깝다. 이를 통상 콤플렉스로 치부하거니와 대개의 경우 그것은 비생산적인 어떤 것으로 간주되는 것이 상례이다. 그러나 이러한 콤플렉스들은 철학이나 정신분석학, 혹은 예술학에서 각광을 받아온 것이 사실인데, 이는 이 기제들이 생산적인 예술적 에네르기로 인식되기 때문이다.

기억은 순기능도 하고 역기능도 한다. 그리고 모든 기억들은 기념비적인 것이어서 순기능적 요소를 갖춘 것이면 더더욱 말할 것도 없거니와, 그것이 자기훼손적인 것이라서 배제되어야 할 이유도 없다. 기억은 그것이 인간에게 기능적 기제로 작용하는 한 의미 있는 그 어떤 것이기 때문이다. 그러한 기억의 기능적 가치 가운데 맨 앞자리에 놓고 싶은 것이 인간의 불구화된 인식에 대한 완결이다. 곧 현재를 인식하고 미래에 대한 올곧은 모색이 그것의 궁극적 가치일 것이다.

기억이란 개인의 특수한 체험에 의해서도 만들어지기도 하지만, 사회의 제반 여건에 의해서도 형성된다. 전자가 개인적 무의식이라면, 후자는 사회적 무의식에 해당된다. 개인적인 차원의 것들이 신변잡기적인 것으로 한정된다면, 사회적인 차원의 것들은 이를 넘어 좀 더 폭넓은 외연을 갖는다. 그러나 방향이 다르다고 해서 기억의 기능적 가치가 달라지는 것은 아니다. 모두 인식의 완결이라는 가치로 회귀된다는 점에서 결국은 동일한 것이기 때문이다.

> 집 뒤엔 미나리꽝이 있고
> 미나리꽝 뒤에 기찻길이 있었다.
> 미나리꽝 햇미나리가 연초록으로 피어오르던 어느 날
> 화물을 가득 실은 기차가 미나리꽝 근처에 섰던 적이 있었다.

274

화물칸에는 무명천으로 싼 하얀 상자들이 가득 쌓여 있었다.
전쟁이 멎고, 고향 찾아 가는 유골 상자들이었다.

미나리꽝 햇미나리 향기 흩어지는 봄날이었다.
— 이건청, 「1953년, 미나리꽝에 관한 기억」 전문(『시와정신』 2008년 가을)

이 시는 전쟁의 기억을 바탕으로 쓰인 작품이다. 전쟁이 종료된 이후 많은 시간이 지났기에 그것은 그 세월의 무게만큼이나 이제 모두의 기억에서 잊혀 가고 있다. 그러나 시인에게 전쟁은 잊히지도 끝나지도 않았다. 그것은 아직도 시인의 뇌리 속에 생생하게 피어오르고 있다. 전쟁에 대한 이러한 시상은 전쟁을 체험한 세대만의 것이어서 이와 무관한 세대에게는 그저 관념적인 경험으로만 남아있을지 모르겠다. 지금은 반공주의가 넘쳐나는 시기도 아니고 획일주의가 지배하는 시기도 아니다. 전쟁을 환기한다는 것 자체가 아웃사이더의 존재성을 드러내는 일인지도 모르는 것이다. 그렇기에 이 시점에서 왜 전쟁일까 하는 의구심에 시인의 답은 너무 뻔하게 들릴지도 모른다. 분단에 대한 자기 확인정도가 아닐까 하는 대답이 준비될 것이기 때문이다.

전쟁이 스치고 간 시간들은 너무 오래여서 이제 구태의연한 어떤 것이 되었다. 부수되는 이야기로서 분단극복이라든가 우리는 하나라는 구호조차 대단히 식상한 일이 되어버린 지 오래 되었다. 이런 상황 속에서 지나간 아픔에 대한 기억을 굳이 되살리는 것은 낭만적 추억거리로 비춰질지도 모른다. 그러나 이러한 한계에도 불구하고 이 작품은 전쟁 체험세대로서 전쟁의 의미와 그것이 남긴 유산에 대한 진지한 모색을 했다는 점에서 그 의미를 지닌다. 그것은 이미 50여 년 전에 끝난 것이지만, 그 기억을 다시 한 번 환기시킴으로써 분단 현실에 대한 새로운 인식을 하게끔 하는

것이 이 작품이 의도하는 내포 가운데 하나가 아닐까. 그리고 다른 하나
는 그 전쟁으로부터 받은 시인의 상처이다. 이는 전자의 경우와 불가분의
관계에 있는 것이긴 하지만, 이 작품에서 전쟁을 환기하는 시인의 정서는
아련하고 슬픈 것으로 표상되어 있다. 전사자들의 모습이 햇미나리 향기
로 퍼져나가면서 그러한 전쟁의 상처들이 매우 감각적인 것으로 되살아
나기 때문이다. 그러한 향기가 시인으로 하여금 전쟁의 상흔을 일깨우는
근본 에네르기로 작동케 한다. 이 작품은 그런 면에서 매우 서정적이면서
도 아픈 기억을 담고 있는 시라고 하겠다.

> 아가야
> 둥근 젖병을 두 손으로 움켜쥐고
> 아인슈타인을 쭉쭉 빨아대는 아가야
>
> 어때 맛이 괜찮니
> 배가 쿨렁쿨렁 소리 나게 부르니
> 올해 60회갑을 맞은 이 할아버니는
> 너를 등에 업고 먼 산에 올라가보련다
> (중략)
> 그래, 60회갑을 맞은 나 또한 슬퍼하느니
> 600년보다 더 길고 긴 60년, 저것을 봐라
> 한반도 허리춤에 내리꽂힌 총칼을 보아라
>
> 백두에서 한라까지 이 땅은 블랙홀
> 서울과 평양 사이에 들꽃들도 블랙홀
> 금강산 앞바다에 치솟는 태양도 블랙홀
> 귀신들이 무더기로 우글거리는 블랙홀
> 생목숨마저 빨려 들어가버리는 블랙홀

미움과 증오뿐인 저 절벽의 절벽의 세월
머저리와 머저리들의 바보 같은 그 세월
남들이 만든 시계 속에서 청춘도 사랑도
한꺼번에 휩쓸려 가버린 아 코리아 60년!
(중략)
아 풀 비린내도 없이 온몸 살결이 향기로운
통일코리아 텍스트 밤낮으로 꿈꾸는 아가야
그래서 나도 너처럼 똥을 바가지로 싸놓고도
방긋방긋 웃는 벌거숭이 아가가 되고 싶단다.

— 김준태, 「60년 聖事」 전문(『창작과비평』, 2008년 가을)

김준태의 「60년 聖事」는 분단을 소재로 쓴 시이다. 시인 자신이 맞이한 60이라는 나이가 분단의 시기와 겹쳐지면서 한반도 현실에 대한 감회를 읊은 작품이다. 우선 이 시는 분단과 같은 거대 담론을 작품의 소재로 끌어들이고 있다는 점에서 이채롭다. 시의 질료들이 어떤 것이어야 한다는 공식이 딱히 있는 것은 아니지만 시의성이라는 것은 분명히 존재한다. 특히 대사회적 발언을 하는 담론들의 경우는 더더욱 그러하다. 우리 시사에서 분단과 통일에 대한 관심도가 가장 활발히 논의되던 때는 1980년대이다. 남한의 변혁운동과 더불어 진행된 이때의 논의들은 통일의 방법이라기보다는 그 주체가 무엇이어야 하는가에 초점이 맞추어져 있었다. 통일은 누구에 의해서, 그리고 그것이 이루어졌을 때 그 국가는 어떤 모양새를 띠어야 하는가 등이 그 주된 관심거리였다. 변혁운동의 주체들에 의해서 심도 있게 논의되던 이 주제들은 매우 이성적인 것이어서 감성의 영역이 틈입할 여지가 없었다. 이 논의의 핵심은 막연한 통일지상주의라든가 감상적 동포주의 등을 경계하자는 것이었다. 그러나 이러한 통일론은 베를린 장벽이 붕괴된 후, 곧 거대 담론이 물러가면서 우리 사회에서,

그리고 우리 시단에서 서서히 사라졌다. 김준태의 시가 담아내고 있는 소재가 이채롭다는 것은 이렇듯 그 시의성이란 맥락에서이다.

80년대의 시각에서 보면, 인용시의 통일론은 감상적이라는 비판을 면하기 어려워 보인다. 왜 통일이 되어야 하고, 그 통일의 실체는 무엇이어야 한다는 구체적, 객관적, 이론적 접근이 없는 까닭이다. 그럼에도 이 작품이 의미 있게 다가오는 것은 무엇일까. 그것은 이 작품이 지금의 현실에서 오히려 흔하지 않게 되어버린 분단과 같은 거대 담론을 다루고 점에서 그 의미를 찾을 수 있는 것이 아닐까. 또한 이 작품은 그러한 독특한 주제를 아주 특이한 상상력으로 풀어내고 있기에 더욱 웅숭깊다. 시인의 상상력은 아인슈타인의 특수상대성이론인 '에너지와 질량은 등가이고 변환가능하다'는 이론을 빌어 "빛도 휘고 청천하늘도 무지개로 휜" 다로 자신의 상상력을 끌어올린다. 이는 고정된 인간의 변화 가능성, 미움과 증오의 사랑으로의 전환 등 분단의 고착을 유연한 흐름으로 풀어헤쳐서 궁극적으로는 그 분단을 하나로 만들려는 의지로 빌선시킨다.

이 작품 역시 자신의 이력과 분단의 상황을 기억으로 재구성한 작품이다. 과거의 기억을 통해서 현재의 상황을 극복하려는 것이 이 작품의 근본 구도인데, 기억이란 이처럼 통합의 상상력을 구현해내는 데에 유효한 기제로 기능하고 있다.

베르그송에 의하면 기억이란 지속의 속성을 갖는다. 따라서 그것은 과거의 어느 시점에 형성되어 지금 여기의 의식에서도 생생히 살아있게 된다. 문제는 기억의 질과 양이다. 어떤 것이 긍정적이고 그렇지 않은가, 혹은 매 사람마다 있을 수 있는 그것의 많고 적음의 문제이다. 이는 개인마다 고유한 것이어서 어떤 것이라고 특정하여 말하기는 대단히 어렵지만, 체험의 경우에 달려 있는 문제일 것이다. 개인적인 것과 사회적인 것을 구분하는 것은 여기에 그 원인이 있다. 앞의 두 작품이 주로 사회적인 것에 그 외연을 확대하고 있는 경우라면, 다음의 작품들은 주로 시인 자신의 체험과 같은 작은 영역에 관계되는 경험들을 시화한 경우이다.

> 안감이 꼭 저런 옷이 있었다
> 안감이 꼭 저렇게 붉은 옷만을 즐겨 입던 사람이 있었다
> 일흔일흔일곱 살 죽산댁이었다 우리 할머니였다 돌아가신 지 꼭 십
> 년 됐다
> 할머니 무덤가에 앉아 바라보는
> 앞산마루 바라보며
> 생각해보는ㅡ
>
> 봄날의 안감은 또 얼마나 따뜻한 것이냐
>
> 봄날의,
>
> 이 무덤의 안감은 또 얼마나 깊고 어두운 것이냐
> ㅡ유홍준, 「할미꽃」 전문(『문학사상』 2008년 11월호)

유홍준의 「할미꽃」은 개인의 경험과 그 기억을 토대로 생산된 작품이다. 시인은 어느 따뜻한 봄날 할미꽃을 바라보면서 할머니를 연상해낸다. 그녀는 주로 붉은 색의 안감을 입었고, 죽산댁으로 불렸으며, 돌아가신지 10년이 되었는데, 자신의 할머니이다. 시인은 그 할머니가 그리워 무덤가를 찾아간다. 이곳에서 그는 할미꽃을 보면서 할머니의 평소의 모습을 환기해낸다. 시인은 봄날의 따스함 속에서 할머니의 온정을 느끼기도 하고, 차가운 무덤 속의 깊이를 혜량하기도 하는 것이다. 이 시의 소재는 지극히 개인적이고 사적인 것이다. 사회적 외상에 의한 것도 아니고, 또

개인적인 외상에서 온 것도 아니다. 아주 평범한 일상 속에서 만들어진 기억을 토대로 직조된 것이 이 작품의 특색이다.

기억의 중요한 기능 가운데 하나가 통합에 있음을 지적한 바 있다. 그러나 이 작품은 그러한 기억의 기제와는 거리가 멀다. 시인은 과거의 기억을 통해서 현재를 통합하려 한다거나 인식의 분열을 치유하려 들지 않는다. 이 시는 통상적인 그러한 기억의 역능을 넘어선다. 사회적 흠결이나 내부의 외상에 대한 통합에의 의지와는 무관하게 시가 직조되고 있기 때문이다. 시인에게는 그리움의 감수성만이 남아 있다. 자신의 일상을 구성하고 있던 대상의 상실과 그로부터 얻어진 결손의 정서가 이 시에 넘쳐나고 있는 것이다. 이런 뜻에서 보면 기억이란 거의 추억에 가까운 것은 아닐까 한다. 다음의 작품도 이 범주에 속하는 경우이다.

> 얼마나 떠나기 싫었던가!
> 얼마나 놀아오고 싶었넌가!
>
> 낡은 옷과 낡은
> 신발이 기다리는 곳
>
> 여기,
> 바로 여기.
>
> ─ 나태주, 「집」 전문(시집 『눈부신 속살』(시학, 2008))

짧은 시임에도 불구하고 본능에 대한 희구가 이토록 강렬하게 느껴지는 시를 만나는 것은 쉬운 일이 아니다. 최근에 매우 심각한 병으로부터 회복된 시인이기에 이 작품이 주는 함의는 더욱 예사롭지가 않다. "바로 여기"라는 말 속에 함유된 그 힘의 질량을 느껴보면 더욱 그러하다. 그렇

기에 이 시는 시인의 외상이 매개된 시라고 보아도 무방하리라. 집은 시
인에게, 아니 우리 모두에게 끈끈이주걱과 같은 것이다. 떼려야 뗄 수 없
는 것이 집이 아닌가. 그것은 인간 모두의 고향이고 근원이며 귀착지이
다. 인식론적으로 말하면 통합의 근원이다. 따라서 집은 물질적 공간을
뛰어넘는 초월적이며 형이상학적인 그 어떤 의미를 내포한다.

그러나 이러한 가족주의에의 몰입은 경우에 따라서 시민사회의 소시민
성으로 비판받을 수도 있고, 보편적 대중주의로부터의 일탈로 폄하될 수
도 있다. 가족 내의 테두리가 저질러졌던 그동안의 내포들을 꼼꼼히 살
펴보게 되면 이러한 비판들이 결코 과장된 것도 아님을 알게 된다. 소시
민성이야말로 근대 시민사회에서 가장 비생산적인 삶의 모형으로 인식되
어 왔기 때문이다. 그러나 「집」을 그러한 거대 담론으로 재단하기에는
너무 처연하지 않은가. 삶과 죽음의 경계를 지나온 시인에게 '낡은 옷'과
'신발'은 어쩌면 한줄기 빛이 아니었을까. 시인은 의식 너머의 세계에서
도 계속 그 빛을 주시했을 것이다. 또한 그것은 시인에게 뿐만 아니라 우
리 모두의 기억 속에, 혹은 무의식 속에 남아있는 삶의 진정성일 것이다.
이 작품의 예사롭지 않음은 바로 여기에 있다.

오빠 지금 한가 하지? 나 화끈하게 벗었어
궁금하면 눌러봐,

휴대폰의 액정 화면 속으로
문자가, 들어왔다
문자를, 눌러볼 시간은 넉넉했지만
문자에게, 뭐라고 말해야 할 지 난감했다
문자의, 벗은 몸이 보고 싶지만
문자에게, 쉽게 속을 보이는 것 같았다

문자의, 눈치를 적당히 보다가
문자를, 눌러보았다
문자가, 나긋나긋하게 속삭였다
문자를, 보긴 했지만
문자가, 누구인지 모르므로
문자의, 말을 씹어버렸다
문자는, 날마다 찾아왔다
문자가, 내 속도를 노크할 때마다 겁이 덜컥 났다
문자에게, 목덜미를 잡힌 것 같았다
문자 때문에, 머리가 빙빙 돌 것 같았다
문자의, 세상 속으로 들어가

뜨겁게 나를 던져 봐?
죽어도 좋아, 정사 신이나 펼쳐 봐?

　　　―강영은, 「문자의 세상」 전문(시집『녹색비단구렁이』(종려나무, 2008))

　두말하면 잔소리일 정도로 휴대폰 없이 살아가기가 힘든 것이 오늘의 현실이다. 전 국민의 대부분이 휴대폰을 갖고 있으니까 말이다. 우리의 되돌아보면 쉽게 알 수 있듯이 휴대폰이 없으면 왠지 불안하다. 잠시라도 휴대하지 않으면 뭔가 일어날 것 같은 불안과 미망에 사로잡히기도 한다. 휴대폰이란 그만큼 현대인의 필수불가결한 물품의 하나로 자리 잡은 지 오래가 되었다. 휴대폰의 노예가 되었다고 해도 과언이 아닐 정도로 요즈음의 사람들은 이 굴레로부터 헤어 나오지 못하는 것이 현실이다. 인용시는 그러한 현대인의 심리와 휴대폰의 문화를 다룬 작품이다. 휴대폰은 필수품이지만 언제나 그런 것은 아니다. 스팸문자의 홍수를 떠올려 보면 그것의 폐해 또한 적지 않음을 알게 된다. 휴대폰을 필요악으로 만든 주범은 바로 스팸문자나 넘쳐나는 광고 등에 있기 때문이다.

휴대폰을 가진 사람이라면 누구나 겪는 좋지 않은 기억, 곧 스팸 문자에 대한 기억을 갖고 있다. 이 작품이 가장 먼저 시선을 돌리고 있는 부분도 이런 좋지 않은 기억에 있다. 스팸문자를 받는 사람들은 반복되는 그 문자들의 기억 때문에, 그리고 그 좋지 않은 내용의 기억 때문에 무심히 넘어가기도 하고 경우에 따라서는 과감히 지워버리기도 한다. 그 문자들은 나의 일상성을 구성하는 세계와는 전혀 다르고 삶의 순탄한 흐름을 차단하기 때문이다(시인은 그래서 문자 다음에 쉼표를 찍어서 이를 구분했다). 그러나 사람들은 그 습관화된 일상성에도 불구하고 이에 대한 궁금함을 미처 떨쳐버리지 못한다. 스팸문자의 내용이 과연 무엇일까 하는 호기심 혹은 욕망이 고개를 드는 까닭이다. 욕망과 습관화된 기억(물론 이 기억은 좋지 않은 기억이다)의 팽팽한 줄다리기가 시작되는 것도 이 지점에서이다.

이런 맥락에서 보면 이 작품 속의 작용하고 있고 기억은 앞의 시들과는 매우 다른 경우라 할 수 있다. 그것이 사회적 외연에서 온 것이든 아니면 개인의 체험에서 온 것이든 간에 기억이란 인식의 통합이나 완결성을 지향해 왔기 때문이다. 그런데 「문자의 세상」에서 기억이란 인간의 욕망을 시험하는 잣대 역할을 한다. 휴대전화에 남겨진 문자 속으로 들어갈 것인가 말 것인가의 여부를 이 기억은 계속 시험하고 있는 까닭이다.

> 사람과 함께 이 길을 걸었네
> 꽃이 피고 소낙비가 오고 낙엽이 흩어지고 함박눈이 내렸네
> 발자국이 발자국에 닿으면
> 어제 낯선 사람도 오늘은 낯익은 사람이 되네
> 오래 써 친숙한 말로 인사를 건네면
> 금세 초록이 되는 마음들
> 그가 보는 하늘도 내가 보는 하늘도 다 함께 푸르렀네
> 바람이 옷자락을 흔들면 모두는 내일을 기약하고

> 밤에는 별이 뜨리라 말하지 않아도 믿었네
> 집들이 안녕의 문을 닫는 저녁엔
> 꽃의 말로 안부를 전하고
> 분홍신 신고 걸어가 닿을 내일이 있다고
> 마음으로 속삭였네
> 불 켜진 집들의 마음을 나는 다 아네
> 오늘 그들의 소망과 내일 그들의 기원을 안고
> 사람과 함께 이 길을 걸어가네

—이기철, 「사람과 함께 이 길을 걸었네」 전문
(시집 『사람과 함께 이 길을 걸었네』(서정시학, 2008))

이기철의 이 시는 매우 아름다운 시이다. 여기서 아름답다는 뜻은 수사적 장치의 현란함이라든가 서정적 풍경의 원근과 같은 것이 아니다. 한 인생을 살아온 시인의 모습이, 그리고 그와 더불어 살아온 다른 사람의 모습이 이 토록 순연한 조화를 만들며 살아왔다는 것이 믿겨지지 않을 정도로 담담할 수 있단 말인가. 그런 진솔한 모습이 이기철 시학의 근본원리이거니와 이 작품에서도 그런 빼어난 솜씨를 읽어내는 일은 어려운 일이 아니다.

이 작품은 얼마 전 정년을 맞이한 시인의 인생을 반영한 것처럼 보인다. 그가 살아온 길은 사람과 더불어 온 길이었고, 현재도 그러하며 앞으로도 그러할 것이라는 것이 이 작품의 주제이다. 삶의 지속적 흐름을 그 밑바탕으로 깔고 있기에 이 시의 구성 역시 기억이 중요한 시적 기제가 되고 있다. "사람과 함께 이 길을 걸었다"는 것은 온연한 과거의 사실이며 그러한 기억을 바탕으로 "발자국이 발자국에 닿으면/ 어제 낯선 사람도 오늘은 낯익은 사람이 되"는 현실로 구현되기 때문이다.

이렇게 현재를 완결시키고 미래의 동력으로 나아가게 만든 과거의 기억이란 시인에게 어떤 것이었을까. 우선 시인에게 그 기억은 철저하게 경험에서 길어 올려진다. 관념이나 초월적인 현실에서 직조된 것이 아니라 지금 여기의 생생한 일상에서 만들어진 것이다. 그것은 인생의 역경이기도 했고(소낙비가 오고 함박눈이 내리는 현실), 즐거움(꽃이 피는 현실)이기도 했다. 그러나 이러한 기억들은 인생에 있어 순기능이었든 역기능이었던 간에 시인의 현재의 삶에는 필수불가결한 자양소 역할을 한다. 뿐만 아니라 "오늘 그들의 소망과 내일 그들의 기원을 안고/ 사람과 함께 이 길을 걸어가"는 미래의 동력으로 승화시키기까지 한다. 기억은 시인에게 인생의 길을 안내하는 조타수 역할을 하고 있는 것이다. 실상 이런 류의 기억은 앞의 시들에서 보아왔던 기억의 기능적 역할과 비교해보면 예외적 국면을 보여준 것이라 할 수 있다. 시인의 기억들은 인식의 완결과 같은 현실 너머의 세계를 제어하는 기능적 장치가 아니기 때문이다. 가령, 근대의 불안에서 오는 인식의 완결이나 무의식적 분열을 치유하기 위한 기억에의 여행들이 지극히 관념적인 동기와 무관하지 않다는 것은 잘 알려진 일이다. 그러나 인용시의 상상력은 그러한 초현실적인 동기와는 어느 정도 거리를 두고 있는 경우이다. 시인의 기억에의 상상력은 지극히 현실적인 동기에서 유발된 것이기 때문이다. 그것이 이 시의 장점이며, 시인의 시적 특성이기도 하다.

현대시 속에 구현된 유토피아 의식

인간이 왜 사는가에 대해 물을 때, 여기에 선뜻 대답하기는 쉽지 않아 보인다. 그리고 그러한 삶 자체에 대해 어떤 목적의식을 이끌어내는 것 또한 대단히 어려운 일이다. 이 문제가 이렇게 난마와 같이 얽혀있는 것은 사람마다 처해있는 상황과 입장이 다르기 때문이다. 그러나 자신들에게 부과된 그러한 요건들에 얼마만큼이나 유연하게 대처하느냐에 따라 그 해법은 의외로 간단해질 수도 있다. 그러한 답들이 인간이 찾아가는, 아니 추구할 수밖에 없는 유토피아라고 한다면, 이 의식은 인간이 존재하는 근본 이유 가운데 하나가 아닐까 한다. 인간은 어쩌면 그러한 완결된 생의 욕구를 위해서, 혹은 만들기 위해서 자신이 존재하는 이유를 찾는지도 모르겠다.

인간의 존재 이유가 이런 것이라는 사실에 동의한다면, 이에 이르는 길은 천차만별로 나타날 것이다. 가령, 그러한 길을 고대인에게 묻는다면 풍족한 물질에서 찾았을 것이고, 중세인에게 묻는다면 영원성에서 찾았을 것이다. 또 이성의 규율을 받는 근대인이라면 무의식적인 것에의 회귀에서 찾았을 것이다. 그리고 종교인은 신과의 영원한 합일이라든가 열반과 같은 형이상학적인 초월의 세계를 가장 먼저 손에 꼽을 것이다. 물론 유토피아가 관념 너머의 세계에만 존재하는 것은 아니다. 구체적인 일상의 영역이 바로 그러하다. 몇 년 전까지만 해도 우리 사회에서는 역사 발전의 법칙이라는 명제가 판을 친 적이 있다. 역사의 객관적 필연성을 믿는 이 사관은 현실에 대한 모순의식에 그 토대를 두고 있다. 그렇기에 이 사유는 유물론적인 것이고, 구체적인 현실과 불가분의 관계망에 놓인다. 이런 유토피아 지향성은 지극히 현실적인 것이어서 관념에 토대한 낙원의식과는 정반대의 지점에서 직조된다.

어떻든 인간에게 유토피아를 추구할 힘이 내재되어 있다는 것은 인간이 건강하다는 뜻이다. 만약 인간이 그곳에로 나아갈만한 힘이 없다면, 그는 불활성의 존재, 곧 죽어있는 것과 마찬가지의 경우가 될 것이다.

한해를 마감하고 기축년인 2009년 새해가 되었다. 해가 뒤바뀐다는 것은 단순히 숫자가 바뀌는 것 이상의 의미를 갖는다. 과거의 묵은 때를 벗고 새로운 옷을 입는 자기 점검의 의미가 있기 때문이다. 또한 다가올 미래에 대해 보다 힘찬 자기 결의가 담겨지기도 한다. 연말 연초에 발표되는 시들에서 삶의 건강성에 대한 담론들이 많이 발견되는 것은 이 때문이다. 건강성이란 미래에 대한 유토피아 의지 없이는 불가능하다. 한해가 바뀌는 시점에서 유토피아 의식을 담아낸 시들이 많은 것은 당연한 일이긴 하지만, 그러나 유토피아 의식이 어느 한 순간의 계기에서 주어지는 일회적인 것은 아니다. 그것은 항상적인 성격을 갖는다. 많고 적음의 양적인 문제만이 있을 뿐 그 질적 테마는 영원한 숙제로서 인간에게 다가

오는 숙명의 문제이다.

> 쇠와 쇠가 부딪치는
> 금속성의 시간을 벗어나
> 골목처럼 갇힌 레일 위를 뛰쳐나가
> 온몸에 땀을 퍼부으며
> 들판을 달려가고 싶다
>
> 가로놓인 저 산맥을 타고 넘어가
> 한치도 벗어날 수 없는 이 속박을
> 깡그리 벗어 던지고
> 영원 속으로 사라져버리고 싶다
>
> 굴레와 멍에를 박차버리고
> 온몸에 불을 토하며
> 광야를 갈아엎고 싶다
>
> 삐걱대며 쇠와 쇠가 부딪는
> 차디찬 죽음 계곡을 차고 나가
> 찰진 땅으로 돌아가
> 그대 맨 가슴에 안기고 싶다
>
> ─김완하, 「KTX」 전문(『시인시각』 2008년 겨울)

길게 늘어선 철로, 일정한 간격으로 쭉 뻗어나간 철로를 본 사람이라면 한번쯤 그 합일 없는 궤적에 대해 나름대로의 망상을 가졌을 것이다. 뿐만 아니라 그 둔탁한 금속성의 감각에 대해서도 얼마간의 상념에 젖은 기억들이 있을 것이다. 김완하가 「KTX」에서 묘파해낸 부분도 이것이다. 그럼에도 이 시가 담아내고 있는 것은 둔탁한 금속성이 주는 날카로운 청각이나 촉각과 같은 물리적 감각이 아니다. 뿐만 아니라 철로의 궤도에서 읽혀지는, 영원히 합일되지 않는 이별의 형이상학과 같은 뻔한 주제도 아니다.

이 작품의 표면적인 주제는 일단 이성적인 사랑이다. 폭풍과 같이 질주하는 힘으로 온갖 장애물을 밀쳐내고, 궁극에 가서는 그대의 가슴에 안기는 구조로 이 시는 짜여 있기 때문이다. 이성에 대한 저돌적 힘의 추구라는 이 표면적 주제만으로도 이 작품은 손색이 없다. 이성적 사랑을 읊은 이전의 시들이 주로 나약한 음성이나 힘없는 여성적 화자로 일관되어 있음에 비해 이 작품은 남성적인 톤으로 이 주제의식을 구현해내는 창의력을 보여주고 있기 때문이다. 그러나 이 작품의 묘미는 이런 표면적인 것보다 이면적인 다른 어떤 것에 있다. 인용시의 소재인 KTX는 현대 과학문명의 총아이다. 그것은 근대 초기의 철도와 비견될 만큼 근대를 대표하는 상징성을 갖고 있다. KTX가 이 시대의 현대성을 대표하는 상징이라면, 이에 대한 의미화는 바로 현대성의 미적 구현에 해당될 것이다.

현대성의 가장 큰 특징 가운데 하나는 일시성에 있다. 중세의 영원성이 사라진 이후, 현대를 풍미한 것은 오직 순간이었기 때문이다. 인용시가 먼저 주목한 부분도 이 순간의 시간의식이다. "쇠와 쇠가 부딪치는 금속성의 시간"들은 모두 지금 여기, 순간의 세계이다. 서정적 자아는 그러한 일시적 세계를 벗어나기 위해 고민을 거듭거듭 한다. "가로놓인 저 산맥을 타고 넘어가/ 한치두 벗어날 수 없는 이 속박을/ 깡그리 벗어 던지고", "영원 속으로 사라져버리고 싶"어 하는 것이다. 이 영원성이야말로 근대인이 잃어버린 유토피아가 아니겠는가. 시인은 그러한 세계에 이르기 위해 자신을 규율해온 온갖 굴레와 멍에를 벗어버리고 정신의 해방에 이르고자 한다. 그 해방구란 "찰진 땅으로 돌아가" "그대 맨 가슴에 안기는" 일이다. 이 행에서 우리의 관심을 끄는 것은 두 가지 어구이다. 바로 '찰진 땅'과 '맨 가슴'이다. 이 어구들은 모두 반근대적인 것과 관련된다. 근대 과학이라든가 이성의 세계와는 무관한 원시의 땅과 몸의 세계인 것이다. 자연을 기술적으로 이용하지 않은 세계, 아담과 이브가 맨 몸으로 서 있는 세계, 환웅과 웅녀가 알몸으로 서 있는 세계, 이 세계야말로 차가운 금속성을 뛰어넘는 시원의 장소이며, 시인이 영원히 살고자하는 유토피아이다.

> 봄 山에 꽃 보러 간다. 연초록이 눈을 콕콕 찌른다. 내 몸이 팔짝 뛰고 뒤로 자빠질 것만 같다. 진달래꽃 정령들이 불쑥불쑥 튀어나온다. 꽃잎 속에 나보다 먼저 꽃구경 나온 벌 나비가 한가로이 가부좌 틀고 있다. 하루를 공친다. 空山에 들어설 때까지. 저렇게 꽃잠에 취해 魂을 도둑맞은 사람도 있겠다. 천지간에 온갖 花冠들이 현현하다. 무거운 발걸음으로 정상에 오른 나는 절로 무릎을 친다, 꽃구경이 시작도 없고 끝도 없다. 금방 꽃빛 마신 나는 마냥 행복해진다.
>
> ─ 이병일, 「꽃잠」 전문(『창작과 비평』 2008년 겨울)

만약 고석규가 이 작품을 보았다면, 이 시는 1950년대 서정주의 「상리과원」이나 김춘수의 「인인」을 떠올리면서 그들과 어깨를 나란히 하고 있는 작품이라 했을 것이다. 「상리과원」이나 「인인」은 전후의 혼란스러운 질서를 딛고 일어서는 끈끈한 모습들을 대자연의 합창 속에서 읽어난 탁월한 작품들이다. 고석규는 민족의 심연에 흐르는 평화의 도도한 물결을 이렇게 자연의 질서 속에서 찾아내었다. 그러나 지금은 전쟁의 격한 상황도 아니고 사회적 혼란기도 아니다. 이러한 때에 봄의 찬연한 꽃바람에 취해드는 마비의 상태란 무엇을 말하는 것일까. 일단 그 원인을 존재의 불안에서 찾을 수 있고, 또 근대의 불안이 가져다 준 인식적 완결에의 욕망에서 찾을 수도 있을 것이다. 「꽃잠」의 자연에의 친화현상이 존재의 불안에 의한 것이라면 모성적 동기와 관련이 있을 것이고, 인식의 완결과 관계되는 것이라면 무의식적 동기와 관련이 있을 것이다. 어느 것에 보다 더 큰 연관성이 있는가를 이 작품에서 찾아보는 것은 쉽지 않다. 그러나 그것이 어떠한 동기에 의한 것이든 이 작품이 지향하는 것 또한 유토피아 의식에서 찾을 수 있다.

유토피아에 이르는 「꽃잠」의 경로는 마취의 감각에 있다. 시인은 그러한 도취의 상태에 이르기 위해 시각이나 후각과 같은 감각적 이미지를 이용한다. 우선 처음에 동원된 감각은 시각이다. 시인은 "봄 산에 꽃을 보러" 간다. 이 시각에 의해 "내 몸이 팔짝 뛰고 뒤로 자빠질 것만 같"은 도취의 상태에 빠진다. 그런데 이런 감각은 후각을 동원함으로써 다시 절정에 이른다. 시작도 끝도 없는 꽃구경을 한 뒤에 서정적 자아는 꽃빛을 마시기 때문이다. 꽃에 의한 이 감각들을 통해서 시인이 얻은 것은 행복의 감수성이다. 다소 직절적인 이 정서가 마음에 걸리긴 하지만, 그러나 도취의 감각을 이용하여 인식의 완결을 이루어내고 있는 점에서는 높이 평가할 만하다.

일찍이 이런 도취의 감각을 이용하여 근대의 불구성을 뛰어넘은 경우로 가람 이병기를 들 수 있다. 그는 난초 향기의 마취 속에서 일상을 멋들어지게 뛰어넘은 바 있다. 의식의 마취를 통해서 무의식의 심연으로 흘러들어가는 방법인데, 가람은 이를 통해서 근대를 뛰어넘고자 했다 「꽃잠」이 말하고자 하는 것도 이 부분이다. 꽃빛을 보고 마신 다음에, 행복 속에 도취되는 자의식의 해방이야말로 가람의 그것과 흡사하지 않은가. 21세기에 이런 감각을 다시 만나는 것이 낯설긴 하지만 또한 즐겁지 아니한가.

> 호수부터 천천히
> 한반도를 안고 늙은
>
> 중생대 우포늪은
> 우주의 오랜 여인
>
> 깃들인 숱한 종들의
> 언문풍월
> 行狀같은
>
> 바람이 칠 때마다 자우룩 주름이 져도
> 끝없는 생명의 방문 안팎이 도통 없어도
> 늘 새론 산란의 꽃들로 가야왕관을 빛나니
>
> 얕은 수심이 외려
> 깊은 생명터 되는
>
> 기쁨으로 소란한
> 물의 교란
> 생의 찬란
>
> 우포 저, 푸른 자궁에
> 우주 또 산란하시네

—정수자, 「늪의 기원」 전문(『현대시학』 2008년 11월)

유토피아를 운위할 때, 소위 모성적인 것만큼 오래되고 근원적인 것이 있을까. 실상 유토피아의 핵심은 모성적인 것에 있다고 해도 과언이 아닐 만큼 이 감각은 거의 절대적인 위치를 차지해 왔다. 인간의 뿌리가 모성이었고, 우주라고 하는 것도 궁극적으로는 모성적인 것과 관련이 깊다. 인류의 시초 공간으로서 의미가 있는 에덴동산 역시 모성적인 어떤 카테고리를 떠나서는 그 설명이 불가능하다. 이렇게 본다면 모성적인 것은 곧 인간 그 자체라 해도 무방하다고 하겠다.

정수자의 「늪의 기원」이 말하고 있는 것도 생명의 저장소, 곧 모성적인 것의 뿌리로서 늪이 갖는 의미의 탐색에 있다. 우선 이 작품의 특색은 구체성에서 찾을 수 있다. 모성적인 것의 가치나 의미를 탐색한 시들에서 보이는 약점 가운데 하나가 관념성이다. 물론 형이상학적 초월의 의미역들을 노래할 경우 관념의 함정을 비껴가기 어려운 것이 사실이다. 이는 보편주의 자체가 갖는 획일성이라는 덫 때문이다. 그러나 「늪의 기원」은 모성적인 것이라는 보편적 주제를 담고 있으면서도 일반화된 영역으로 쉽게 떨어지지 않는 장점이 있다. '우포'라는 구체적인 소재와 한반도라는 역사적 공간 속에서 모성적인 것의 의미화가 이루어지고 있기 때문이다. '우포'는 한반도의 역사와 더불어 함께한 우주의 오랜 여인이다. 그 오랜 세월동안 우포는 모든 동식물의 생명의 근원이었으며, 그 산란의 꽃들로 가야왕관까지 빚어내었다. 이를테면, 그곳은 생명체들의 단순한 물리적 공간이었을 뿐만 아니라 역사의 무대를 제공한 실제적 공간이었던 것이다.

'늪'에 대한 이러한 의식은 모성적인 것과 분리시켜 논의하기 어려울 것이다. 그것은 생명의 근원이자 삶의 근원이기 때문이다. 존재의 불안이나 근대의 불안에서 오는 존재의 흔들림을 치유하는데 있어서 모성적인 것만큼 훌륭한 치유책은 없을 것이다. 이러한 특성을 갖고 있기 때문에 모성적 상상력은 사이클적 특징을 갖고 있다. 가령 일회성이라든가 순간성의 의미들은 모성적인 상상력과는 거리가 멀다. '우포의 늪'은 지금껏 생명을 창출해왔고 현재도 하고 있으며 또다시 할 것이다. 생명의 뿌리 인 우주를 계속 잉태해나갈 이 순환성이야말로 「늪의 기원」이 표방한 모 성적 상상력의 궁극일 것이다. 이렇듯 이 작품의 의의는 현대인의 궁극 적 고향을 우포라는 늪에서 찾아내고 이를 모성적 상상력 속에서 읽어내 었다는 점에 있다.

> 아직도 이 땅에 이름 없는 산이 있다 지도에도 없다 이름 없으니 얼
> 마나 좋으랴 내 고향 귀현리에도 이름 없는 봉오리가 있다 마을 뒤에
> 있다고 뒷동산이고 동구 앞에 있다고 앞산이다 그것도 이름이다 이름
> 없이 그냥 산이고 나무고 사람이면 어떠리 이름 때문에 고생하는 사람
> 이 한둘 아니다 하나도 모자라 호도 있고 자도 있고 아명도 있고 필명
> 도 있다 이름 때문에 고생하는 사람들은 비석에 이름과 호와 자를 음각
> 으로 깊이깊이 파서 남긴다 이름 있는 것보다 없는 것이 많다 나는 이
> 이름 없는 산이 더 좋다 산이 이름 없으니 산이다 그래서 이름 없는 사
> 람들만 이 산에 올라온다 이름이 없으면 그것만으로 기쁘나 "우리가 어
> 떻게 하늘과 어머니인 대지와 공기와 시냇물을 팔 수 있단 말인가?" 내
> 가 가장 감명 받은 이 말도 실은 이름 없는 인디언 추장이 한 말이다 이
> 름이 없으니 땅과 하늘을 편견 없이 볼 수 있는 것이다.
>
> — 고영조, 「산」 전문(『시를 사랑하는 사람들』 2009년 1-2월)

정신분석학자인 라깡은 언어가 틈입해 들어옴으로써 인간에게 억압이 생겨났다고 한다. 이는 아버지라는 존재가 유아에게 각인되면서 무의식 에 억압이 시작된다는 프로이트의 논리를 발전시킨 것이다. 이른바 아버 지를 대신한 것이 언어가 되는 셈이다. 이 논리에는 다음과 같은 뜻이 내 포된다. 사물이 있고 개념이 있은 연후에 하나의 존재가 완성된다면, 그 존재는 이미 불완전한 의식의 소유자라는 사실이다. 따라서 인식의 완결

성을 이루어내려면 개념 이전의 존재로 되돌아가야 한다. 이 상태란 정신의 완전한 해방 상태, 곧 유토피아이다.

고영조 시인의 「산」이 말하고자 하는 부분도 여기에 있다. 인간은 자신의 존재와 욕망을 부각시키고 채우기 위해 다양한 형태의 성채들을 만들어 왔다. 경계를 구획지어서 자신만의 영토를 만들거나 경우에 따라서는 타인의 영역까지 침범해 들어가 이를 실현시켜 왔다. 그 확장의 첨병 역할을 해온 것이 바로 이름 짓기에 있었다는 것이 시인의 판단이다. 이름을 짓는 주체는 인간이다. 그런데 그러한 명명행위는 욕망의 지원을 받으면서 끝 간 데 없이 확장되어 왔다. 가령, 자신의 본명으로도 모자라 "호도 있고 자도 있고 아명도 있고 필명도" 만들어 왔다. 그런데 이러한 명명행위는 살아서 끝나는 것이 아니라 죽어서도 계속 이어진다. 죽은 뒤에도 "비석에 이름과 호와 자를 음각으로 깊이깊이 파서 남기"고 있기 때문이다. 이러한 행위들은 영원히 살고자 하는 인간의 무한 욕망과 떼어놓고 설명하기 어렵다. 이를 두고 영원을 향한 유토피아라고 부를지도 모르겠다. 그러나 영원이란 물질을 통해서는 이루어지지 않음을 역사가 증명하지 않는가. 오직 정신의 질적 고양과 초월을 통해서만 그것은 가능해진다. 그럼에도 인간들은 물질의 영역에만 집착한다. 욕망이란 마약으로부터 헤어 나오지 못하기 때문이다. 이를 벗어나기 위해서는 명명 행위를 그만 두어야 한다. 개념이 없는 본질 그 자체 속으로 빠져 들어갈 때에만 수평적인 평등의 영역을 만날 수가 있는 것이다. 「산」은 그러한 길도 안내하는 해법을 개념 이전의 세계를 통해서 보여준다. 개념이 떠날 때, 곧 명명 행위가 그칠 때, 인간에게 초월이라는 선물이 다가오는 것임을 이 작품은 우리에게 일러준다.

백년이나 이백년 후면 이백살까지 산다는데
그러니까 백년이나 이백년 후면

백이른살된당신아들과백마흔살된당신손자와백스무살된당신증손자와
백살된당신고
손자와여든살된당신현손자와
(두루 둘러봐도 쭈글쭈글한 생들뿐이다)
(나는 육대 이후의 호칭을 알지 못하니)
이윽고쉰살된당신육대손자와서른살된당신칠대손자와이제갓태어난당
신팔대손자가

오래된 큰 나무가 그렇고
오래된 된 큰 구름이 그렇고
그렇게 오래된 것은 비어 있게 마련이라고,
당신이 죽어가는 머리맡을 비워둘 텐데

길고 긴 당신 유전자의 진화와 변종의 역사를
오래오래 회억하신 후 당신은
잇고 잇고 또 잇다보니 뒤끝이 흐리도다
종언하실까 아니면
잊고 잊고 또 잊었으니 죽기에도 가볍도다
유언하실까 그러니까

백이른살된당신아들과갓태어난당신팔대손자사이의
이 한없이 길고 한없이 지루한 생을
얼마나 오래오래 완성해야 한단 말인가
백년도 아니고 이백년 너머까지

　　　　　　―정끝별, 「죽음의 완성」 전문(시집 『와락』(창작과 비평, 2008))

정끝별의 이 작품은 존재의 완성이라는 인간의 근원적인 문제를 다루고 있다. 그런데 그 상상력이 매우 독특하다. 경우에 따라서 그것은 공상과학에 나올법하다. 인간이 이백 살까지 살아야 하는 현실이 과연 올 것인가 하는 것도 독특하지만, 만약 그럴 경우 기존의 관습이 어떻게 혼란스러워질 수 있는가에 대해서도 재미있게 풀어내었다. 나를 기점으로 팔대 손자가 함께 공존하는 일이 실현 가능한 현실이 될 수 있을 것인가.

이 작품의 주제는 제목이 일러주는 것처럼 죽음의 완성에 있다. 죽음이란 단지 육신의 소멸이라는 물리적인 차원을 뛰어넘는 행위이다. 정신분석학적으로 보면 그것은 모성에의 완전한 회귀이고, 종교적으로는 보면 영원에의 완전한 승화이다. 죽음이 단지 인간적 슬픔의 차원으로 머물 수 없는 이유가 여기에 있다. 따라서 죽음은 존재의 완성을 행해 나아가는 또 다른 유토피아인 것이다. 비록 인간이 구도자가 아니어도, 또 존재의 완성에 대한 가열찬 의지를 갖지 않아도 죽음으로써 존재의 불완전성을 극복해낼 수 있다. 지금처럼의 수명만 유지된다면, 비교적 짧은 시간 안에 그것은 가능하다. 그런데 이백 살까지 사는 경우를 가정해 보라. 그 지루한 삶의 과정은 차지하더라도 그 각각의 세대를 규정지을 명칭조차 찾지 못할 정도로 관습은 혼란스러워질 것이다. 뿐만 아니라 죽음으로써 존재의 완성을 이루어내려는 인간의 욕망 또한 한없이 지연될 것이다.

오래 사는 것이 인간에게 복이 될 것인가, 아니면 해가 될 것인가. 이 작품이 이런 일차원적인 길흉화복을 묻고 있는 것은 아니지만, 어떻든 그것은 손재의 완성을 지상 넝제로 하는 인간에게 던저지는 중요한 문제가 아닐 수 없다. 생이 길어질 때, 그렇지 않을 경우보다 존재의 완성이란 문제가 더 완벽하게 이루어질 수 있는 것인가. 시인의 의문은 계속 꼬리표를 이어가면서 던져진다. 이에 대한 정확한 답은 물론 있을 수 없다.

다만 생명이 길어진다고 해서 존재의 완성을 향한 구도의 질들이 더 나아질 수 없다는 것을 이 작품은 알려준다. "이 한없이 길고 한없이 지루한 생을/ 얼마나 오래오래 완성해야 한단 말인가"라고 시인 스스로 끊임없이 자문하고 있기 때문이다. 존재에의 완성은 불완전한 인간에게는 다가와야 할 미래의 유토피아이다. 「죽음의 완성」은 인간이라면 누구나 구조적으로 겪어야만 하는 주제, 곧 존재의 완성이라는 주제가 얼마나 험난한 것인가를 인간의 수명이라는 문제를 통해서 독특하게 풀어낸 작품이다.

아직도 나에게는 보이지가 않습니다
무겁지도 가볍지도 않은 멀기만한 길
나는 오늘에 실려 이 길을 가고 있습니다

보이지도 들리지도 않는 목소리
그 목소리에 이끌려 나는 이 길을 갑니다
푸른 하늘이 내 가슴에 파도를 칩니다
땅의 믿음직한 노래가 초목들로 피어나고
길은 길을 만들어 그 길로 나는 곧장 걸어나갑니다

누가 부르지 않아도
누가 이끌지 않아도
내가 내 마음을 실어 이 길을 가고 있습니다
햇빛 투명하게 내리쬐는 온종일을
눈비 가득 담은 날에도
신명의 옷깃을 세우고 내일의 바람이 되어
나는 아직 이 길을 계속 걸어가고 있습니다

저 붉은 태양이 사라지고

마음의 별빛도 이미 다 사라져
아무 것도 보이지 않을 때까지
나는 이 길을 계속 걸어가고 싶습니다
쓰러져 누울 때까지 혼자서도 부를 수 있는
지치지 않는 노래 한 곡조 같은 이 길을

— 정공량, 「세상의 발걸음」 전문(『시와정신』 2008년 겨울호)

인용시는 세상과 더불어 긍정적으로 살아가고자 삶의 자세가 아름다운 시이다. 그러한 아름다운 삶을 두고 유토피아라라고 부르는 것이 가능하지 않을까. 이 작품은 앞의 시들과 달리 어떤 형이상학적 사유를 탐색하거나 관념의 늪 속에서 헤매지 않는다. 똑같은 유토피아를 구가하면서도 그것이 관념 속에서 구해지지 않기 때문이다. 서정적 자아는 지금 여기의 일상에 놓여 있다. 그 속에서 자아는 삶의 아름다움이나 긍정성을 찾아내려 한다. 현실 너머에서 찾아지는 존재의 문제들이 주로 무의식의 영역이라든가 형이상학적 초월과 관련이 깊은 것이라면, 현실 이쪽에서 탐색되는 존재의 문제들은 주로 삶의 긍정성과 깊은 관련을 맺고 있다. 이 시가 초점을 맞추고 있는 곳은 후자의 경우이다.

「세상의 발걸음」을 지배하는 주조는 삶의 건강성이다. 자신의 앞길에 놓여 있는 것이 무엇이든 간에 서정적 자아는 삶에 대한 건강성과 긍정성을 바탕으로 이를 헤쳐 나아간다. 시인의 그러한 길을 인도하는 것은 "보이지도 들리지도 않는 목소리"이다. 그 소리에 이끌려 시인은 그저 앞으로 나아가기만 한다. 그렇나면, 시인을 건강한 삶으로 이끄는 그 "보이지도 들리지도 않는 목소리"란 무엇일까. 그것은 바로 '푸른 하늘의 파도'와 '믿음직한 초목들의 노래'이다. 시인은 이 소리에 이끌려 앞으로 나아가게 된다. 그러나 여기서 이 작품은 관념의 터울에 걸리게 된다. '푸른 파도와 초목의 노래'란 자연 그 자체, 흔히 이야기되어 온 우주의 이법이기 때문이다.

자연의 이법에 따른다는 시적 의장은 우리 시사에서 그렇게 낯선 영역이 아니다. 자연이 시의 소재로 들어온 것은 근대 이전부터 있어 왔다. 이때의 자연이 주로 완상의 차원이었다. 그러나 근대 이후의 자연은 닮음의 차원으로 바뀌게 된다. 여기서 닮음이란 자연과 더불어 사는 행위이기도 하지만 자연과 일체되는 삶의 경우를 말한다. 근대의 불구화된 삶을 치유하기 위해서는 자연과 같은 완벽한 존재도 없기 때문에 그러하다. 자연이란 지배의 대상이 아니라 그 속에 들어가 그와 함께 하는 존재일 때, 그것의 궁극적 의미가 있다는 것이 근대의 자연관이었다. 인용시는 그러한 자연관을 수용하면서도 그것과 하나 되는 일체화된 의식을 보이지는 않는다. 이것이 기존의 자연시들과 다르다면 다른 점이다. 자연의 이법을 따르되 그것이 지시하는 대로 따르겠다는 것, 그것이 이 시가 자연에서 얻은 유토피아적인 삶의 방식이라 하겠다.

일상과 상상력의 생산적 회로

　시는 체험의 영역보다는 상상력의 영역에서 길러진다. 시가 리얼리즘의 틀 내에서 논의되는 것이 부담스러운 이유도 여기에 있다. 그만큼 시는 경험에 의해서가 아니라 인식 주관의 상상에 의해 생산되는 장르적 특성을 갖고 있다고 하겠다. 그렇다면 시에서는 경험이라든가 체험과 같은 현실적 요인들을 찾아보는 일은 불가능한 것인가.

　일찍이 코울릿지는 상상력과 공상을 구분하면서, 상상력의 영역을 우위에 놓고자 하는 의도에서 생산의 개념을 상상력에 결부시킨 바가 있다. 즉 생산적인 요소가 전혀 배제된 경우를 공상이라고 하면서, 이것이야말로 생산과는 전연 무관한 그 어떤 것으로 치부해버린 것이다. 이를 자세히 검토해 보면, 코울릿지가 왜 상상력을 인간의 주요한 인식작용의 하나로 거론하고 여기에 생산의 요소를 결부시키게 되었는가 하는 점을 알게 된다. 그것은 생산적인 것이란 현실적인 요소와 불가불 떼어놓을 수 없는 관계를 지닌다는 사실 때문이다. 이를 달리 이야기하면 현실이 배제된 상상력이란 한갓 쓸데없는 공상에 불과하다는 점이다. 그것은 단지 관념일 뿐이고 인간의 인식작용에서 전혀 생산적인 기능을 하지 못하게 된다. 결국 현실과의 *끈끈한* 관계가 없는 상상력이란 문학 속에서 아무런 의미도 어떤 기능적인 요소도 갖지 못한다는 이야기가 된다.

시의 가장 일반화된 주제들인 존재론적 고독이나 자아성찰의 문제들 역시 이와 밀접한 상관관계에 놓인다. 이러한 주제들은 마치 현실적인 요소를 배제한 채 시에서 직조되는 것처럼 인식되어 왔지만 실상은 전혀 그렇지가 않다. 이들 영역이 체험 등과 교감되지 않은 채 시에서 재현될 경우, 그 작품은 전연 관념적인 어떤 것이 된다. 시를 언어유희에 바탕을 둔 것이라고 한다든가 시인만의 특수한 체험으로 치부하는 사례들이 바로 이러한 경우에 속한다. 그러한 시들은 독자의 정서를 자극하지도 못할 뿐더러 시의 가장 일반화된 영역인 감상의 차원에도 미치지 못한다.

이렇듯 시란 상상력에 의해 길러지는 것이지만, 체험의 영역 또한 무시할 수 없는 것이다. 이 두 가지 요소가 적절한 비율과 배합으로 어울려질 때, 한 편의 훌륭한 시, 좋은 감동을 주는 시가 탄생하는 것이다.

1. '역설' 속을 살아가는 삶의 미로

오래도록 입술 적시지 못했던 그가
마른 입술을 핥는 모양새로 주저앉았다

무관심을 먹고 자란 내력답게
목숨 풀어놓을 곳 점지해 놓고
허공으로 제 몸을 조금씩 증발시켰을 것이다

식물의 죽음이라기보다는
동물의 죽음이라 불러야 어울릴 법한
그런 무너짐의 흔적,

메마른 사막을 걷는 일이 그렇게도 하염없어
그대로 그 자리에 뿌리 내리고 초점을 버리고
그 동물은 천천히 슬픈 식물로 굳어갔을 것이다
늘 절실하게 살아온 습관 그대로
딱딱한 껍질로 저를 감싸는 것도 모자라
온 몸의 털을 굳혀 견고한 가시를 만들었을 것이다

움츠리고 죽어 있는 선인장의 견고한 털을 쓰다듬다가
손가락을 찔렸다, 아직 서늘하게 살아 있는
그 동물의 본성에 서투른 위로를 받았다고
고백한다면 당신도 모르는 척
돌아오려는지, 입 밖으로 내뱉는 순간
차압되는 감정들을 그래도 내보여 보라고
또 다시 다그치려는지
그리하여 또 영영 강을 건너려는지, 나 있는 사막에
지친 짐승의 눈을 하고 다시 찾아오려는지

어찌할까,
깊은 우물을 속으로 품고 무너져간 선인장처럼
너의 모습으로 내가 죽어감을 어찌할까

─이혜미, 「견고한 죽음」 전문

　이혜미의 「견고한 죽음」은 '나'라는 현실, 내가 처해진 현실 속에서 어떤 사물을 보고 시적 상상력을 얻은 작품이다. 내가 처해있는 현실이란 '사막'("그리하여 또 영영 가을 건너려는지, 나 있는 사막")이며, 그 사물이란 바로 시의 소재가 되고 있는 '선인장'이다.

선인장이란 무엇인가. 아마도 이 지구상에 살아있는 생명체 가운데 가장 열악한 환경 속에서 살아가는 식물일 것이다. 시인은 선인장의 형성과 생존조건에 대해 세심한 관찰을 한다. 그것이 이전부터 내려오고 있는 역사나 현재 뿌리내리고 살아가는 모습 등에 대해서 말이다. 겉으로 드러난 모습만 보면, 선인장은 그 악조건을 딛고 살아남았다는 점에서 매우 견고하고 질긴 생명체라 할 수 있다. 그러나 달리 보면 그러한 황폐한 조건을 견디어내는 선인장은 애처로움과 슬픔을 불러일으키는 존재가 되기도 한다. 겉과 속이 다른, 일종의 역설인 셈이다. 선인장의 역설! 이 역설적 상황 속에서 시인의 상상력은 꽃 피어난다. 그리고 이곳이 시인 스스로 자신을 선인장과 같은 존재로 동일시하고 있는 바로 그 인식지점이다.

그러면 시인은 왜 자신을 선인장과 같은 역설적 존재로 인식하고 있는 것일까. 여기에 이 시의 근본 의도가 있을 터인데, 이 시의 의미 맥락을 따라가다 보면, 다음 두 가지 이유에서 그러한 것이 아닐까 생각된다. 하나는 시인이 처한 환경일 것이고, 다른 하나는 인간의 삶 그 자체가 역설적이라는 점이다. 그런데 이 두 가지 사항은 모두 인간의 존재 조건과 관련되는 문제이다. 영원성을 상실한 인간이 겪는 삶이란 어차피 사막과 같은 환경일 수밖에 없지 않은가. 그리고 '죽기 위해서 태어난 인간의 삶'이란 말에서 알 수 있듯 인생 그 자체가 또한 역설적이다. 시인의 시적 상상력이 닿아 있는 곳은 이렇듯 인생과 삶 속에서 체득되는 역설적 일상이다.

2. 일상 속에서 길어 올려지는 상상력

공중화장실 벽에 걸려있던 두루마리화장지가
툭, 떨어져 바닥을 구른다

우두커니 서 있던 그 자리에 털썩, 주저앉아 바닥 칠 수조차 없던
나무의 나이테가 풀렸다
구른다, 또르르 삼겹살 몇 근으로 끊어내지 못한 나무의 뱃살이
수백 수천 장 푸른 손바닥에 새겼던 바람의 귀엣말이 신발처럼 벗겨
진다
꼼지락꼼지락 발가락으로 움켜쥐고 살았던
혓바닥이 구른다

동그랗게 말린 바람의 혓바닥이 핥아 먹어버린 나무의 시간 속으로
천둥벼락이란 뒤 마렵던 구름의 말, 혀가 짧아 말이 되지 못한 새는 푸
드덕 날개라도 풀어 쓰-으-윽 내 깊고 어둔 똥구멍 닦아내고 싶었을 것
이다

도대체 나무는 급한 볼일을
얼마나 참은 것일까

두루마리화장지보다 함부로 풀어썼던 내 혓바닥이
펄쩍펄쩍 뛴다

—김륭, 「두루마리화장지」 전문

김륭 시의 상상력은 매우 독특한 곳에서 시작된다. 그의 시의 술발이
되는 곳이 화장실인 까닭이다. 물론 화장실이 상상력의 매개가 되었다고
해서 특별한 의미가 부여되는 것은 아니지만, 그럼에도 이러한 발상이
재미있는 것은 어쩔 수가 없다. '화장지'라든가 '급한 볼일', '똥' 등과 같

은 금기적 담론이 우선 흥미롭고, 또 그것으로부터 시적 의미를 부여하고 있는 것 역시 즐거운 까닭이다. 이렇게 일상의 터치 속에서 길러져 나오는 시적 상상이야말로 시를 현실감 있게 만들고, 또 시가 흔히 빠지기 쉬운 관념의 함정으로부터 비껴가게 하는 것은 아닐까.

시인은 어느 날 어느 공중변소에 갔다가 바닥에 떨어진 화장지를 본다. 시인의 상상력은 바닥에 떨어진 이 화장지에서 시작되는데, 그것이 매우 독특하고 재미가 있다. 화장지의 주된 재료는 나무이다. 그리고 나무로 된 그것이 풀어헤쳐지면서 나무의 긴 인내의 역사, 욕망의 역사가 펼쳐져 나오게 된다. 시인은 화장지가 풀어져 흩어지는 현상을, 나무가 오랫동안 지녀왔던 욕망의 분출로 해석해내고 있다. 곧, '화장지의 풀어짐'을 '나이테의 풀어짐'으로, 그리고 언어의 전달체인 '혓바닥'으로, 게다가 그것의 주기능인 '똥구멍의 닦아냄'이란 욕망의 발산으로 인식하고 있는 것이다. 이 얼마나 기발한 상상력인가. 그런데 그러한 기발한 상상력은 여기서 그치지 않는다. 시인은 '화장지의 풀어짐'을 '내 혓바닥의 뗌'으로 연결시키고 있기 때문이다.

화장지가 떨어지고 풀어지는 일은 매우 빠르고 쉽게 이루어진다. 그런데 그러한 일들은 나무의 오랜 기다림과 비교되면서 더 빠른 속도감이 느껴진다. '나무의 나이테'라든가 '수백 수천 장 푸른 손바닥에 새겼던 바람의 귀엣말'을 상상해보라. 시간의 깊이와 넓이가 엄습해오지 않는가. 그러나 화장지가 떨어져 풀어지면서 그러한 시간의 깊이라든가 넓이는 찰나의 순간으로 바뀌어버린다. 오랜 인내의 역사를 뒤로 한 채, 쉽게 떨어지고 풀어지는 것이 화장지의 근본 속성이다. 반면 그러한 성격의 화장지와 대비되는 내 혓바닥의 경우는 또 어떠한가. 내 혀는 오히려 그보다 더 빠르지 않는가. 그것도 그냥 빠른 것이 아니라 '펄쩍펄쩍 뛸 만큼'

306

매우 넘실거리기까지 한다. 이 시가 말하는 근본 전언이 여기에 있는바, 일상적 담론들이 너무 쉽고 빠르게 전달되는 세태에 대한 비판과 자기성찰이 바로 그것이다.

3. 일상 속에서 피어나는 진실

　　기차는 여덟 시에 떠났네 여덟 시는 너무 빨리 왔고 데오도라키스*는 카타리나 행 열차에 십일 월 늦은 저녁을 싣고 떠나고 그의 눈빛만 남았네 광장에 떠도는 눈발처럼 여덟 시만 남았네 아그네스 발차**가 주섬주섬 목청을 주워 담네 십일 월이 쓸쓸하게 밤을 건너고 있네 마리화나를 입에 문 하현달이 몽롱한 연기를 뿜어대고 있네 기적이 떠난 레일 위에 몇 량의 적막이 정차해 있네 마른 가랑잎들이 철로 저쪽의 어둠을 날라다 공터에 쌓았네 기차는 카타리나로 떠났네 그리움을 떠나보낸 곳은 어디라도 다 카타리나였네 비밀한 저녁이 낯선 역 플랫폼에서 끝없이 맴돌고 있네 LP판 소용돌이 속에 그는 갇혔네 여덟 시에 꽂힌 시계탑은 꼼짝도 안 하네 떠나간 것은 아무것도 없었네 우울한 몽상만 손바닥 밖에서 저물고 있네

— 이정원, 「남아있는 것들」 전문

　　이정원의 시는 깊은 페이소스를 남게 하는, 요즘 시단에서 흔히 볼 수 없는 감수성을 담아내고 있는 작품이다. 여기서 근래 시단이라고 특별히 강조한 것은 그 나름의 이유가 있다. 일상성에 의해 압도당하고 있는 것이 현대의 삼수싱이라고 하면, 정서의 깊이나 감상에 침윤되어 있는 시들을 요즈음 만나기란 쉬운 일이 아니기 때문이다. 가령, 식민지 시대의 소월의 시나 가까이로는 박인환의 경우를 생각해 보라. 이러한 정서들을 사회와의 상관관계 없이 설명하는 것은 불가능한 일일 것이다.

일상성보다는 그것을 초월한 세계, 어떤 관념적 감수성의 세계에서 뛰놀고 있는 것이 「남아있는 것들」의 근본 특징이다. 이 시의 그러한 특징은 이 시인이 즐겨 사용하고 있는 기법에서도 알 수 있다. 이 작품은 연상이라는 기억의 작용을 이용하여 이를 자동기술적인 글쓰기의 방식으로 전개시키고 있기 때문이다. 그렇다고 이 작품이 초현실주의 세계나 그것이 사용하는 시적 의장을 전면적으로 도입했다고는 생각되지 않는다. 이 작품 속에서 의미 생산의 포기라든가 이미지의 파격적인 노출 현상을 볼 수 없는 까닭이다. 이 시는 오히려 의미의 정확한 생산을 위해서 그러한 의장들을 더 적극적으로 구사하고 있다.

시적 화자는 시의 배경이 된 어느 곳을 여행했고 그곳에서 몇 사람의 행적들을 기억 속에서 반추해낸다. 그런 다음 그들이 행했던 이별의 여러 의식을 아쉬움이나 그리움의 감수성으로 회감시킨다. 이 시는 그러한 감수성을 표출시키기 위해, 곧 그러한 정서를 단속(斷續)없이 이어가기 위해 자동글쓰기의 방식을 이용하고 있을 뿐이다. 그것은 이 작품에서 휴지 공간이 발견되지 않는 점과도 밀접히 관련된다. 얼핏 보아도 알 수 있듯이 이 작품에서는 마침부호 등이 없다. 마침표의 기능적 역할이 휴지에 있다면, 그것의 존재여부는 사유의 흐름과 불가분의 관계에 있을 것이다. 실상 그리움의 정서라든가 살뜰한 감수성들은 계기성에 의해서가 아니라 연속성에 의해서 설명되는 것이 아닌가.

이 작품은 이렇듯 시의 기능적 장치가 돋보이는 시이다. 그런데 이 시를 꼼꼼히 따라가다 보면, 내용 또한 그 형식적 장치 못지않은 데가 있다. 앞에서 이 시를 두고 깊은 페이소스를 남게 하는 시라고 했고, 일상성의 영역으로 한걸음 비껴선 작품이라고 했지만, 실상 이 작품의 의미는 그 틈에서 피어나는 또 다른 일상적 진실에의 발견에서 찾을 수 있을 것이다. 즉 "모든 것이 떠났지만 사실상 그것은 떠나지 않았다는 것", 그리고 그러한 "이별이란 결국 몽상 속의 문제라는 것" 등이다. "떠나간 것은 아무것도 없었네 우울한 몽상만 손바닥 밖에서 저물고 있네"와 같은 자기순환론적 세계가 바로 그러하다. 우리는 무엇인가를 늘 떠나보내면서 살지만, 그러한 떠남이란 것이 마음속의 문제일 뿐이라는 것이다. 곧 떠났지만 떠나지 않은 것, 보냈지만 보내지 않은 것, 그러한 거자필반 회자정리(去者必返會者定離)의 사유란 결국 심혼(心魂)의 문제라는 것을 이 작품은 일러주고 있다.

꾸준함, 풍성함, 그리고 새로움으로서의 한국 시단

1. 선택과 배제

또 다시 한해가 저문다. 끝없이 반복되는 계절의 순환을 보고 있노라면, 어제와 오늘은 어떻게 다르고, 또 지난 계절과 이번 계절은 어떻게 다른 것인가에 대해 자문하지 않을 수 없게 된다. 이를 일상의 지루함 내지 반복이라 할 수 있을 텐데, 이에 젖어들게 되면 실상 이전과 이후를 구분 짓는 일이란 거의 의미 없는 일이 될 것이다. 그러나 사람들은 그러한 일상의 편안한 반복을 즐기지 않을 뿐만 아니라 뭔가 새로운 것을 찾게 되는 것이 보통이다. 지금이 이전과는 어떻게 다르고 또 지금은 어떻게 자기 정립되는가에 대한 갈증을 계속 느끼게 되는 것이다.

현재에 대한 자기 정립과 새 것에 대한 갈증 콤플렉스는 비단 일상의 영역에만 국한되지 않는 것이어서 항상 새로운 것을 요구받는 문학의 경우에는 더더욱 그 정도가 심한 것이 현실이다. 특히 한해의 문학적 결실

310

을 정리하고 총평하는 자리에서는 그러한 욕구들이 더욱 강렬해질 수밖에 없다. 이 시기만의 고유한 질을 담보해내는 것이 무엇인가를 찾아내고 자리매김해야 하는 노력이 다른 어느 시기보다 강렬해진다는 뜻이다. 그러나 그러한 노력이 언제나 대가를 받는 것은 아니다. 길다면 길고 짧다면 짧을 수 있는 한 해에서 이루어지는 문학의 질과 양은 이전의 시기와 비교할 때, 크게 상이했던 적은 그리 많지 않기 때문이다.

올해의 시단을 논의하는 지금의 이 자리도 이전의 경우와 별반 다를 것이 없다. 한해의 시단을 정리하고 총평하는 곳에서 과연 작년의 경우와 무엇이 달랐고, 그 다른 것이 현재의 시단에서 어떤 모양으로 가지를 쳐 왔는가에 대해 자신 있게 말할 수 있는 부분은 거의 없기 때문이다. 그럼에도 한 해의 시단은 정리되어야 하고, 이에 대한 적절한 시사적 혹은 문단적 의미들에 대해서 검토가 이루어져야 한다. 어떻게 해야 하는 것이 최선의 방법일까. 여느 해나 그러하듯 올 한 해도 무수히 많은 시집, 셀 수 없이 많은 시들, 그리고 다양한 시 경향을 가진 신인들이 등장했다. 이 많은 양적 풍부함을 질적 단순화로 어떻게 정리해낼 수 있을까. 이 물음에 성공하기 위해서는 우선 몇 가지 전제가 필요하다고 본다. 하나는 선택의 문제이고 다른 하나는 배제의 문제이다. 그런데 이는 두 개의 상이한 방향 같지만 실은 하나의 문제이기도 하다. 선택이 있으면, 배제란 당연히 뒤따르는 연속적 행위이기 때문이다.

우선 비평가의 세계관이 선택의 기준이 될 수 있을 것이다. 그러나 세계관이라는 것이 주관적인 것이기에 어느 정도의 객관성을 확보하느냐가 이 기준의 성패를 좌우한다고 보겠다. 그리고 다른 하나는 이전 시기와 현재의 그것과의 차별성이다. 이는 한 시인의 시적 진보와 문학적 발전과 관계되는 문제이다. 그리고 다른 하나는 주목할 만한 시인의 등장이다. 신인이란 세대론적 관점에서 참신성이 전제되는 것이기에 그 양적 풍성함 못지않은 질적 우수성을 갖고 있는 경우라 하겠다. 이런 기준에도 불구하고 여기에 포함되는 작품들은 셀 수 없이 많다. 이 외의 또 다른 기준이 필요한 것은 이 때문이다. 그렇기에 인접성의 논리 역시 주요한 판단 기준이 될 수밖에 없다. 어느 시집이 보다 근접한 자리에 놓여 있는가 하는 문제가 바로 그것이다.

2. 풍성함, 꾸준함, 그리고 새로움

이런 기준으로 금년 시단의 흐름을 정리해보면, 풍성함, 꾸준함, 그리고 새로움으로 정리해 볼 수 있지 않을까 한다. 다른 시기와 비교해도 부족함이 없을 정도로 올해에는 많은 시집들과 시들, 그리고 시인들이 배출되었다. 새로운 계간지 『한국의 현대시』도 창간되었다. 그것이 풍성함이나. 다음은 꾸준함인데, 이는 두 가지 측면에서 그러하다. 하나는 원로, 중견 할 것 없이 대부분의 시인들이 꾸준히 시를 발표하고 시집을 발간해내었다는 점이고, 다른 하나는 서정시 본연의 고향인 서정성을 계속 유지내지는 강화했다는 점이다. 일부 실험시나 전위시의 반열에 드는 작품들이 전혀 없었던 것은 아니지만, 그러나 시의 본류는 서정성의 강화 내지 지속으로 정리낼 수 있을 정도로 문단의 큰 흐름은 서정성의 틀에서 벗어나지 않는 꾸준함을 보여주었다. 그것이 금년 시단의 가장 큰 특징이라고 하겠다. 그리고 마지막으로는 새로움의 측면인데, 이는 서정적 인식의 새로움과 불가분의 관계에 놓이는 항목이다. 어떻게 그러한지는 시집마다의 개성을 탐색하면서 이를 대신하고자 한다. 먼저 올해 간행된 시집들 가운데 위의 기준에서 걸러진, 주목의 대상이 될 만한 시집과 논의할 시집을 정리해 보면 다음과 같은 것들이 있다.

> 오세영, 『임을 부르는 물소리 그 물소리』(랜덤하우스)
> 유안진, 『거짓말로 참말하기』(천년의 시작)
> 나태주, 『눈부신 속살』(시학)
> 이기철, 『사람과 함께 이길을 걸었네』(서정시학)
> 오규원, 『두두』(문학과 지성사)
> 이사라, 『가족박물관』(문학동네)
> 김백겸, 『비밀정원』(천년의 시작)
> 문현미, 『가산리 희망발전소로 오세요』(시학)
> 이길원, 『해이리 시편』(문학아카데미)
> 채풍묵, 『멧돼지』(천년의 시작)
> 강영은, 『녹색비단구렁이』(종려나무)
> 김미숙, 『눈물, 녹슬다』(시학)
> 주승택, 『앵무새와 악어새』(태학사)

3. 서정과 자아의 강화

우선 원로 시인들의 창작활동이 왕성했다. 오세영, 유안진, 이기철, 나태주 시인 등이 새 시집을 상재했다. 이들은 지난 몇 십 년 동안 우리 시단을 이끌어온 원로들이다. 이들의 왕성한 시 창작은 그만큼 우리 시단의 풍성함과 원숙함을 대신하는 일이 아닐까 한다. 오세영은 열일곱 번째 시집 『임을 부르는 물소리 그 물소리』(랜덤하우스)를 새해의 시작과 더불어 펴냈다. 시력 40여 년 만에 열일곱 번째의 시집을 내었으니 대단한 창작열이라 하지 않을 수 없다. 이번 시집의 특색은 시인이 보여준 기왕의 시세계와 비교할 때, 좀 이질적이다. 이런 감각은 어디에서 오는 것일까. 시인은 이번 시집에서 전 국토를 순례하는 기행의 이력을 보여주었다. 그는 한반도 곳곳의 지명과 문화재를 두루 섭렵하는 소유욕을 과시했다. 일종의 물질적 욕망의 범람처럼 말이다. 그러나 그 지향의 끝은 그러한 욕망과는 별개이다. 시인은 내가 숨 쉬는 땅, 내가 소속된 지역과 동일한 일체감 속에서 자신의 시세계를 일구고 있기 때문이다. 그의 사유는 차가운 야생적 사유에 가깝다. 이러한 사유들은 문명이 갈라놓은 인간과 자연의 관계를 하나의 세계로 만들어 궁극에 가서는 일체화된 세계를 꿈꾸는 데로 나아가게 한다. 이는 시인의 필생의 시적 여정이었던 완결된 세계, 존재론적 완성이 이루어가는 결정체로 이해된다. 그러한 까닭에 시인의 이번 시집이 자신의 시세계에서 중간단계가 아니라 거의 완성 단계로 인식되는 것은 이 때문이리라.

유안진도 열 번째가 넘는 시집 『거짓말로 참말하기』(천년의 시작)를 출간했다. 오세영 시인 못지않은 열기이다. 오랫동안 몸담았던 학교를 떠나 여유로운 마음으로 인생을, 대상을 인식하기에 좀 더 폭넓고 원숙한 시석 성지가 느껴지는 것이 이번 시집의 특색이다. 그러한 원숙함과 넉넉함은 어디에서 오는 것일까. 그것은 관조적 통합의 시선에서 오는 것으로 이해되는데, 삶의 질긴 욕망의 끈이 서서히 풀어져 나갈 때, 시인에게 가장 먼저 착목되는 것은 아마도 통합의 상상력이 아니었을까. 그러한 사유를 단적으로 보여주는 것이 시집의 제목처럼 '거짓말로 참말하기'이다. 시인은 우리의 삶이 거짓과 참, 진실과 허구의 세계가 공존한다고 보고 있다. 그런데 시인은 그것을 성급한 판단이나 인식으로 대응하는 것이 아니라 원숙한 눈과 밝은 귀를 통해서 멀찍이서 보고 듣고 있다. 그 혜안을 통해서 시인이 얻은 것은 삶의 진정성이다. 그 진정성은 대립의 사유 속에 있는 것이 아니라 그러한 구분을 초월하는 곳에 있다는 초월적 사유에서 찾아낸다. 유안진의 시세계가 점점 밀도 있고 깊어지는 것은 이렇듯 그 사유의 폭과 깊이를 계속 확장해나가는 데 있다.

나태주의 『눈부신 속살』(시학)과 이기철의 『사람과 함께 이길을 걸었네』(서정시학)는 인생에 대한 깊은 성찰과 예언을 담고 있는 시집들이어서 주목을 끄는 경우이다. 이 두 시인은 최근에 정년퇴임을 한 바 있는데, 이러한 신분상의 변화들이 그들의 시세계에 그대로 반영된 듯하다. 이들은 자신들을 보듬어준 퇴임이라는 것이 끝이 아니라 시작에 불과한 것임을 이번 시집들을 통해서 극명하게 보여준다. 이들 시집에서 서정적 외연의 폭을 느낄 수 있는 것은 바로 이 때문이다. 나태주는 지금까지 살아온 삶의 의미에 대해 되물으면서 앞으로 다가올 삶에 대한 이정표로 삼고 있다. 그렇기 때문에 그의 시들이 담고 있는 인생의 철학은 매우 깊다고 하겠다. 특히나 그러한 성찰들이 집이나 고향과 같은 영원성의 사유와 접목됨으로써 서정적 깊이를 더욱 획득하고 있다. 이에 반해 이기철의 사유의 폭은 나태주의 그것보다 서정적 외연이 보다 확대된 형태를 취하고 있다. 그는 나태주의 그러한 삶의 태도에서 한 걸음 더 나아가 사회를, 그리고 다가올 미래에 대해서 긍정적 시선을 던지고 있기 때문이다. 시인은 삶의 진정한 의미를 아주 평범한 곳에서 찾는다. "사는게 무어냐고 묻는 사람 있거든/ 슬픔과 기쁨으로 하루를 짜는 일"이고 다가올 미래에 대해서는 "지레 슬퍼하지 말"라고 한다. 이러한 달관과 낙관의 경지를 위해 시인은 "창문을 활짝 열어 놓는"데, 이 문이야말로 현재를 넘어 미래로 나아가는 긍정의 길이라 할 수 있다.

그리고 올해 시집을 발표한 원로 시인 가운데 빼놓을 수 없는 사람이 오규원이다. 그가 죽은 지 일 년이 넘었다. 그렇기에 시집 『두두』(문학과지성사)는 유고시집이다. 오규원은 죽기 얼마 전에 나와의 귀중한 인연을 만들어놓았다. 그 인연이 있었기에 그가 더 그리운지도 모르겠다. 얼마 전

월간 『현대시』에 60년대 시인들에 대한 연재를 하고 있었는데, 그는 자신의 초기 시 분석을 보고 매우 만족스럽다고 했다. 나는 그에게 곧 『60년대 시인연구』라는 책을 낼 예정이고, 그때 당시의 역사적 사진 자료를 보내달라고 했다. 그는 그러마라고 약속했다. 그런데 그는 이 약속을 지키지 못했다. 세상을 등졌기 때문이다. 대신 『두두』라는 유고 시집을 타인의 손을 통해 나에게 주었다. 오규원의 필생의 작업은 '날 이미지'의 구현에 있었다. 의식과 의미가 배제되는 이 이미지는 거의 초현실주의의 수법에 가까운 것이었다. 정신의 자유를 추구한 그로서는 당연한 시적 의장이 아니었을까. 『두두』는 그 절정에 놓여 있는 시집이다. 이 시집의 시들은 단형의 형식으로 구성되어 있는데, 의미 등속을 사상하기 위해서는 이런 의장들이 최상의 방법이었을 것이다. 의식을 배제한 채 짧은 시형식을 통해서 언어 그 자체로 육박해 들어가는 것, 그리하여 자유에의 유영으로 빨려 들어가는 것이 시집 『두두』가 지향하는 궁극이다.

숭견 그룹에 해당하는 시인들도 많은 시집을 펼쳐보였다. 중견이란 말 그대로 중간자적 그룹이다. 세대별로도 그렇고 문단의 등단 경력에서도 그러하다. 그렇기에 이들은 시단의 허리에 해당한다고 할 수 있다. 이들이 언제나 주목의 대상이 되는 것은 이 때문이 아닐까.

이 그룹에 속하는 시인들 역시 원로 그룹 못지않은 많은 시집들을 발표했다. 우선 먼저 눈에 띄는 시인들이 이사라와 김백겸이다. 이번에 발표한 이사라의 『가족박물관』(문학동네)은 시인의 다섯 번째 시집이다. 이전의 그의 시집들이 다소간 형이상학적 경향이 강했던 것에 비하면 이번 시집은 그 관념성들이 많이 희석된 듯한 느낌을 받는다. 이 시집의 키포인트는 '박물관'이다. 통상 박물관은 오래된 유물들의 집합소이지만, 이사라에게 그것은 기왕의 그러한 통상적 의미를 뛰어넘는 곳에 위치한다.

시인과 더불어 켜켜이 쌓이는 삶의 냄새들이 달라붙는 곳이 박물관이라
면, 인식론적 사유를 매개로 존재론적 물음들이 다시 뭉게뭉게 피어나오
는 곳 역시 박물관이다. 그곳은 인생의 흔적들을 쌓아두는 곳이기도 하
고 다시 그것을 풀어헤치는 저장소이기도 하다. 따라서 박물관이 풍부해
질수록, 곧 인생의 흔적들이 켜켜이 쌓여갈수록 존재론적 완성에 대한
의문들이 더 깊어질 수밖에 없다. 그의 이번 시집에서 자아의 모습들이
보다 강화된 모양을 띠고 나타난 것은 이런 이유 때문이다.

언제나 그러하듯 김백겸의 시들에서 예언자적 음성을 듣는 것은 그리
어려운 일이 아니다. 예언이란 지금 여기의 현실에 대한 밀도 있는 고민
없이는 불가능한 의식이다. 그렇기에 그의 시들은 열정적이다. 특히 현실
에 대해서. 이번 시집(『비밀정원』, 천년의 시작)에서 우리가 인간으로서의 열
정, 시인으로서의 열정, 구도자로서의 열정을 읽을 수 있는 것은 이 때문
이다. 시인은 심연에서 솟구쳐 오르는 그러한 열정들을 언어의 주름으로
엮어낸다. 삶의 불구성을 치유하는 완성의 형태들, 그리고 그 절대 무한
의 경지들이 어떤 것이어야 하는지를 끊임없이 탐색해 들어가는 것이다.
그 경지란 아마도 영원히 순환하는 회로에서 그 궤도를 벗어나지 않고
살아가는 삶의 형태들일 것이다. 그곳은 시집의 표현대로 황금나무와 과
일이 열리는 파라다이스와 같은 곳이다. 시인을 예지적이라 함은 이를
두고 한 말인데, 그는 삶의 완성태인 천년낙원, 곧 시집의 표현대로 그
'비밀정원'의 실체를 파악하기 위해 예언자적 포즈를 취한다. 계속 지켜
볼 일이다.

이들 이외에도 문현미와 이길원이 있다. 문현미는 『가산리 희망발전소
로 오세요』(시학)를, 이길원은 『해이리 시편』(문학아카데미)을 발간해내었다.
문현미는 사람냄새가 물씬 풍겨나는 곳을 애써 찾아간다. 여기서 사람냄

새란 온정주의이다. 그곳은 물신화된 산업사회와는 거리가 멀고, 또 욕망의 세계와도 무관한 곳이다. 과거의 그 어느 시절, 그저 인간답게 살았던 시절과 공간이면 족하다. 시인의 포즈가 아름다운 것은 그 따뜻한 시선에 있다. 인간적 정서가 메말라 가는 불온한 시절에 이정도의 따스함만으로도 우리의 인생은 풍부해지지 않을까.

올해 윤동주 문학상을 수상한 이길원의 네 번째 시집 『해이리 시편』은 인간의 올바른 자세가 무엇인가를 굳이 일러주는 시집이다. 여기서 '굳이'란 말을 쓴 것은 그렇지 않은 현실에 대한 역설에서 온 말이다. 당위적 현실이 비당위적인 것으로 흘러갈 때, 지켜야할 윤리란 이런 경우를 두고 하는 말이 아닐까. 시인은 그러한 윤리적 의무를 순리에의 복무라는 진리에서 찾아낸다. 그러나 그것이 쉽지 않기에 삶의 올바른 자세란 늘 강조되어 왔던 덕목이다. 혼탁한 현실에서 나에 대한 염결의 자세, 자연에 대한 순응의 자세를 일깨우는 시인의 음성이 고귀한 것은 이 때문이라 할 수 있다.

금년 시단에 주목해야 할 그룹이 신인들이다. 시인을 가늠하는 잣대는 등단 기준이 아니다. 시 한두 편으로 한 시인을 재단하는 것이 어불성설이기에 시집을 처음으로 간행해낸 부류를 신인으로 간주하고자 한다. 시집을 새로이 상재한 시인들이 많긴 하지만, 우선 주목의 대상이 되는 시인들과 시집들은 다음의 경우들이다. 채풍묵의 『멧돼지』(천년의 시작), 강영은의 『녹색비단구렁이』(종려나무), 김미숙의 『눈물, 녹슬다』(시학), 주승택의 『앵무새와 악어새』(태학사) 등이다.

이 가운데 먼저 시선이 가는 시집이 채풍묵의 『멧돼지』이다. 이 시집은 오랜만에 보는 문명비판의 주제를 담고 있다. 문명이란 야만의 건너편에 있는 것인데, 문명이 비판받을 때, 야만은 전지전능한 마술적 힘을 발휘하면서 인간들에게 다가온다. 시인이 주목하는 것도 바로 이 부분이다. 인간들은 그러한 마술을 믿지도, 의지하지도 않고 오직 자신들의 욕망을 채우는 데에만 야만을 이용해 왔다. 시인은 그러한 인간의 욕망에 메스를 가한다. "하늘이 준대로 빌려 쓰다가 말하지 않아도 반드시 돌려주는 유목의 정신"(「유목」 부분)을 배우라는 것이다. 그러면서 인류구원의 정점이었던 유목의 정신은 역사에 이름조차 남기지 않는 익명성, 그 비욕망성으로 자기희생을 해 왔다고 본다. 이는 푸코가 말한 반인간주의에 가깝다. 그러한 익명성 혹은 욕망의 제어가 이 시집의 함의이고, 채풍묵 시인이 보여준 신인으로서의 패기가 아닐까 한다.

강영은의 『녹색비단구렁이』는 디지털적 상상력을 보여주는 흥미로운 시이다. 소위 문명이 주는 행운과 그 늪의 함정을 적절히 이용하면서 자신만의 독특한 상상력을 일구어내는 것이 이채롭다. 특히 자신의 몸에 새겨들어오는 주름 등을 통해 나와 타자를 구분하고, 그로부터 '내가 누구인가'하는 존재론적 의문을 던지는 서정적 고뇌야말로 이 시집의 압권이라 할만하다. 반면 김미숙의 『눈물, 녹슬다』는 시인의 두 번째 시집이긴 하지만 그 발랄한 사유의 깊이로 짐작하건대, 신인의 감수성이라 보아도 무방할 정도로 참신하다. 시인은 존재의 허무와 운명에의 절규를 현실 속에서 체험한다. 그렇기에 존재의 고민을 짊어낸 시들이 빠질 수 있는 관념화의 위험을 이 시집은 적절히 비껴간다. 시인은 허무의 체험과 운명의 덫을 사랑의 절창으로 승화시키는 바, 이것이 이번 시집의 주제이다.

등단은 제법 되었지만, 주승택이 오랜만에 시집을 선보였다. 늦게 공부하고 늦게 등단하고 늦게 시집을 내었다. 그에게는 항상 '늦게'라는 레테르가 붙는다. 그 '늦음'이 갖는 의미란 무엇일까. 그러한 감각을 묻는 것은 물론 그의 내면의 심연을 보는 것이어서 쉽게 단정할 수 있는 문제는 아니지만, 그것을 '초상화'의 감각이라 하면 어떨까. 시인의 시집을 들여 다보게 되면, 우리는 이를 통해 과거의 어느 먼 시점으로 시간여행을 하는 듯한 환각을 불러일으킨다. 마치 빛바랜 초상화를 보는 듯한 착각에 빠져드는 것이다. 그러나 그것은 착각이 아니다. 시인의 표현대로 그것은 우리의 인생사였으며, 내면이기도 했다. 주승택은 그러한 내면을 붙잡아 내면서 현재의 나를 반추하고, 미래를 열어젖히는 동인으로 승화시킨다. 시인이 들여다보는 과거의 시선에서 불가항력적인 역동성이 감각되는 것은 아마도 여기에 그 원인이 있을 것이다.

4. 위반이라는 상상력의 참신함

상상력의 강화가 시를 이끌어가는 힘이라는 사실을 부정할 사람은 아무도 없을 것이다. 올해의 시집들은 그러한 상상력을 발휘하는 데 거침이 없었다. 그 시인의 위치가 어떤 것이든 그것은 문제시되지 않았다. 시인들은 참신성의 미망에서 헤어나지 못했고, 그러한 열망들이 올해 시단의 질적인 성숙을 이르게 했다고 해도 과언이 아닐 것이다. 상상력이란 만들어내는 것이다. 그러나 새로 만들기 위해서는 기존의 전복적 질서를 위반해야 한다. 위반이란 형식주의자들이 흔히 말하는 낯설음의 효과이다. 그 인식적 연장 효과를 두고 위반이니 파괴니 전복이니 하는 말들을 써 왔다. 따라서 파괴의 자장이란 서정의 깊이라는 관점에서 볼 때, 아무리 과장해도 지나침이 없어 보인다. 이런 맥락에서 위반의 감수성을 극적으로 보여준, 올해 읽은 두 편의 참신한 시를 검토하는 것으로 이 글을 마치고자 한다.

한 사람은 이원이고 다른 하나는 이승하이다. 먼저 이원은 「여자는 몸의 물기를 닦는다」를 써서 상상력의 색다른 면을 보여주었다. 그는 인간에게 공유되는 결핍의 이미지를 육체를 통해서 일러준다. 이 작품의 서정적 주체는 어느 날 목욕탕에서 자신의 육체가 결손되어 있음을 알게 된다. 일종의 결핍의 감정이다. 그런데 그는 결핍을 여타의 시인들처럼 어느 관념적 상황에서 느끼는 것이 아니라 시인은 그러한 상황, 곧 실체를 통해서 본질에 육박해 들어간다. 곧 가슴이 없는 상황과 그에 대한 시적 자아의 자의식적인 열망을 통해서 말이다. 결핍에 대한 이러한 인식은 시사적으로 매우 의미 있는 것이고 올해 우리 시가 이룩해 놓은 성과 가운데 하나라 할 수 있다.

그리고 다른 하나는 이승하의 「어머니의 아랫배를 내려다보다」라는 시이다. 이승하의 이 작품은 최근에 일어난 듯한 개인의 경험을 시화한 작품이다. 이 시는 우리에게 매우 낯선 감각을 제시해준다. 그것은 바로 어머니라는 이미지가 주는 낯선 경험적 인식 때문이다. 어머니하면 흔히 떠오르는 것이 그리움이나 부드러움, 영원한 공간 등일 것이다. 따라서 어머니를 이미지화하는데 있어서 시인들이 신비화로 치닫는 것은 일종의 의무 사항에 해당된다. 이에 비하면 이승하의 시는 어떠한가. 시인은 신비화된 어머니 상을 일그러뜨리면서, 곧 금지를 위반하면서 어머니라는 실체에 다가선다. 그 금지는 어머니의 육체에 대한 침범에서 이루어진다. 이 작품에서 보듯 시인은 지금껏 어머니의 육체를 본 적이 없다. 어머니의 몸을 비롯해서 유방, 심지어 어머니의 은밀한 부분에 이르기까지 근친상간적인 금지 원칙에 따라 한 번도 이곳에 이르지 못했다. 그러나 어머니의 육체적 신비는 그녀가 죽음으로써 벗겨지게 된다. 일상화된(염을 하는 과정에서 자연스레 볼 수 있는 어머니의 육체) 위반의 의장을 통해 시적 화자는 금지된 어머니의 육신과 비로소 만날 수가 있게 된 것이다. 기존의 관성과 타성을 깨는 이런 위반의 사유들은 상상력의 극점이라 하지 않을 수 없다. 우리 시들이 계속 기성의 테두리를 벗어나 상상력을 넓혀 들어갈 때, 시는 참신해지고, 시인은 성장할 것이며, 시단은 풍성해질 것이다. 올해의 시단을 풍성함과 새로움, 그리고 꾸준함으로 정리할 수 있었던 것도 여기서 비롯된다.

저자 **송기한**

충남 논산 출생
서울대학교 국어국문학과 졸업
동 대학원 졸업. 문학박사. 문학평론가
현재 대전대학교 국어국문학과 교수

저서 및 역서

『마르크스주의와 언어철학』(역서, 1988), 『프로이트주의』(역서, 1991), 『한국 전후시와 시간의식』(1996), 『해방공간의 비평문학』(공편저, 1996), 『문학비평의 욕망과 절제』(1998), 『북한 문학의 이해』(편저, 2000), 『한국 현대시의 서정적 기반』(2002), 『고은』(2003), 『윤곤강 전집1 · 2』(공편저, 2005), 『한국 현대시사 탐구』(2005), 『시의 형식과 의미의 유희』(2006), 『1960년대 시인연구』(2007), 『21세기 한국시의 현장』(2008), 『한국 현대시와 근대성 비판』(2009)

역락비평신서 18
한국 현대시와 시정신의 행방

저자 송기한

인쇄 2009년 4월 20일
발행 2009년 4월 30일

펴낸곳 도서출판 역락
등록 1999년 4월 19일 제303-2002-000014호
펴낸이 이대현
편집 권분옥 이소희 추다영 한호정

주소 서울시 서초구 반포4동 577-25 문창빌딩 2층
전화 02-3409-2058(영업부), 2060(편집부)
팩시밀리 02-3409-2059
e-mail youkrack@hanmail.net

값 19,000원
ISBN 978-89-5556-705-2 03810

잘못된 책은 바꿔 드립니다.